杨武能译
德语文学经典

亲和力

〔德〕歌德 著
杨武能 译

商务印书馆
The Commercial Press
创于1897

序一

《杨武能译德语文学经典》序

王 蒙

熟知杨武能的同行专家称誉他为学者、作家、翻译家"三位一体",眼前这二十多卷《杨武能译德语文学经典》收德语文学经典翻译,足以成为这一评价实实在在的证明。身为大学教授和博士生导师的杨武能,尽管他本人早就主张翻译家同时应该是学者和作家,并且身体力行,长期以来确实是研究、创作和翻译相得益彰,却仍然首先自视为一名文学翻译工作者,感到自豪的也主要是他的译作数十年来一直受到读者的喜爱和出版界的重视。搞文学工作的人一生能出版皇皇二十多卷的著作已属不多,翻译家能出二十多卷的个人文集在中国更是破天荒的事。首先就因为这件事意义非凡,我几经考虑权衡,同意替这套翻译家的文集作序。

至于杨教授为数众多的译著何以长久而广泛地受到喜爱和重视,专家和读者多有评说,无须我再发议论了。我只想讲自己也曾经做过些翻译,深知译事之难之苦,因此对翻译家始终心怀同情和敬意。

还得说说我与杨教授个人之间的交往或者讲情缘,它是我写这篇序的又一个原因,实际上还是更直接和具体的原因。

前排左一为中国作家协会副主席冯牧,左五为中宣部副部长周扬,左七为对外文委主任林林;二排左三为王蒙,左五为德国大诗人恩岑斯贝格;三排左二为杨武能

陪德国作家游览十三陵

1980年,我奉中国作家协会指派,全程陪同一个德国作家访问团,其时还在中国社会科学院跟冯至先生念研究生的杨武能正好被借调来当翻译。可能这是访问我国的第一个联邦德国作家代表团吧,所以受到了格外的重视。周扬、夏衍、巴金、曹禺等先后出面接待,我和当时的小杨则陪着一帮德国作家访问、交流、观光,从北京到上海,从上海到杭州;到了杭州,记得是下榻在毛主席住过的几乎与世隔绝的花家山宾馆里。

一路上,中德两国作家的交流内容广泛、深入,小杨翻译则不只称职,而且可以说出色,给德国作家和我们留下了深刻印象。我和他当时都还年轻,十多天下来接触和交谈不少,彼此便有所了解。后来尽管难得见面,却通过几次信,偶尔还互赠著作,也就是仍然彼此关注,始终未断联系。比如我就注意到他一度担任四川外语学院的副院长,在任期间发起和主持了我国外语

2018年,中国现代文学馆马识途百岁书法展,老哥儿俩最近的一次喜相逢

界的第一次大型国际学术研讨会；知道他因为对中德文化交流贡献卓著，获得过德国国家功勋奖章和歌德金质奖章等奖励；知道他前些年在广西师范大学出版社出版《杨武能译文集》，成为我国健在的翻译家出版十卷以上大型个人译文集的第一人，如此等等。不妨讲，我有幸见证了杨武能从一名研究生和小字辈成长为著名译家、学者、教授和博导的漫长过程。

杨教授说，像我这么对他知根知底且尚能提笔为文的"前辈"，可惜已经不多，所以一定要把为文集写序的重任托付给我。我呢，勉为其难，却不能负其所托，为了那数十年前我们还算年轻的时候结下的珍贵情谊！

序二

文学经典翻译与翻译文学经典

许 钧[*]

近读乔治·斯坦纳的《巴别塔之后——语言与翻译面面观》，书中有这么一段话："为了接近古人，得到精确的回响，每一代人都会出于这种强烈的冲动重译经典，所以每一代人都会用语言构筑起与自己相谐的过去。"[①]重译经典，在我看来，绝不仅仅是为了接近古人、构筑过去，而更是赋予古人以新的生命。文学经典的重译，就其根本意义而言，是文学经典重构与生成的过程。我一直认为，一部好的文学作品，一定呼唤翻译，呼唤着"被赋予生命的解读"。没有阐释与翻译，作品的生命便会枯萎。是翻译，不断拓展作品生命的空间，延续作品生命的时间。以此观照商务印书馆即将推出的《杨武能译德语文学经典》，我想向德语文学经典新生命在中国的创造者、杰出的翻译家杨武能先生致以崇高的敬意。

---

[*] 浙江大学文科资深教授，中华译学馆馆长。

[①] 斯坦纳.巴别塔之后——语言与翻译面面观［M］.孟醒，译.杭州：浙江大学出版社，2020：34.

一个杰出的翻译家,需要具有发现经典的眼光。我和杨武能先生相识已经快35个年头了。1987年,我在南京大学读研究生,主攻文学翻译与研究,那时杨武能先生因为重译了郭沫若先生翻译过的《少年维特之烦恼》,在国内文学翻译界声名鹊起,影响很大。时年5月,南京大学召开中国首届研究生翻译研讨会,南京大学研究生翻译学会让我与杨武能先生联系,我便向他发出了诚挚的邀请,恭请他出席研讨会做主旨报告,指导后学。那次报告的具体内容我已经记不清了,但我永远忘不了在会议期间的交谈中他叮嘱我的一句话:"做文学翻译,要选择经典作家。"选择,意味着目光与立场。梁启超曾在《变法通议》中专辟一章,详论翻译,把译书提高到"强国第一义"的地位。而就译书本

1985年,南京大学召开中国首届研究生翻译研讨会,我和杨先生及会议主办者合影于南京大学大门前。中间者为杨先生

身,他明确指出:"故今日而言译书,当首立三义:一曰,择当译之本;二曰,定公译之例;三曰,养能译之才。"梁启超所言"择当译之本",便是"译什么书"的问题。他把"择当译之本"列为译书三义之首义,可以说是抓住了译事之根本。回望杨武能先生60余个春秋的文学翻译历程,我们发现,从一开始他就把"择当译之本"当成其翻译人生的起点与基点。选择经典,首先要对何为经典有深刻的理解。文学经典,是靠阅读、阐释与翻译不断生成的。一个好的翻译家,不仅要对经典有自己独到的理解与领悟,更要在准确把握原文意义的基础上,把原文的精神与风貌生动地表现出来,让文学经典成为翻译经典。60余年来,杨武能先生翻译了近千万字的德语文学作品,无论是古典主义的《浮士德》、浪漫主义的《格林童话全集》、现实主义的《茵梦湖》,还是现代主义的《魔山》,每一部都堪称双重的经典:文学的经典与翻译的经典。首创性的翻译,是一种发现;成功的重译,是一种超越。我曾在多个场合说过,翻译,是历史的奇遇。一部好的作品,能遇到像杨先生这样好的译家,那是作家的幸运,也是读者的幸运。

一个杰出的翻译家,需要具有创造的能力。发现经典、选择经典是文学翻译的起点,而要让原作在异域获得新的生命,则需要译者付出创造性的劳动。莫言在诺贝尔奖颁奖典礼上发表感言时说:"我还要感谢那些把我的作品翻译成世界很多语言的翻译家们,没有他们创造性的劳动,文学只是各种语言的文学,正是有了他们的劳动,文学才可以成为世界的文学。"创造性,是翻

1985年《译林》创刊5周年招待会上,与杨先生及诗人兼翻译家赵瑞蕻合影,左二为杨先生

译应具有的一种精神,也是历代译家所追求的一种境界。杨武能先生深谙翻译之道,他知道,一部文学佳作要在异域重生,需要翻译家发挥主体性,不仅译经典,更要还它以经典。早在1990年,他就撰写了《文学翻译与翻译文学:兼论翻译即阐释》一文,在文中明确区分了文学翻译与翻译文学的概念,指出:"要成为翻译文学,译本就必须和原著一样,具备文学一样的美质和特性,也即除了传递信息和完成交际任务,还要具备诸如审美功能、教育感化功能等多种功能,在可以实际把握的语言文字背后,还会有丰富的言外之意,弦外之音,以及意境、意象等难以言传、只可意会的玄妙的东西。"[①]基于这样的认识,他对文

---

① 杨武能.译翁译话[M].杭州:浙江大学出版社,2020:279.

学翻译应达到的高度有着自觉和积极的追求。他认为,"面对复杂、繁难、意蕴丰富、情志流动变换的原文",译者不能"消极地、机械地转换和传达或者反映",应该主动"深入地发掘、发扬和揭示"。为此,他调遣各种可能,去创造性地重现《少年维特的烦恼》中蕴含的多重情致与格调,传达《魔山》独特的哲理性与思辨性,"再现大师所表达的丰富深刻的思想、精神,感受,再创杰作所散发的巨大强烈的艺术魅力"(见《译翁译话》第82页)。

一个优秀的翻译家,应该具有不懈求真的精神。杨武能先生译文学经典有一个明确的目标,就是要"创造传之久远的、能纳入本民族文学宝库的翻译文学,要创造美的翻译和美玉、美文"(见《译翁译话》第19页)。文学翻译,要具有文学性,具有审美特质,具有美的感染力。作为一个优秀的翻译家,杨武能先生清醒地知道,当下的文学翻译界对于"美"的认识存在着不少误区,甚至有的把翻译之"美"简单地等同于辞藻华丽。他强调说明:"我翻译理念中的'美',指的是尽可能充分、完美地再创原著所拥有的种种文学美质。而非译者随心所欲地想怎么美就怎么美,更不是眼下一些人津津乐道的所谓的'唯美'。"(见《译翁译话》第19页)换言之,追求翻译之美,在于追求翻译之真,需要有求真的精神。再现美,首先要把握原作的美学价值与审美特征,为此必须对原作有深刻的理解。杨武能先生在文学翻译中始终秉承科学求真的精神,对拟译的文本、作家有深入的研究、不懈的探索,坚持在把握原文的精神、风格与特质的基础上再现原作之美,以达到形神兼备。翻译与研究互动,求真与求美融通,构成了杨武能先生文学翻译的一大特色,也因此铸就了杨武能先生翻译的伦理品格。

发现经典、阐释经典、再创经典,这便是杨武能先生的文学翻译之道。杨武能先生的译文,数量之巨、涉及流派之多、品质之高、影响之广,难有与之比肩者。开风气之先,以翻译不断拓展思想疆域的商务印书馆陆续推出《杨武能译德语文学经典》,这在中国的文学翻译出版史上是件大事,可喜可贺。在《杨武能译德语文学经典》即将与读者见面之际,杨先生嘱我写序,我欣然从命。一是因为我们有特殊的校友之情,在南京大学建校110周年之际,我曾写过一篇文章,题目叫《一直引着我前行——我心中的杰出校友杨武能先生》,对这位前辈校友,我心存感激:

2018年,中国翻译史上的大事件:中华译学馆成立!照片中前排左一为唐闻生,左三为杨先生,左二为本人

在我的翻译与翻译研究之路上，在我前行的每一个重要的路段，在我收获的每一个重要的时刻，都有他留下的指引的闪光。南京大学有幸有杨武能先生这样杰出的校友，他的杰出不仅仅在于他卓越的学术建树、他在国际日耳曼学界广泛的影响，更在于他在与后学的交往中所体现出的一种榜样的力量。二是因为我深知这是一份重托：前辈的文学翻译之路，需要一代代新人继续走下去；前辈的翻译精神，需要后辈继承与发扬。让我们从阅读《杨武能译德语文学经典》开始，追随杨武能先生，以我们用心的细读和深刻的领悟，参与经典的重构，让外国文学经典在中国的新生命之花更加灿烂。

2021年8月1日于南京黄埔花园

自序

天时·地利·人和
成就译翁"一世书不尽的传奇"

杨武能

我应约写过一篇《我的外语生涯》[①],回顾自己半个多世纪学外语、教外语、担任外语学院领导,以及使用外语做学术研究和进行国际文化交流的点滴往事和心得,以庆祝中国共产党成立100周年。这回我再写一文介绍我的翻译生涯,作为即将面世的《杨武能译德语文学经典》的自序。

60多年以外语为生存手段,教书和学术研究是我的本职工作,说多重要有多重要;然而,我毕生心心念念的却是文学翻译,梦寐以求的是成为一名文学翻译家兼作家,文学翻译才是我真正的志趣、爱好和事业。眼前这套《杨武能译德语文学经典》,乃我60多年心血的结晶。它犹如一棵树冠如盖的巨树,树上结满了鲜艳夺目、滋味鲜美、营养丰富的果实;它长在一片土壤肥美、风调雨顺的大园子里。这座历史悠久的名园叫:商务印书馆!

---

① 选自:王定华,杨丹.人类命运的回响——中国共产党外语教育100年[M].北京:外语教学与研究出版社,2021.

开编新闻发布会上，巴蜀译翁杨武能分享从译60多年的经历与感悟

"译协影子会长"、译林出版社老社长李景端，一口气举出译翁创下的15项第一[1]

小子我从译之路漫长、曲折、坎坷，且不乏传奇色彩[2]。浙江

---

[1] 除了李景端，还有中国译协常务副会长黄友义先生和中华译学馆馆长许钧教授做了长篇视频致辞。

[2] 凤凰卫视2021年做了一期总题名为《译者人生》的专访，经"译协影子会长"李景端推荐，老朽被访了差不多一个星期，因为"他的故事多"。

大学出版社2020年出版的《译翁译话》、四川文艺出版社2017年出版的《译海逐梦录》和湖北教育出版社2000年出版的《圆梦初记》，都详述了我做文学翻译的经历和心路历程，这篇序文只摘取几个最奇异的片段，侧重说说我当文学搬运工一个多甲子的心得和感悟。一个多甲子啊，有几人熬得过……①

走投无路的选择

巴蜀译翁杨武能生于抗日战争全面爆发第二年的1938年，11年后新中国诞生时刚小学毕业。尽管当工人的父亲领着我跑遍山城重庆的包括教会学校在内的一所所中学，还是没能为他的儿子争取到升学的机会。失学了，12岁的小崽儿白天在大街上卷纸烟卖，晚上却步行几里路去人民公园的文化馆上夜校，混在一帮胡子拉碴的大叔大伯中学文化，学政治常识，学讲从猿到人道理的进化论。是父亲基因强大，我自幼便倾心于读书上学。

眼看我要跟父亲一样当学徒工

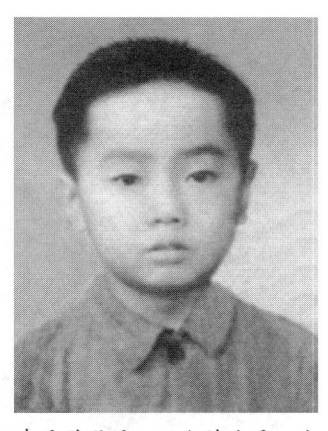

农民的孙子、工人的儿子，儿时的巴蜀译翁杨武能

---

① 一个多甲子从我得到李文俊、张佩芬提携，在《世界文学》发表译作算起，此前的小打小闹就不算啦。

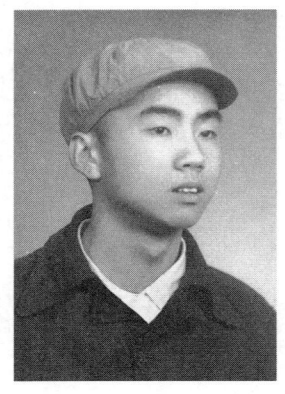

重庆育才学校学生

了，突然喜从天降：第二年秋天，在父亲有幸成为其联络员的地下党帮助下，我"考取了"人民教育家陶行知创办的育才学校，进了重庆解放初唯一一所不收学费还管饭的学校！

在育才，我不仅圆了求学梦，还懂得了做人的道理。老师告诉我们要早日成才服务社会，还讲我们的目标就是实现电气化。于是我立志当一名电气工程师，梦想去建设想象中的三峡水电站。

毕业40年后回母校拜谒陶行知老校长

谁料，初中毕业时，一纸体检报告判定我先天色弱，不能学理工，只能学文，梦想随即破灭。1953年我转到重庆一中念高中，还苦闷彷徨了一年多，其间曾梦想学音乐当二胡演奏家或者歌唱家，结果也惨遭失败。后幸得语文老师王晓岑和俄语老师许文戎启迪、引导，才在走投无路的情况下选学外语，确立了先做翻译家再当作家的圆梦路线。

1956年秋天，一辆接新生的无篷卡车把我拉到北温泉背后的山坡上，进了西南俄文专科学校。凭着在育才、一中打下的坚实的俄语基础，我半年便学完一年的课程跳到了二年级。

高中学生杨武能

重庆一中毕业照（前排右一为王晓岑老师，右二为潘作刚老师，右四为唐珣季老师，右五为甘道铭校长，右六为刘锡琨副校长，右七为张富文老师，右八为陈尊德老师，右九为团委书记方延惠，右十为许安本老师，三排右三为我）

西南俄专，1957年元旦

与同班同学刘扬体等游北温泉公园

因祸得福出夔门

眼看还有一年就要提前毕业，领工资孝敬父母，改善穷困的家庭生活，谁知天有不测风云：牢不可破的中苏友谊破裂了，学俄语的人面临"僧多粥少"的窘境。于是我被迫东出夔门，顺江而下，转到千里之外的南京大学读日耳曼学，也就是德国语言文学，从此跟德语和德国文化结下不解之缘。这一做梦也没想到的挫折，事后证明跟因视力缺陷不能学理工才学外语一样，又是因祸得福。

须知单科性的西南俄专，无论是硬件还是软件，都远远无法与老牌综合性

南京大学学子

大学南京大学相比。而今忆起在南大五年的学习生活，尽管远在异乡靠吃助学金过活的穷小子受了不少苦，仍感觉如鱼得水般地畅

天时·地利·人和　成就译翁"一世书不尽的传奇"　｜　xix

同班同学秋游中山陵，前排左三为挚友舒雨

本人是那个穿破裤子的裁判，注意：补丁是自己一针一针缝上去的

快，因为有了实现理想的条件和可能嘛。

要说南大学习条件优越，仅举一个例子为证：

搞文学翻译，原文书籍的获得和从中挑选出有价值的作品，实乃第一件大事；没有可供翻译的原文，真叫"巧妇难为无米之炊"。作为南大学子，我身在福中。师生加在一起不过百人的德语专业，拥有自己的原文图书馆不说，还对师生一律开架借阅。图书馆的藏书装满了西南大楼底层的两间大教室，整个一座敞着大门的知识宝库，我呢，好似不经意就走进了童话里的宝山。

更神奇的是，这宝山也有个"小矮人"守护！别看此人个头矮小，却神通广大，不仅对自己掌管的宝藏了如指掌，而且尽职尽责，开放时间总是坚守在自己的位置上，对师生的提问一一给予解答。从二年级下学期起，我几乎每周都得到这"小老头儿"的服务和帮助。起初我只是感叹、庆幸自己进入的这所大学真是个藏龙卧虎之地！日后才得知这位其貌不扬、言行谨慎的老先生，竟然是我国日耳曼学宗师之一的大学者、大作家陈铨。

不过我在南大的文学翻译领路人并非陈铨，而是叶逢植。20世纪五六十年代，叶老师

风华正茂的叶逢植老师

1982年陪叶老师走海德堡哲人之路

尚未跻身外文系学子崇拜的何如教授、张威廉教授等大翻译家之列。不过，我们班的同学仍十分钦慕他，对他在《世界文学》发表的译作，如席勒的叙事诗《伊壁库斯的仙鹤》和广播剧《人质》等津津乐道，引以为荣。

正是受叶老师影响，我才上二年级就尝试搞翻译，也就是当年为人所不齿的"种自留地"。1959年春天，《人民日报》发表了我翻译的非洲民间童话《为什么谁都有一丁点儿聪明？》，对我而言不啻翻译生涯中掘到的"第一桶金"。巴掌大的译文给了初试身手的小子我莫大鼓舞，以至一发不可收拾，继续在小小的"自留地"上挖呀，挖呀，挖个不止，全然不顾有可能戴上"资产阶级名利思想严重"和"走白专道路"的帽子。

真叫幸运啊，才华横溢又循循善诱的叶老师在一、二年级教我德语和德语文学。在他手下，我不只打下了坚实的语言基础，还得到从事文学翻译的鼓励和指点，因此在那个物质和精神都极度匮乏的困难年代，我们之间建立起了相濡以沫的深厚情谊。

小译者发表习作的大刊物

可怜，待分配的肺痨书生！

《译翁译话》第一辑《译坛杂忆》，详述了鄙人"种自留地"拿稿费改善自己和父母经济生活，以及后来在叶老师指引下在《世界文学》刊发德语文学经典翻译习作的情况。想当年，中国发表文学翻译作品的期刊，仅有鲁迅创刊、茅盾主编的《世界文学》一家，未出茅庐的大学生杨武能竟一年三中标，实在不易。

南大德文专业1962年毕业照（前排右五为学生们敬爱的郭影秋校长，右四为系主任商承祖，右三为张威廉教授，右二为林尔康老师，右一为马君玉老师；二排右一为帅哥关群，右二为"痨病鬼"，右三为刘大方，右四为贾慧蝶，右五为张淑娴，右六为小三姐舒雨，右七为团支书曹志慕，右八为志愿军大哥何平谷，右九为王志清大哥，右十为"二胡"潘振亚，右十一为班长张复祥；后排左一为秦祖镒，左二为张春富，左三为杨明，左四为篮球健将陈达，左五为沈祖芳，左六为林尧清，左七为张至德，左八为马明远，左九为华宗德）

就这样，还在大学时代，我连跑带跳冲上了译坛，可也为此付出了沉重代价：毕业前一年，我患了肺结核，住进了郭影秋任校长的南大在金银街5号专为学生设立的疗养所。

1962年秋天毕业却因病不得分配，我寂寞、痛苦地在舒雨的陪伴下[①]等待了几个月，才勉强回到由西南俄专发展成的四川外语学院报到。

毕业后头两年我还在《世界文学》发表了《普劳图斯在修女院中》和《一片绿叶》等德语古典名著的翻译。

谁料好景不长，1965年中国唯一一家外国文学刊物《世界文学》停刊了，接着就是十年"文革"，我的文学翻译梦遂成泡影，身心堕入了黑暗而漫长的冬夜。

否极泰来说"文革"

译翁对"文革"深恶痛绝，它不但粉碎了我做文学翻译家的美梦，还给年纪轻轻的小教员我扣上"反动学术权威"的帽子，仅仅因为我译过几篇古典名作而已。我父亲更惨，莫名其妙地就从革命群众变成"历史反革命"，被勒令到长寿湖学习改造，儿子自然也被划入了"黑五类"另册。业务再好，教学再努力，我当个小小教研室主任前边也得加个"代"字，真是倒霉到了极

[①] 舒雨，我的南大同班同学。身为老舍先生的三女儿，她身份显赫，生活优裕，却偏偏青睐我这个四川"小痨三"。《译海逐梦录》里有一篇《小三姐》，写她为什么会陪我待分配，以及我在长江边上与她洒泪分别的情景。

1978年冬天，在导师冯至温暖的书房

1982年秋第一次到德国出席学术会议，会后随恩师冯至、叶逢植游览慕尼黑

点，憋屈到了极点！

正是太憋气、太受气，我才忍无可忍，才在1978年以40岁的大龄破釜沉舟：已经获得的讲师头衔不要了，抛下即将生第二个孩子的弱妻和尚年幼的女儿，愤而投考中国社会科学院冯至教授的研究生！

结果呢，我鲤鱼跳龙门，摇身一变成了歌德学者，成了"翰林院黄埔一期"①的一员！

若不是"文革"逼我铤而走险，十有八九小子我还是一名德语教员，充其量也就能奋斗进黄永玉老爷子所谓"满街走"的教授队列。

"文化大革命"把偌大

---

① "翰林院"系中国社会科学院研究生院当年的谑称。1978年恢复研究生制度，在"人才难得的呼喊声中"，许多被"文革"耽误、埋没的知识精英蜂拥进了社科院研究生院，在温济泽老院长的操持下，它的"黄埔一期"真出了不少将帅之才。

一个中国生生变成了文化荒漠。浩劫过后接着是文化饥渴,小子我生逢其时,交了好运,在人民文学出版社孙绳武和绿原前辈帮助下翻译出版了《少年维特的烦恼》,恰如灾荒年推到市场上一大筐新烤出来的面包,"饥民"们一阵疯抢,借着前辈郭老的余威,小子暴得大名!随后译作、著作便一本接一本上市喽。

时也,命也!

《少年维特的烦恼》部分杨译本(包括捐赠了稿费的盲文本)

经过这场浩劫,党和政府毅然拨乱反正,实行改革开放,为中华腾飞打下了坚实基础,小平同志居功至伟。我家里摆着两尊伟人铜像:一尊为毛泽东,一尊为邓小平!

祸兮福兮忆抗战

——亲爱的"下江人"

我出生在抗日战争全面爆发的第二年,依稀记得大人抱着我躲警报的情景,刚懂一点点事就切齿痛恨日本鬼子狂轰滥炸我的家园,永世不忘国家民族的深仇大恨!

抗战期间，陪都重庆经济文化空前繁荣，小小年纪的我同样受益匪浅。这里我讲一个非亲历者体会不到的例子：

抗战时期逃难到大后方的有许多"下江人"，也就是江浙、京沪乃至东三省的上层人士和文化精英。抗战期间，难民们受到四川的庇护、款待，对包括重庆在内的第二故乡四川怀有深深的感恩之情。前不久我读到叶逢植老师的一部未刊德语回忆录，说他们从四川回南京后自然形成了一个讲四川话的小圈子，大家都以到过四川为荣，彼此格外亲切。我长大后浪迹南京、北京，涉足文坛遇到许多恩人贵人，从恩师冯至先生到挚友老舍的三女儿舒雨和她的丈夫潘武一，从亦师亦友的译坛领路人叶逢植到忘年之交英语兼德语翻译家傅惟慈，从高风亮节的诗人、翻译家兼编辑家绿原到作家、翻译家冯亦代，等等。这些在我从译和治学路上扶持、提携我，有恩于我的人，他们的一个

冯亦代三不老胡同听风楼中的座上客

鲁迅文学奖翻译奖评议组组长绿原和他的组员杨武能

共同点便是饮过川江水的"下江人"。我忍不住要述说自己这一特殊经历、感受,因为老头子不讲,再过一些年恐怕没有谁会再知道和再想起讲这些亲爱的"下江人"啦!

京城有巴蜀游子的两个落脚点:一个在舒雨、潘武一灯市西口的家中,一个在傅惟慈四根柏胡同的小院里。左一为傅教授的儿女亲家叶君健

人生路漫长曲折,祸福无常,祸福相倚。鄢翁60多年的译著生涯,每每印证此理。多有"山重水复疑无路"的困顿迷茫,绝望挣扎,接着总会"柳暗花明又一村",眼前豁然开朗,心中欣幸欢悦。此时此刻此情此景,每一个不惧艰险、不懈奋进的追求者,都会像浮士德博士一样喊出:你真美啊,请停一停!

鄢翁咬牙在从译之路上奔波、跋涉,一次次跌倒了再爬起来,方有今日之光景。但柳暗花明和跌倒了再爬起来,打拼出新的局面,没有幸逢一位位恩人、贵人,那是不可能的!

格林童话助我"返老还童"

回眸一个多甲子的文学翻译生涯，无论如何也不能不说说译林出版社和它1993年推出的《格林童话全集》。而今，杨译格林童话在读者中的影响，已经超过杨译《少年维特的烦恼》和《浮士德》，为我赢得的老少粉丝数以亿计。不仅如此，《格林童话全集》帮助我"返老还童"，使我这棵翻译"老树"在风风雨雨半世纪之后又发出了"新枝"。这个情况，当然早已为业内注意到，于是我慢慢被视为译介少儿作品的好手，因此收到了各式各样的约请。

2007年，经儿童文学理论家王泉根教授推荐，我应邀担任湖南少年儿童出版社"全球儿童文学典藏书系"的"翻译专家委员会委员"，不但接受组织德语作品翻译的委托，自己也承担和完成了《七个小矮人后传》和《胡桃夹子》等几本小书的翻译。书虽说单薄，跟我已出版的大多数译著相比微不足道，却是我进入新的年龄段即70岁后的第一批成果，不但使我重温了20年前翻译《格林童话》的美妙滋味，还认识到为孩子们干活儿的非凡意义。不再做翻译的决心动摇了，我开始考虑在保持健康的前提下，力所能及地再为孩子们做点事。

恩德此书被誉为德语文学的现代经典，貌似童书，却有点《浮士德》《西游记》的味道

2010年，以出版少儿读物享有盛誉的二十一世纪出版社找到远在德国的我，约我翻译德国当代著名儿童文学作家普罗斯勒的《大帽子小精灵霍柏》与《霍柏和他的朋友毛球儿》。为考验该社诚意，我提出相当高的签约条件，不想他们慨然应允，这就使我再也脱不了手。两本小书交稿后，他们又请我重译已故当代德国儿童文学大师米切尔·恩德的代表作《永远讲不完的故事》和Momo。我查了资料，发现这两本书的旧译不但广为流传，而且译者都是熟人，因此颇感为难。我把疑虑告诉了联系人，得到的回答却是请我重译一事已经过慎重考虑，决定系由社长张秋林本人做出，只因他喜欢我的译笔①。思考再三，几经踌躇，我终于决定接受约请，理由是应该以广大小读者的接受为重，以大师恩德杰作的传播为重，而不能太在乎个人的得或失②。

我为二十一世纪出版社翻译的童书很多，这里只展示《永远

如同Momo，此书是批判后工业社会的生态小说

---

① 前些年，秋林曾代表台湾地区某出版社约我译恩德的《如意潘趣酒》。

② Momo在20世纪八九十年代就有中译本，我印象最深的是译林出版社资深编辑赵燮生的《莫莫》，因为燮生邀我为它写过序。二十一世纪出版社的重译本《毛毛》也许译名取得巧，结果后来居上。我重译了Momo，尽管煞费苦心把译名变成了《嬷嬷》，还是未能免掉麻烦和困扰。不过这只是一点点不值一提的鸡毛蒜皮，革命航船仍然乘风破浪，也就是得大于失，反倒加快了"返老还童"的进程。

讲不完的故事》和《如意潘趣酒》的封面。

再说我的"返老还童",为此我由衷感谢在激烈的争夺中与我签订"格林兄弟"作品出版合同的李景端①,还有责任编辑施梓云,没有这位称职"保姆"养育、呵护,"孩子"不会长得如此健壮可爱,这么有出息!很自然地,译林出版社和李、施两位都成了本翁的好朋友。

欣慰自豪一二三

我从译半个多世纪真没少经历痛苦磨难,但更多的是师友的教诲、帮助,恩人贵人的扶持、提携,因而有了一些可堪欣慰、自豪的成绩,在此略述一二。

其一,毕生所译几乎全是名著佳作,尤以古典杰作居多。翻译古典名著很难避免重译。重译亦称复译,复译之必要已为业界公认,问题只在质量和效果。重译者做到了推陈出新、更上层楼,有利于原著进一步传播,有利于读者更好地接受,价值就不容否认和低估,就不一定比新译或所谓"原创性翻译"来得差。具体说到我重译的歌德代表作《浮士德》《少年维特的烦恼》《迷娘曲——歌德诗选》《歌德谈话录》,以及《阴谋与爱情》《海涅抒情诗选》《茵梦湖》和《格林童话全集》等,事实

---

① 他一听说漓江出版社也属意我的《格林童话》译稿,立马从南京奔到我成都的家中,和我签订了出版合同。

表明都得到了同行专家的赞赏,出版界和读书界的欢迎。例如《少年维特的烦恼》入选了人民文学出版社、作家出版社以及商务印书馆等权威大社"名著名译"丛书,《浮士德》被藏入国家领导人的书柜,《格林童话全集》成为教育部推荐的中学生"新课标"选本。

除了重译,译翁也有不少首译的作品,较重要的如托马斯·曼70多万字的巨著《魔山》,黑塞的长篇小说《纳尔齐斯与歌尔德蒙》,海泽的中篇集《特雷庇姑娘》,迈耶尔的中篇集《圣者》,以及霍夫曼、克莱斯特等的许多中短名篇,还有米切尔·恩德的现代经典童话《如意潘趣酒》等,加在一起不但数量可观,也同样受到读者欢迎、同行肯定。

《魔山》等经典名著部分译本

其二,鄙翁尽管痴迷于文学翻译实践,却不只顾埋头译述,做一个吭哧吭哧的"搬运工",也对文学翻译做过不少理论思考,对它的性质、意义、标准以及从事此道的人必须具备的条件和修养等,形成了有个人见解且言之成理、立论有据的理念,或者勉强也算理论。老朽自视为译学研究舞台上的"票友",却有同行谬赞吾为"文学翻译家中的思想者"。

说起文学翻译理论,一言以蔽之,我特别重视"文学"二字。早在20世纪80年代,区区就强调优秀的译文必须富有与原著尽可能贴近的种种文学元素和美质,也就是在读者审美鉴赏的显微镜下,译文本身也必须是文学,即翻译文学。而这一点,即文学翻译除去正确和达意之外,还必须富有与原文近乎一样的文学美质,正是文学翻译的难点和据以区别于他种翻译的特质。

德国人称纯文学(即Belletristik)为"美的文学"(schöne Literatur),我想不妨也称文学翻译为"美的翻译",或曰"艺术的翻译"。使自己的译作成为"美的翻译",成为"美玉"、美文,成为翻译文学,是我半个多世纪翻译生涯的不变追求。

为避免误解,我必须强调:翻译理念中的"美",指的是尽可能充分、完美地再创原著所拥有的种种文学美质,而非译者随心所欲地想怎么美就怎么美,更不是眼下一些人津津乐道的所谓"唯美"和为美而美。

要创造传之久远的、能纳入本民族文学宝库的翻译文学,要创造美的翻译、美文、"美玉",必须充分发挥翻译家的主观能动性和创造精神。因此我赞成说文学翻译是艺术再创造;因此我认为,翻译家理所当然地应当是文学翻译的主体,也事实上是主体。

其三,我践行了早年提出的文学翻译家必须同时是学者和作家的理念，几十年来努力追寻季羡林、戈宝权、傅雷等译界前辈的足迹，把研究、翻译、创作紧密结合起来，让它们相辅相成、相得益彰，在完成教师本职工作之余，翻译、研究、创作齐头并进，在三个方面都取得了或大或小的成绩，出版的译著、论著和创作总计约40部。即使仅仅作为翻译家，我在学者和作家朋友面前当也不自惭形秽。其他理由不说了，只讲我译著的读者数量以千万计，而一部名著佳译流传数十年甚至更加长远，可以影响一代又一代人，这难道不值得自豪吗？

还值得一说的是，几十年来我积极参加国内外翻译界的活动，不甘于做一个把自己关在屋子里爬格子的书呆子和匠人。有机会向前辈和国内外同行学习，我获益匪浅。

社科院众多大儒中我最亲近戈宝权。1987年他应邀出席四川翻译文学学会成立大会，会后偕夫人梁培兰做客我在四川外语学院的寒舍，与我妻子王荫祺和次女杨熹合影。我受他影响，也涉猎中外文化关系研究

我读研时去北大听过田德望先生的课,他待我很好。我参评教授时,他写推荐多有美言,是我视为表率的德语和意大利语翻译大家

1985年,我参加了在烟台举行的全国中青年文学翻译经验交流会

也是1985年,出席《译林》杂志创刊五周年纪念会,我拜识了一大批前辈名家。

三排右一为周珏良，右二为毕朔望，右三为杨岂深，右四为吴富恒，右五为戈宝权，右六为汤永宽，右七为屠珍，右八为梅绍武；中排左一为吴富恒夫人陆凡，左二为董乐山；前排左一为东道主，左二为陈冠商，左三为杨武能，左四为郭继德，左五为施咸荣

1992年珠海白藤湖，我出席海峡两岸文学翻译研讨会，欣逢自称半个四川人的"下江人"余光中先生，与他一见如故。

乡愁诗人与我的忘年之交

在白藤湖，我还拜识了王佐良、齐邦媛和金圣华等译界名宿。

图为李文俊、方平、董衡巽和小杨（时年54岁）

2004年任欧洲译协驻会翻译家

1999年歌德诞辰250周年，我受聘赴魏玛"《浮士德》翻译工场"打工，作为唯一中国代表与来自全世界的《浮士德》翻译家切磋译艺。"工场"关门后又应邀赴艾尔福特开更大的世界歌德翻译家研讨会。

在欧洲译协与诺奖得主君特·格拉斯相谈甚欢

遗憾的是，当今中国，翻译家在文艺界和学术界没有受到足够的重视：即使是经典译著，在高校通常也不算科研成果，翻译的稿酬标准也远低于创作。对此，翻译家们心怀愤懑却无能为力，不少人因此失望、自卑。译翁却不但不自卑，心中还充满自豪，反倒为自己是一名有成就、有作为、有影响的文学翻译家自豪！

夫唱妇随，在欧洲译协驻会翻译家居住的小别墅门前

在艾尔福特的世界歌德翻译家研讨会做报告

2018年荣获"翻译文化终身成就奖",这是巴蜀译翁在国内得到的最高奖项

我不是傅雷，我是巴蜀译翁，巴蜀译翁！

近些年，有媒体报道称老朽为"德语界的傅雷"：

2013年6月27日，中国网河南频道报道"德语界傅雷"杨武能荣获歌德金质奖章；《成都商报》说什么"德语界的傅雷"川大教授杨武能获得了"翻译诺贝尔奖"；2018年，又有报道说80高龄的杨武能"拿下了"翻译文化终身成就奖，称誉他为"德语界的傅雷"，云云。不只某些媒体，严谨的学术界也偶有拿我跟傅雷相提并论者。

傅雷先生（1908—1966）是中国翻译文学史上的一座丰碑，我走上文学翻译道路就是中学时代受了先生和汝龙、丽尼等前辈的影响，傅雷更是我从译之路上的向导乃至偶像。我说我不是傅雷，没有丝毫贬低他的意思，相反我对先生十分崇敬和感激。我所以坚称自己不是傅雷，因为我就是我，我跟傅雷有太多的不同。多数的不同不言自明，只有一点必须要强调，因为影响大而深远：

傅雷比我早生30年，58岁不幸去世；同成长在新中国，虽也历经坎坷，却在和平环境里幸福地多劳作了数十年的译翁，不可同日而语！译翁施展的时间和空间远远大于傅雷前辈，能创造和贡献的自然应该更多更大。至于是不是真的更多更大，则有待评说。

感恩故乡，感恩祖国

2018年年届耄耋，我突发奇想，给自己取了个号或曰笔名：巴蜀译翁。

一辈子混迹文坛，我用过的笔名不少，大多随用随弃，但这"巴蜀译翁"将一直用下去。它不只蕴含着我对故乡无尽的感恩之情，还另有一层含义！

我出生在山城重庆较场口十八梯下厚慈街，从小爬坡上坎，忍受火炉炙烤熔炼，练就了强健的筋骨、刚毅的性格。天府四川的文学沃土养育我茁壮生长，我自幼崇拜李白、杜甫、苏东坡，尤其是苏东坡！我生而为重庆人，重庆人就是四川人；我一辈子都为自己是四川人而自豪，为自己是李白、杜甫、苏东坡、郭沫若、巴金的同乡、后辈而自豪。没想到行政区划的

苏东坡，译翁奉他为古代中国的歌德①

---

① 2000年法国《世界报》评选出1001—2000年间的"千年英雄"，全世界入选者12人，中国也是亚洲入选的唯一一位就是苏东坡。

变化，有一天我突然不是四川人了！我实在难过，想起杜甫草堂、武侯祠、三苏祠就难过！我取"巴蜀译翁"这个名号，是要表明自己对四川—重庆人这个身份的忠诚。

得意忘形 "引吭高歌"

杨武能著译文献馆（巴蜀译翁文献馆）开馆展。左一为四川大学文学院院长曹顺庆，左二为重庆市作协主席冉冉，左四为著名翻译家刘荣跃，左五为华裔德籍著名歌德研究家顾正祥

我2008年从川大退休旅居德国，2014年送重病的妻子回重庆就医；2015年，重庆图书馆成立了杨武能著译文献馆。三年后，我逮住建立成渝双城经济圈和巴蜀文旅走廊的机会，赶快将它正名为"巴蜀译翁文献馆"，以舒缓心中的伤痛！

据我所知还没有为一个"文化苦力"建有巴蜀译翁文献馆这般高规格、大体量的个人文献馆的先例。

重庆武隆的世界自然遗产地仙女山还建有一座巴蜀译翁亭，实属少见。

这一馆一亭的意义和未来，还活着的译翁本人不便说，也说不清楚，只感觉这是故乡对区区无尽的爱，厚重得不能承受的爱，所以，巴蜀译翁这个笔名对我之要紧、珍贵，胜过父亲按字辈给我取的本名！

再看巴蜀译翁亭的柱子上，有一副楹联：

上联　浮士德格林童话魔山　永远讲不完的故事

下联　翻译家歌德学者作家　一世书不尽的传奇

组成上联的是我四部代表译著的题名，下联是我的主要身份以及一生的重大建树。

戈宝权评郭沫若说：郭老即使只翻译了一部《浮士德》，就很了不起。巴蜀译翁成功译介的经典多得多！

说主要身份，意味着还有其他身份略而未表。说一说幸得冯至先生亲传的歌德学者吧，译翁是荣获国际歌德研究最高奖"歌德金质奖章"唯一中国学人，其他似乎不用再说。只有作家这个身份，译翁还须努力夯实它。

重庆武隆仙女山巴蜀译翁亭揭幕，出席仪式者除主持仪式的县委领导和川渝文化名流，还有来自德国、美国、澳大利亚、日本、马来西亚等国的华裔作家和文艺家。他们经由小女杨悦组织来世界自然遗产地武隆仙女山采风，其中不乏周励这样的大作家[①]，却自谦为译翁的粉丝（张晓辉 摄）

译翁信心满满，只要坚守"生命在于创造，创造为了奉献"这个座右铭，一旦得到缪斯女神眷顾，诗的闸门就会大开。他有翻译家超强的笔力和得自书里书外的人生体验，可以讲的故事多着呢！仔细想想，真是每一部重要译著背后都有精彩故事呢，也就难怪李景端在提议凤凰卫视来专访我时讲：他的故事多！

"一世书不尽的传奇"？好大一个牛皮！

不是牛皮是事实！

[①] 代表作为《曼哈顿的中国女人》《亲吻世界——曼哈顿手记》。更令译翁钦佩的是，她还是一位极地旅行家，著有多部旅游探险记。

新中国成立前四川有句民谚："养儿不用教，酉秀黔彭走一遭！"说的是四川这几个地方极度苦寒，娇生惯养的娃娃只要去那里走一走，看一看，就会知道生活艰难，不懂事的就会懂事。我祖父杨代金是彭水（现武隆）大娄山上的贫苦农民，他儿子我爸跑到重庆城当了电灯工人，他孙子我巴蜀译翁现如今成了享誉海内外的翻译家、学者、作家还有教授、博导、大学副校长，您说传奇不传奇？

若问哪个（怎么）会出现这样的传奇？回答：天时、地利、人和呗！

欲知究竟，劳驾到重庆沙坪坝凤天路106号，去逛逛重庆图书馆的巴蜀译翁文献馆。您一进文献馆大门，就会看见屏风上写着答案。

巴蜀译翁文献馆门厅处屏风

看样子传奇还不算完，尽管译翁已经八十有三。须知他的座右铭是"生命在于创造,创造为了奉献",在有生之年,他还要继续创造,继续奉献,也就是生命不息,奋斗不止!在光辉灿烂的新时代,译翁有一个梦:老头儿梦见自己"年富力强",变成了新的自己,正铆足劲儿,要创造一个个新的传奇……

民族复兴大业美好、光荣、伟大,本翁啷个能不参与,不投入其中呢?!

结语:没有共产党缔造新中国,就没有巴蜀译翁!没有父母养育、亲属支持①、师长教导、友朋帮衬、贵人提携,就没有巴蜀译翁!故而译翁在中国共产党成立100周年之际开始结集出版自己60余载心血的结晶《杨武能译德语文学经典》,把它献给我的人民、我的国家,把它献给我的亲戚朋友,献给我的母校育才、一中、俄专、南大、社科院研究生院,以及德国洪堡基金会(Alexander von Humboldt-Stiftung),献给我在中国和德国的老师、同学,最后,还献给支持、厚爱译翁的千万读者、粉丝,老的少的粉丝!

德国大文豪、大思想家歌德说:我们都是"集体性人物"!意即我们生命中包括父母、亲属、师长、同学、同事、同行的许许多多人有意无意地影响了我们,从正面或者反面帮助、促成我们的成长、发展,造就了我们,最终决定了我们成为什么样的人。不能不说明,写在纸上的都是美好、阳光、正面的人和事;

---

① 必须感谢我的家人,特别是我的妻子王荫祺。她与我志同道合、同甘共苦三十五载,精心养育两个女儿,多方面为我分劳分忧,不只生活中给我无微不至的照顾,还参与我多部作品的翻译工作。在《译翁情话》里,将对她述说很多很多。

可在现实生活中，译翁跟所有人一样也遭遇过阴暗和丑陋，但那些阴暗和丑陋也磨炼、激励了我，最终成就了我，同样是我的塑造者！

茫茫人海，天高地阔，万类霜天竞自由！少了哪一类都不行，少了哪一物种世界都不会如此多姿多彩，生活都不会如此美好、幸福，译翁都不会活得如此有滋有味！多谢啦，一切从正面或反面促成、造就我的人，译翁感激你们哟，爱你们哟！

2021年12月于山城重庆图书馆巴蜀译翁文献馆

目　录

第一部 …………………………………………………………… 1
第二部 …………………………………………………………… 131
译余漫笔
　《亲和力》——一部内涵深沉丰富的杰作 ………………… 273
附录
　《意大利游记》片段——威尼斯船歌 …………………… 290

第一部

第一章

爱德华——我们这样称呼一位富有而正当盛年的男爵——为了把才得到的鲜嫩枝条嫁接到一株株幼树上去,在自己的苗圃里消磨了四月的一天午后最美好的时光。眼下他刚刚忙完,把用过的器械收捡进了工具箱里,正喜滋滋地在那儿察看自己的工作,这时园丁也走了过来,欣赏主人亲手完成的劳绩。

"看见我妻子了吗?"爱德华问,已经准备离开的样子。

"在对面新辟的庭园里,"园丁回答,"她在府第对面岩壁前搭建的那间庐舍,今儿个就竣工了;一切都挺美的,老爷您准喜欢。那儿风景太好啦:村子就在脚下;稍微靠右一点是教堂,你几乎可以从它的钟楼尖上望到远处;府第和一座座花园就在正对面。"

"一点不错,"爱德华应道,"从这儿往前走不几步,我已看见人们在工作。"

"还有,"园丁继续说,"右边的峡谷很开阔,越过茂密的树林你可以眺望明朗的远方。登上岩壁去的小径敷设得舒适极了。夫人精通这个，在她手下干活儿真是非常愉快。"

"你到她那儿去，"爱德华说，"请她等着我。告诉她，我希望欣赏欣赏她的杰作。"

园丁匆匆走了，爱德华也立刻跟过去。

他走下一级级台阶，一边走一边观看身旁的花房和苗圃，一直走到溪边，然后跨过一道小桥，抵达通往新庭园的小路分为两条的那个所在。他撇下穿过墓地径直通到岩壁前的一条，走上了左边穿过小树林缓缓上升的更远的另一条。走到了两条路重新会合在一起的地方，他在那张放得恰到好处的长凳上小坐了片刻。随后，他才踏着真正是上山去的小径，攀登上各式各样的石阶和平台，循着狭窄的时而陡峻、时而平缓的道路，最后走到了那间庐舍跟前。

夏绿蒂在门前迎接自己的丈夫，让他坐在一个适当的位置上，使他透过门窗望出去，就可以把那一幅幅像是加了画框似的美景尽收眼底。爱德华非常高兴，希望即将到来的春天将使一切更加充满蓬勃的生机。

"我只想提醒你一点，"他补充说，"这间小屋在我看来似乎窄了些。"

"对于咱俩可够宽的啦。"夏绿蒂回答。

"那自然，"爱德华说，"再来第三个人大概也还有地方。"

"可不是吗？"夏绿蒂应着，"即使有第四个人也不成问题。人多了，咱们可以另外准备地方。"

"好,现在我们单独在一起,没谁来打搅,心情宁静而愉快,"爱德华说,"在这种情况下我不能不向你承认,好些日子以来我就怀着一个心事,觉得必须对你讲也渴望对你讲,但就是找不到机会。"

"这我早看出来了。"夏绿蒂回答。

"只不过我想坦白告诉你,"爱德华继续说,"要不是明天早上有信使来催我回信,我们必须在今天做出决定的话,我也许会沉默下去的。"

"到底是什么事呢?"夏绿蒂关切地问。

"事情关系着咱们的朋友,关系着那位上尉,"爱德华回答,"你了解他眼下的可悲处境;而他之堕入这样的处境,也如其他一些人一样并非由于自己有什么过错。要他这么个知识渊博、多才多艺的人无所事事地混日子,想必是非常痛苦的,因此——我不想再避而不提我希望为他做的事:我希望,咱们能请他来工作一些日子。"

"这可得好好考虑考虑喽,不能只看到事情的一个方面。"夏绿蒂回答。

"我准备谈谈我的看法,"爱德华针锋相对地说,"在他的最后一封信里,已暗暗流露出内心深藏着的烦闷;倒不是因为缺少什么必需的东西,他这个人知道节制,而我已让人为他准备了必不可少的一切;也并非他对接受我的周济有什么过意不去,我们俩一生中相互欠的情太多了,简直算不清楚谁应该报答谁——他真正的苦恼在于无事可做。他唯一的乐趣,是的,甚至唯一的热情，就是每日每时地用他自己所学的那许许多多东西，去为他人谋利益。现在倒好，要他游手好闲，或者在那么多旧本领都无从施展的情况下再去学习新的——够了，亲爱的，这处境十分难受，而他又那么孤独，所以一定会感到两倍、三倍的痛苦。"

"可我想，"夏绿蒂说，"他从其他许多地方也会得到聘请。我本人就为他给好些有能耐的朋友写过信，而且据我所知，也不是没有效果。"

"完全正确，"爱德华回答，"但正是这各式各样的机会，正是这各式各样的提议带给了他新的苦恼、新的不安。没有一处的情况是适合他的。人家不是要他去工作，而是要他去牺牲，牺牲他的时间、他的种种思想以及他立身行事的方式；而这，在他却不可能办到。我越是考虑，越是体察这个情况，想要在咱们家里见到他的愿望就越迫切。"

"你如此关心自己的朋友，设身处地为他着想，这在你是太好了，实在令人钦佩，"夏绿蒂接过话头说，"可是，请允许我要求你也替自己想想，也替咱们想想。"

"我已经想过了，"爱德华应道，"他在身边只会带给我们好处和愉快。至于他来我们家的花费，对于我无论如何都将是微乎其微的，所以我也不想谈它，特别是我还考虑到，他在这儿绝不会引起我们哪怕是一丁点儿的不便，他可以住在府第的右厢房里，其他一切都是现成的。这样就帮了他的大忙，而与他接近又会使我们获得许多乐趣，是的，甚至许多好处啊！我早已希望丈量一下田产和领地，这件事便可以由他去办理和主持。在目前的佃户们的租佃期满了以后,你还有意将来自行管理田产。可这件事情是多么伤脑筋啊!而他不是可以帮助我们获得许多必备的知识吗!放走这样一个人,我觉得太可惜了。乡下人虽然也有地道的知识,但讲起话来杂乱无章,而且还不诚实。从城里和学府里来的那些读书人倒是头脑清楚而有条理,却缺乏对事情的直接了解。咱们的朋友则兼备二者之长,由此将产生上百种其他我乐于想象、与你的打算也有关系的情况;我预见到,它们会带来许许多多的好处。喏,谢谢你友好地听我讲完了自己的话;现在请你也无所拘束地谈一谈,把你的想法全部详详细细地告诉我;我保证不打断你。"

"很好,"夏绿蒂回答,"这样,我就想先谈点一般的看法。你们男人考虑的多半是个别的事情、眼前的事情,这也不无道理,因为你们生来就是为了行动,进行实干的。相反,我们女人则更多地注意生活中的联系,这同样有道理,因为我们的命运和我们家庭的命运都与此相联系,都紧密相关;生活所要求于我们的,也正好是注意这个联系。好,现在让我们来看看我们眼前的生活以及过去的生活;这样你就会承认,请上尉来家里对于我们的打算、我们的计划和我们的安排,都是不大合适的。

"我多么乐于回忆我们最初的关系啊!你我当时年纪轻轻,倾心相爱;后来我俩被分开了,你是因为你父亲贪得无厌,硬让你娶个有钱的妇人,我却由于没有任何特别的指望,不得已答应了一位自己虽不爱却敬重的富有男子的求婚。后来我们又自由了,你早一点,因为你那老太婆给你留下一笔遗产自己去了;我迟一些，也就是当你出外周游归来的时候。这样，我俩又得重逢。我们常常喜欢回忆过去，我们珍爱自己对过去的回忆，我们可以不受干扰地生活在一起。你催着要我和你结合，我没有马上同意；要知道咱俩年龄差不多，我作为一个女人大概已经快老了，你作为男子则不然。可临了儿我也不愿令你失望，给了你似乎被你视作自己唯一幸福的东西。你长期在宫廷里、在军中、在旅途上过着动荡不安的生活，现在希望到我身边来彻底休息休息，静静地做一些思考，享受享受人生；但也只是单独和我在一起。我把自己的独生女儿送进了寄宿学校，她在那儿自然会受到比住在乡下更全面的教育。而且不只是她，还有我亲爱的侄女奥蒂莉，我也把她送到那儿去了；本来在我的指导下，她是很可能成长为一个管家的好帮手的。做这一切都得到了你的同意，目的仅仅在于使我俩能单独生活在一起，能享受咱们早年真诚渴望、现在终于获得的幸福，不受任何人的干扰。因此我们才住到乡下来。我承担家里的事，你承担外边的和关系全局的事。我已下了决心，在一切方面都将就你，仅仅为了你一个人而活着；让咱们至少尝试一段时间，看咱们这样子在一起能坚持多久吧。"

"既然你说注意联系乃是你们女人的天性，"爱德华答道，"那我就不应该听你一个劲儿讲下去，或者横一横心说你是对的，尽管在今天以前你所讲的话不错。迄今我们为我俩的生活所做的安排，的的确确非常好；可难道因此就不应增加任何东西吗？不应再有任何发展吗？我在苗圃中做的一切，你在庭园中做的一切，难道只供两个隐士享受吗？"

"问得好！"夏绿蒂回答，"很好！只不过不应该让任何有妨碍的陌生东西掺和进来！你得考虑，我们的种种打算，包括与娱乐消遣有关的在内，在一定程度上统统都只是着眼于我们双方的共同生活。你曾经想首先把自己的旅行日记依次念给我听，借此机会清理一些有关的文书，并且在我的参与和协助下，将这些极为珍贵却凌乱不堪的册页汇编起来，使其成为一部对于我俩和其他人都有意思的完整的文献。我也答应过帮你誊写。我们设想好了，我们将舒舒服服地借助着回忆，一道去周游那个我们未能一同见到的世界。是的，我们已经开始这样做。到了晚上，你又吹起你的长笛伴着我弹钢琴；再说，我们也不缺少与邻人之间的相互访问。所有这一切，至少对于我是构成了我一生中第一个曾经渴望享受的真正欢乐的夏天。"

"瞧你讲得多么动人，多么聪明，"爱德华摸一摸额头说，"可听着你的话，我总想到有上尉在旁边一点不碍事，甚至反倒会使一切进行得更迅速，获得新的活力。他也参加过我的一部分游历，也以不同的方式做过某些记载，我们若能共同利用这些笔记，那才会整理出一部漂亮而完整的东西来啊。"

"既然如此，就让我坦白告诉你，"夏绿蒂已有几分不耐烦，说道，"你这个打算和我的感情相抵触；预感告诉我，它不会带给我们任何好处。"

"这么一讲你们女人就真叫人奈何不得了啊，"爱德华说，"首先是聪明，叫人无法辩驳；然后是殷勤，叫人乐于从命；然后是多情善感，叫人不愿伤你的心；最后是充满预感，叫人战战兢兢。"

"可我并不迷信，"夏绿蒂道，"也不把这些隐隐约约的感触当一回事儿，如果它们只是些预感的话。然而，在多数情况下，它们却是一些无意间产生的回忆；我们回忆起了在自己或别人的行事中所经历过的某些幸与不幸的后果。在任何情况下，都没有什么比第三者插足更可虑的了。我见过一些朋友、姊妹、恋人、夫妻，他们的关系往往由于另外一个人偶然或有意的介入而一反往常，遭到了彻底的破坏。"

"这诚然可能，"爱德华反驳说，"但只发生在那班糊里糊涂地过日子的人中间；在富有经验而理智清醒的人们则不可能，他们更加自觉。"

"所谓自觉，亲爱的，"夏绿蒂应道，"它并非足够有效的武器，是的，对于使用这武器的人来说，它有时甚至是危险的；而从上面讲的这一切中，至少可以得出一个结论，那就是我们不应该操之过急。再给我几天时间考虑吧，别现在就做决定！"

"照这个情况，"爱德华回答，"咱们再过多少天也仍旧是操之过急。赞成和反对的理由咱俩都相互摆出来了，目前的问题就在于做决定；依我看，真正最好的办法就是抓阄儿。"

"我了解，"夏绿蒂说，"你碰上疑难问题总喜欢打赌或者掷骰子；可对于眼下这件如此严肃的事，我认为那样做是罪过。"

"可是，叫我怎么给上尉写信呢？"爱德华高声说，"我得马上坐下来复信了。"

"你就冷静而理智地写一封安慰他的信吧。"

"这还不等于压根儿没写。"爱德华回答。

"可是，在某些情况下这却是必要的友好表示，"夏绿蒂道，"即使内容泛泛，也比不写要好。"

第二章

爱德华独自待在房间里。适才从夏绿蒂口里听到的那些话，她对于他的遭遇的回忆，她对于他俩目前的处境和打算的生动描述，的确使他那敏感的心觉得欣慰。在她身边，与她在一起，他感到自己非常幸福，因此也真的构思好了一封给上尉的信，一封既亲切又充满同情心，却冷静和没有任何意义的信。然而，当他走到写字台旁，拿起他朋友的信来准备再读一遍的时候，他眼前马上又出现了那位杰出的男子的可悲景况。这些天来一直折磨着他的种种感情重新苏醒了，他说什么也不能置自己的朋友于如此可怕的境地而不顾。

爱德华是不习惯于违背自己的意愿的。作为一对有钱的夫妻的独生子，他从小就娇生惯养。后来父母亲说服他成就了与一位年纪比他大得多的女人稀罕但极有利的婚事，他的妻子也千方百计地宠着他，企图以最大的慷慨来报答他对她的好处。不久妻子死了，他又成了个自由自在的人，在旅途中无所拘束，过惯了丰富多彩、变化多端的生活，虽说并没有想入非非，却希望得到很多很多。他心胸开阔，乐于助人，机敏能干，甚至必要时也勇敢无畏——在这个世界上，有什么能违抗他的意愿呢！

到目前为止，他万事如意；以他那一往情深的，甚至是富于浪漫精神的忠诚，他也终于达到占有夏绿蒂的目的。可是现在，他感觉自己第一次遭到了反抗，遇到了阻碍，而且偏偏在他想把自己青年时代的朋友接到身边来的时候，在他想使自己的整个存在变得完满充实的时候。他烦躁、困扰，几次抓起笔来又放了下去，拿不定主意该写些什么。他既不愿违背自己妻子的意旨，又无法满足她的要求。他的内心是如此不平静，却要他来写封冷静的信，这在他是完全不可能的。最自然的解决办法就是设法拖一拖。他用三言两语请求朋友原谅，原谅他近些日子没有给他写信，原谅他今天仍然不能写得很详细，答应很快再写一封更有意义的能使他安心的信给他。

第二天，夏绿蒂利用又去昨天那地方散步的机会，重新提起了是否请上尉来家的问题。她也许坚信，要打消一个念头，最可靠的办法莫过于把它反复讲透。

爱德华呢，却巴不得重提此事。以其惯有的作风，他的话讲得亲切委婉，因为他尽管敏感而易激动，想达到目的之心异常迫切，脾气也固执急躁，但是为了完全不伤害对方的感情，他还是把自己所有的措辞大大地缓和了，使人仍然不能不觉得他是殷勤可爱的，虽然很难对付。

那天早上，爱德华就这么先使夏绿蒂变得兴高采烈，然后再巧妙地把话题一转，使她完全不知所措，临了儿只能喊道：

"我明白啦，你这是要我把拒绝给丈夫的东西，答应给予一位情人。"

"亲爱的，"她继续说，"你至少看见了，你的愿望，以及你表达自己这些愿望的殷勤而热烈的方式，它们并非没有打动我，我并非无动于衷。它们逼着我向你承认：我至今也向你隐瞒着点什么。也就是说，我有着与你相似的处境，并已竭力克制着自己的感情，正如我现在要求你克制自己那样。"

"这我倒很愿意听听，"爱德华说，"我发现，夫妻之间有必要经常争论争论。这样可以相互了解。"

"现在就让你了解好啦，"夏绿蒂说，"我和奥蒂莉的情况，就跟你和上尉的情况一个样。我极不乐意让这可爱的孩子待在寄宿学校里，那儿的环境令她感到压抑。如果说我的女儿露娴妮生来就是为了走向世界，因此也为了世界而在那儿接受教育；如果说她学起语言、历史以及其他各门功课来也轻松愉快，就像她弹奏钢琴练习曲和变奏曲那样；如果说她生性活泼，记忆力绝佳，可以很快忘记一切，也可以在转瞬间把一切都重新回忆起来；如果说她仪态端庄，舞姿优雅，谈吐大方，事事出众，在小伙伴中是一位天生的女王，被寄宿学校的女校长奉若神明，在她的调教下才得到茁壮成长，为她增加了光彩，博得了世人的信赖，因而使其他女孩子纷纷来入学；如果说校长的头几封信以及每月的情况简报已充满对这个杰出的姑娘的颂歌——我自然知道将这些颂歌译成自己的散文——那么，奥蒂莉的情形刚好相反，校长提到她时永远只是抱歉了再抱歉。这个本来出落得不错的孩子不知怎的就是不开窍，毫无任何天赋和才能的表现。除此而外，校长所补充的为数不多的情况对我同样不是一个谜；因为在这个可爱的女孩子身上，我发现了她的母亲——我最亲密的女友的全部个性。我的女友是在我身边长大的,她的女儿要是由我来培养管教,我一定会把她教育成一个出色的女子。

"可是呢,这与咱们的计划有抵触。再说一个人在生活中也不应追求太多,老是找一些新的麻烦,所以我就宁可承受,或者说努力克服内心的苦闷。我特别苦恼的是,我的女儿深知可怜的奥蒂莉完全寄人篱下,对她于是放肆地利用自己的优越地位,把咱们做的好事儿几乎完全破坏了。

"然而谁又那么有修养,不会偶尔也以残忍的方式对别人显示一下自己地位的优越呢?谁又那么清高,在这样的压力下不也偶尔感到痛苦呢?通过这些考验,奥蒂莉的价值更其增加了。可是,自从看清楚她那尴尬的处境,我就努力设法把她安顿到其他什么地方去。我随时可能得到回音,到那时决不会犹豫的。我的情况就是如此,亲爱的。你瞧,咱们两人都有着一颗为朋友着想的忠诚的心,心中都怀着同样的隐忧。那就让咱俩来共同承受它们吧,因为它们相互并不矛盾!"

"我们真是一些奇怪的人,"爱德华笑了笑说,"只要能把引起我们忧虑的东西打发到其他地方去,我们就以为万事大吉。整个儿地讲,我们可以做出许多牺牲,但要我们一点一点地舍出来,却很难经受得住。从前我母亲也是这样。在我还生活在她身边的整个青少年时期,她是无时无刻都少不了为我担心。我骑马出去回来晚了点,那必定就是发生了什么不幸;我要淋了一场雨,那就准发高烧无疑。后来我走了,远远离开了她,这下子倒仿佛她完全没有过我这个儿子似的。"

"认真观察起来，"他接着说，"咱俩的行事都既愚蠢又不负责任，竟让两个与咱们如此心性相通的高贵的人去受苦，去受压迫，仅只为了自己不担风险。这要是不叫作自私，还能叫什么呢！你去接奥蒂莉，上尉也由我自己来处理；以上帝的名义，就让咱们试一试吧！"

"如果单单考虑咱们俩，那也不妨冒一冒险，"夏绿蒂忧心忡忡地说，"可你真的认为，让上尉和奥蒂莉生活在一幢房子里，合适吗？男的一个和你年龄相仿，也就是正处在——这种讨人欢心的话我只私下告诉你——一个男子才真正懂得爱也值得别人爱的年纪；女的一个呢，又正好是奥蒂莉这么一位非凡的姑娘！"

"我可是不明白，"爱德华回答，"你怎么把奥蒂莉看得这么高！我唯一能对自己做的解释是，她把你对她母亲的好感也继承下来了。她挺美，不错。我还记得，当我和上尉一年前周游归来在你姨母家碰见她和你的时候，上尉曾经提醒我注意过她。她是挺美，特别是有一双漂亮的眼睛。不过我却不知道她给我留下过哪怕一丁点儿印象。"

"你这点是值得称赞的，"夏绿蒂说，"因为我当时也在场。尽管她比我年轻得多，但旧日的女友对于你是如此富有吸引力，以至使你忽视了她那含苞待放般的美貌。这也是你为人的一个特点，正因此，我才如此乐意与你共同生活。"

夏绿蒂尽管看上去讲得那么诚恳，实际上却隐瞒了一点儿真情。也就是说，她当初有意识地把奥蒂莉引荐给刚刚周游归来的爱德华，为的是替这位自己钟爱的养女找一门好亲事；要知道，她本人对爱德华已不再存在什么希望了。就连上尉也是受人之托，才提醒爱德华注意奥蒂莉的美貌的。可这一位呢，心里仍旧忘不了对自己的夏绿蒂的旧情，真个叫作无暇他顾。他感到自己那梦寐以求的好事，那让种种变故搞得几乎永远没希望成就的好事，终于可能成就了，便幸福得忘记了一切。

夫妻俩正准备离开新辟的庭园，回到下边的府第里去，这时一个用人急匆匆地爬上来，老远就笑着冲他们喊道：

"请老爷夫人赶快下来！米特勒老爷骑着马冲进了咱们家。他把我们全体吆喝到一起，要我们到处寻找你们二位，问二位是否真有必要。'是否真有必要，听见了吗？'他冲着我们的脊背喊，'可是得快，快！'"

"这个滑稽可笑的人！"爱德华叫道，"来得不正是时候吗，夏绿蒂？——快回去！"他命令用人，"告诉他，有必要，很有必要！请他下马。替他把马照看好，领他到大厅里去，给他送一份早点，我们马上就来。"

"咱们抄近道吧！"他对妻子说，然后踏上了那条他通常总避免走的穿过墓地的小径。可是当他发现，夏绿蒂在这儿也细心地照顾到人们的感情时，真是惊讶极了。在尽可能不损伤那些古老墓碑的情况下，她对整个墓地进行了平整清理，使它变成了一个优雅的所在，能够长久地悦人眼目，引人遐思。

对于那些最古老的石碑，她也给予了应有的重视。按照年代的早晚，它们或者在墙边竖立了起来，或者嵌在了墙里，或者以其他方式各得其所。这样，教堂本身高高的台基也显出了变化，增加了装饰。在穿过小门跨进墓地的一刹那，爱德华一下子特别激动起来；他握住夏绿蒂的手，眼里噙着热泪。

然而那位怪客立刻惊扰了他俩。他在府里一刻也安静不下来，骑在马上穿过村子，一直走到公墓的大门边，停在那儿冲他的朋友们高声喊叫：

"你们不会是拿我开心吧？真有必要，我就留在这儿吃午饭。别耽搁我！我今天要做的事情还多着呢。"

"既然劳驾您跑了这么远，"爱德华也大声对他说，"您就干脆进来好了；让咱们在这个庄严的所在聚一聚。您瞧，夏绿蒂把这块悲凉的土地装扮得多么美！"

"这个地方，"骑手大声嚷着，"不管是骑马，还是坐车，还是步行，咱都不进来。那儿安息着的人们和和睦睦，咱跟他们没任何交道可打，至于将来嘛，我就只好任随人家把我脚朝前地拖进去喽。喏喏，事情真的严重吗？"

"是的，"夏绿蒂回答，"很严重！这是咱们这对新婚夫妻第一次碰到的困难和无法自行摆脱的纠葛。"

"看你们的样子却不像是这样，"米特勒说，"不过我愿意相信你们。你们要骗了我，将来我就不再理你们了。快跟我回去！我的马真需要休息休息了。"

不一会儿，三人已经坐在大厅里，饮食端上来了，仲裁人开始讲自己今天打算做的这样那样的事。这个怪人从前是一位牧师，在孜孜不倦地履行自己神圣的职责时，表现了一种出众的才能，即善于调解各式各样的纠纷，不管是家庭中的也好，邻里间的也好。一开始,他还只限于调解这个那个居民间的冲突,后来却发展到了仲裁整个地区以及许多地主之间的纷争。在他任上,教区中没有一对夫妻离婚,没有人去上边起诉,去搞得议员们不得安宁。他及时地认识到法律知识对他是多么必要,于是潜心学习,很快就有了与最精明的律师较量的自信。他的活动范围惊人地扩大了;人家已打算把他延请到宫廷里去,以便让他从上边完成自己在下边开始了的事业。谁知这时他却中了一大笔彩,用它购置了一片不大不小的地产,把地租佃出去,于是管理地产便成了他的活动中心。他打定主意,或者说主要是按照自己的老习惯和老脾气:无事绝不登任何人的门,除非有纠纷要他排解,有困难要他帮助。那些对姓名的含义存着迷信的人们硬是讲,他的米特勒这个名字,就注定他一定得担起这个在所有职司中最不寻常的职司。①

饭后的甜品已经端上桌子。这时客人又严肃地提醒两位主人,有话快讲,别再拖延,他喝完咖啡马上就得离开。夫妻二人于是一五一十地道着事情的原委;可他还未听出个究竟,已经不耐烦地从桌边跳起来,几步奔到窗口,吩咐底下的人为他备马。

"要么你们是不认识我,不了解我,要么你们心肠太坏,"他大声嚷着,"这也叫纠纷?这也用得着调解?要不就是你们相信,我活在世界上单单是为了给人出主意的吧?这可是一个人能够干的最愚蠢的事啊!谁都可以给自己出主意,做他自己忍不住要做

---

① 米特勒(Mittler)这个姓氏与"仲裁人"的写法完全一样。

的事。成功了呢，为自己的精明和幸运沾沾自喜；失败了呢，就来找我帮助。一个想摆脱某种祸患的人，他总知道自己希望的是什么；一个想得到比自己的所有更好的东西的人，却完全茫然无知——是的，是的！你们只管笑好了——就像在玩瞎子摸鱼，没准儿也能抓着；但抓着的是什么呢？你们想怎么办就怎么办好啦；反正一个样！把你们的朋友接来也好，让他们走也好，反正一个样！我曾见过最合理的事情遭到失败，最荒唐的事情获得成功。别举棋不定，想破脑袋；就算出了这样那样的纰漏，也别伤脑筋！派个人来找我，我总会帮助你们的。容你们的仆人我告辞了吧！"

这样，还没等到喝咖啡，米特勒老爷便跃上马背走了。

"这下瞧见了，"夏绿蒂说，"两个关系亲密的人之间出了问题，第三者很少帮得上什么忙。眼下咱俩恐怕是更加晕头转向，比先前更加茫然无措了吧。"

设若这时不是刚好送来上尉对爱德华最近一封信的回信，夫妻俩大概还会摇摆一阵子。上尉在信中说，他已决定接受人家给他的一桩差使，虽然这差使压根儿不适合他。他的使命是去与那些有钱的贵人们分享无聊，因为人家信赖他，以为他能把他们的无聊驱赶跑。

爱德华对整个情况一目了然，因此对它做了十分刺目的描绘，最后提高嗓门道：

"我们甘愿自己的朋友落到这般田地吗？你不可能如此狠心吧，夏绿蒂？"

"我们的米特勒，那位怪人到底说得对，"夏绿蒂回答，"所有这类事全都是冒险，其结果如何，谁也无法预见。这样的新情况可能产生巨大的后果。幸也罢，不幸也罢，都容不得我们清楚地给自己分出功过是非。我感到，我再没有足够的力量继续反抗你。让咱们试一试吧！我唯一要求你的，就是只试一个短时期。在此期间，允许我更加努力地为他想办法，尽量利用我的影响和各种关系，替他谋一个可能适合他口味并令他感到几分满意的差使。"

爱德华极其温柔地向妻子表示了自己的感谢，然后就兴冲冲地赶去给他朋友写回信，向他提出建议。他坚持要夏绿蒂亲手附上几句，以表示支持丈夫的建议，在他的邀请之后再一次对上尉发出友好邀请。她的书法流利，措辞得体，只是显出一种从未有过的慌张，结果竟在纸上滴了一团墨水。这在她是很难有的事情，因此非常恼火。她想擦掉墨水，结果反使污迹变得更大。

爱德华取笑了她。因为还有空白，他又加了第二条附言：他的朋友从这块污迹可以看出，他们是如何急切地期待着他；他也应该像他们迫不及待地写这封信一样，火速做好动身的准备。

信使被打发走了。爱德华呢，这时却一次再次地坚持要求夏绿蒂立刻差人去寄宿学校，把奥蒂莉接回来。他相信，这是表示对她感激的最有说服力的方式。

夏绿蒂请求缓一缓。她想好了今天晚上要启发一下爱德华对音乐的兴趣。夏绿蒂弹得一手好钢琴；爱德华的长笛吹得却不怎么样，尽管他早年也下过一番功夫，却缺乏培养音乐才能所必需的耐心和坚持精神。因此他的笛子总是吹奏得与钢琴不协调，一些地方比较好，也许仅仅只快了一点儿；另一些地方又时常停顿，因为曲子不熟。换上另外任何一个人，都很难与他配完一支二重奏曲子。然而夏绿蒂有本领适应他，她自己也时常停下来，让他重新带着自己前进。也就是说，她身兼二职，既是一位杰出的乐队指挥，又是一位聪明的妻子，这位妻子懂得如何把握好全局，即使不能使所有的片段总是符合节拍。

第三章

上尉来了。行前他寄来一封十分通情达理的信，令夏绿蒂完全放了心。他如此有自知之明，对于自身的处境和朋友夫妇的处境如此了解，使他和他们在一块儿生活的前景显得光明而愉快。

像久别重逢的朋友之间经常发生的那样，他们头几个小时的谈话如此热烈，几乎想把整个心都掏出来似的。傍晚，夏绿蒂提议去新庭园散散步。上尉很喜欢这个地方，他注意到了由于新敷设的道路才呈现在面前供人们享受的所有美景。他的眼睛是训练有素的，但也是知足的。他尽管了解还有哪些地方值得改进，却不提任何条件不允许的要求，或更有甚者，讲自己曾在别处见过更完美的布置什么什么的，结果像经常发生的那样，闹得领客人参观的主人很不开心。

他们走到庐舍前，发现小屋已极为有趣地装饰起来了：虽然主要用的是些纸花和冬天里有的那类绿枝，其间却也点缀着用真正的麦穗和其他蔬菜瓜果扎成的美丽的把子，充分显示出布置这一切的女主人的艺术鉴赏力。

"尽管我丈夫不喜欢人家庆祝他的生日或命名日，今儿个他却不会生我的气，因为我把这为数不多的花环献给一个三重意义上的节日。"

"三重意义上的节日！"爱德华失声叫道。

"一点不错！"夏绿蒂回答，"咱们朋友的光临完全可以当成一个节日。还有，你们俩大概都没想到今天是你们的命名日吧？难道你们一个不和另一个一样，都叫作奥托吗？"

两位朋友越过小桌子向对方伸过手去，然后紧紧相握在一起。

"你使我回忆起了青年时代的那个友谊表示，"爱德华说，"我们俩小时候都叫奥托。可后来一同生活在寄宿学校里，就闹了不少误会，我于是心甘情愿地把这个既漂亮又简单明了的名字让给了他。"

"当时你可并不如此大方啊，"上尉说，"我还清楚记得，你更喜欢爱德华这个名字，因为一当它由一些美丽的嘴里唤出来，那声音是尤其动听啊。"

这样，朋友三人围坐在同一张小桌子旁边；也就是在这儿，夏绿蒂不久前还慷慨陈词，反对过邀请上尉来哩。如今爱德华已遂了心愿，本不想叫妻子想起先前的事，可到底还是忍不住说：

"这里边完全还坐得下第四位啦。"

正说着，从府第的方向突然传来阵阵号角声，好像在对相聚一室的朋友们的美好思想和愿望表示响应和赞同似的。三个人都默默地听着，各自想着各自的心事，对于眼下这一美妙的巧合倍感幸福。

爱德华首先打破沉默，站起来一边往庐舍外走，一边对夏绿蒂说：

"马上把咱们的朋友领到山顶上去吧，不然他会以为，咱们继承的产业和住地仅仅是这道狭隘的山谷。上面视野更加开阔，更加令人心旷神怡。"

"不过这次咱们还得爬那条艰难一些的老路，"夏绿蒂回答，"但愿我那些台阶很快就能一直通到顶上，让你们走起来舒服一些。"

这样，一行人翻过山岩，穿过树丛，到了峰顶。那儿虽然并不开阔平坦，却是一道连绵不断的、草木繁生的山梁。底下的村庄和府第已经看不见了。展现在眼前的是一片片小湖。湖泊旁边是一座座绿色的山丘，再往前是一些陡峻的、直插在最后一片明镜般湖水中的岩壁；岩壁把湖泊与陆地截然分开，同时在水中投下了自己巨大的倒影。在一条奔腾的溪流注入湖泊的峡口里，隐隐约约露出一座磨坊。磨坊的环境如此幽静，显然是一个十分宜人的憩息处。放眼望去，峰峦起伏，林莽错落，千姿百态。时下树林虽然还仅仅呈现一片新绿，却已预示着即将到来的繁茂景象。有少数地段的树丛已开始吸引人的注意。特别是他们脚底下紧邻着中间一片湖泊的岸边上，长着许多白杨和梧桐，更加得天独厚，超群出众。只见它们茁壮地生长着，新鲜、健康、挺拔，努力将自己的枝干向四周伸展开去。

爱德华特别要他的朋友注意这些树。

"瞧，"他高声说，"它们是我年轻的时候亲手栽种的。有一年夏天，父亲为了给府第的大花园增加一些新的设施，想把这些幼树砍伐掉，是我救了它们。今年无疑它们也会茁壮生长，以报答我的救命之恩。"

三人满意而快活地回到家中。客人被领进府第右厢房里一间舒适而宽敞的卧室。他在那儿很快就把书籍、纸张、文具摆得规规矩矩，以便继续做自己习以为常的工作。不过，爱德华在头几天却不让他安静。他拖着他东走西走，一会儿骑马，一会儿步行，让他见识了他的领地和田庄。在此过程中，他也把长期以来藏在心里的想要更好地了解和利用自己的产业的愿望，告诉了他的朋友。

"咱们要做的头一件事，是我用磁针把你的领地测一测，"奥托上尉说，"这件事做起来轻松愉快，虽然达不到最大的准确性，仍旧有用处，对于开始来说，结果将会是喜人的。即使没有多少人帮助也可以进行，也有把握完成。你如果将来想做更精确的丈量，那还有其他办法。"

奥托上尉于使用磁针测量一道，是训练有素的。他随身带来了必需的器械，马上就开始工作起来。他对爱德华以及几名准备当他助手的猎人和农民做了必要的讲解。天气非常有利，傍晚和清晨他都用来绘图和描线。很快所有的图便描出来了，并且着好了色。爱德华眼看着自己的产业如同经历一次新的创世过程一样，慢慢在纸上清清楚楚地呈现了出来。他觉得现在才真正认识它们，它们也似乎现在才真正属于他所有。

偶尔，朋友俩也谈到在这样了解了全貌以后，可以如何去改进整个领地的设施和园林布置。他们觉得，这样做一定比根据偶然的印象零敲碎打，东试一下，西试一下，来得好得多。

"咱们必须让我妻子明了这个道理。"爱德华说。

"千万别这样！"奥托上尉回答；他不乐意用自己的想法去否定别人的想法。经验告诉他，人的想法千奇百怪，即便你讲得再有道理，也绝不可能统一到一点上。"千万别这样！"他大声说，"她容易产生误解。跟所有只是出于爱好干干这类事的人一样，对于她来说更重要的是干，而不在乎究竟干出了怎样的结果。他们喜欢接触自然，对这块或那块地方有着偏爱；他们不敢去冒险清除这个或那个障碍，没有足够的勇气牺牲些什么；他们无法预先想象会产生怎样的结果；他们总是在尝试，可能成功，也可能失败；他们不断进行改变，也许改变了本该保留的东西，保留了本该改变的东西；这样到头来总是留下一点成绩，令他们高兴和兴奋，却并不满意。"

"坦白告诉我，你对她这些个布置不满意吧？"爱德华问。

"如果那原本不错的设想真能完全实现，倒没有什么好说的。她为了敷设那翻过岩壁通向山顶的路，自找苦吃，费了好大的劲儿，现在又让每一个你愿意让她领上山去的人跟着吃苦。人们既不能并肩前进，又不能鱼贯而行，稀稀拉拉，行进的节奏随时都可能被打断。问题真是要说有多少就有多少！"

"有简单的办法进行补救吗？"爱德华问。

"办法太简单了，"上尉回答，"她只需把那个由小块岩石组成因而并不显眼的岩壁转角打掉,就会产生一个美妙的向上的回旋,同时又可以用打下来的石头去铺垫那些本来狭窄不平的山路。不过,这只是咱俩私下讲讲。否则,她会误解和不高兴的;再说,已经做成的东西,就该让它存在。你要是愿意继续花费金钱和力气,从那庐舍往上以及在峰顶,都还有的是事情好干,而且可以取得许多可喜的成绩。"

朋友二人如此完成着一些眼前的工作,同时也没少在一起对往事进行生动而愉快的回忆。后一种场合,夏绿蒂往往都参加了。他们还做出决定,一当眼前的急务完成,就着手整理旅行笔记,重温那旧日的情谊。

再说,爱德华现在与夏绿蒂单独在一起可以谈的话已经少了,特别是在他听了奥托上尉指摘她的庭园设计以后。他觉得,上尉的话非常正确,因此总是不能忘怀,却又长时间保持着缄默。但是后来,他发现妻子又在忙着从庐舍往上吃力地砌她的小台阶,铺她的小路,就再也忍不住了。在东拉西扯地绕了一阵弯子以后,他终于把自己新的看法告诉了她。

夏绿蒂愕然地站住了。她是足够聪明的,很快就看出人家的意见正确。可是事已至此,不能再改变。她认为自己仍然做得对,已经做了的仍然值得,就连受到指摘的每一点,在她看来也极可贵。她抗拒着丈夫对她的说服;她捍卫着自己小小的创造;她斥骂好高骛远的男人们,竟把一桩闹着玩儿的消遣搞成一项大工程,不想想计划一扩充将带来多少花费。她激动、委屈、气恼。她既不能抛弃旧的,又不能完全拒绝新的。不过以她性格的果断,她倒立刻停止了工作,以便有时间好好考虑考虑,使自己的想法成熟起来。

这样,夏绿蒂便失去了自己唯一的消遣活动;而男人们呢,却越来越高兴在一起干他们的事情,特别是积极地经营那些花园和暖房,间或也从事一下骑士们通常必需的练习,诸如打猎、买马、换马、驯马、驾车,等等,结果夏绿蒂便一天比一天更加感到寂寞。自从奥托上尉来了以后,她对外的通信更加频繁,然而仍然有不少感到寂寞的时候。于是乎,那些来自寄宿学校的信,就更加为她所珍视,更加使她高兴。

校长又寄来了一封长信。在一如往常地以愉快的语调报告她女儿的进步以后,信中加了一小段附言,并且夹着一张出自女校长的一位男助理之手的便条。我们把这两样东西都抄在后面。

女校长的附言

关于奥蒂莉,夫人,我原本只能重复我在先前的信中已经讲过的那些话。我无法责备她,但又不能对她满意。对待他人,她仍旧是那么谦逊、和蔼;然而这样的隐忍退让,这样的克己待人,却不是我所喜欢的。您最近寄给她钱和各种衣服。钱她压根儿没动,衣服也仍然放在那儿,没有穿。她自己的东西自然是理得干干净净,整整齐齐;看起来她就是为了这个缘故,才把身上的衣服换了换。还有在饮食方面,我也不能赞赏她那样地节制。在我们的餐桌上,并非东西多得吃不掉;能看见孩子们把那些营养丰富的可口食物吃光,个个吃得饱饱的,我心里比什么都高兴。至于那些经过特别的考虑才分配给每个人的东西，更应该吃完才是。然而奥蒂莉，我却从来没办法叫她做到这一点。可不是嘛，她总是代替那些疏忽大意的女佣干这干那，就为了能够躲开，不吃某一道菜或者最后的甜食。这些都不说，最值得注意的是——这我后来才发现——她经常还叫左边脑袋疼；虽说一会儿就过去了，但也可能挺难受并且后果严重。关于这个在其他方面是既可爱又漂亮的孩子，我就写这么多。

男助理的便条

我们杰出的校长向学生家长报告他们的孩子在学校里情况的信，我通常都是经她允许读了的。特别是那些写给夫人您的信，我读起来倍加注意，倍感兴趣。须知，如果说为了您有一个兼备所有足以使她在世界上出人头地的优异品质的女儿，我们应该祝贺您的话，那么为了您的养女，我们至少必须同样祝贺您；因为这孩子好似生来就会带给他人幸福和满足，而且多半自己也会幸福。奥蒂莉差不多是唯一一个我与我们尊敬的校长看法不一致的学生。这位苦干实干的夫人，她希望自己辛劳的果实有外在的表现，好让人一目了然；我丝毫没有责怪她的意思。不过，还有一些隐蔽起来的果实，它们才真正壮硕，迟早会焕发出美丽的光辉。您的养女显然是这一类果实。我在教她的整个期间，发现她总以同样的步子往前进，慢慢地、慢慢地前进，从不后退。要是有哪个孩子学习必须按部就班，循序渐进，那么肯定就是她。一切与先前的课程不衔接的东西，她都理解不了。一个问题哪怕再容易，只要对她说来与原有的任何知识都不相关，她站在面前就会一筹莫展，木头木脑。反之，你如果能把各个环节找出来，对她解释清楚，再困难的问题她也可以理解。

如此慢慢地前进，她与那些一个劲儿往前赶的同学比起来就落后了。她的同学有着完全不同的天赋，能够轻易地理解和记住一切，即便是不相关联的东西，并且得心应手地加以应用。以她那样的学习情况，课一讲快了自然什么也学不到；有几门课情况就是这样，虽然老师是很不错的，但教得快了点，急了点。大伙儿抱怨她书法蹩脚，记不住语法规则。我做了进一步调查。不错，要说嘛，她书写是缓慢，是生硬，却并不东倒西歪、怪模怪样。我曾经按部就班教过她法语，虽然这并不是我的本行，她也很容易理解。说来自然会叫人奇怪：她懂得的东西那么多，那么好；只是当你问起来，她却又像什么都不知道似的。

如果允许我最后下个总的结论，我就想说：她不是作为一个受教育者在学习，而是作为一个愿意教育他人的人在学习；不是作为学生，而是作为未来的教师。在夫人您也许会觉得奇怪，我本身作为教育者和教师，相信自己对于其他人的最大称赞，莫过于承认他乃是我的同行。以夫人您的卓越洞察力，以您对于人和世界的深刻认识，一定能很好地理解我这有限的几句善意的话。您一定会相信，就从奥蒂莉这个姑娘身上，您也可以指望得到许多快乐。

谨致敬意，并伏乞允许我：一当我觉得有什么重要的和令人愉快的事情，就再给您写信。

这张便条使夏绿蒂挺高兴，它的内容与她对奥蒂莉的看法十分接近。想到男教员对于奥蒂莉的关心似乎已亲切得超出通常注意学生品性的范围，她禁不住微微笑了。由于她思考问题的方法冷静而无偏见，便也能像容忍许多其他关系一样容忍这样的关系。她珍视那位明达的男子对奥蒂莉的同情。生活已经教她充分认识到，在这个人与人之间原本充满冷漠和反感的世界上，每一点真正的倾慕之情是多么宝贵。

第四章

以线条和色彩清楚明了地标示出庄园及其周围环境的地貌图，很快画出来了。奥托上尉按照相当大的比例尺，用三角法反复测量，保证了图形的准确。这位勤奋的男子，没有谁需要的睡眠比他更少了；他不但白天一刻不停地忙着，晚上也总是干点什么。

"现在让咱们着手进行剩下的工作吧，"他对他的朋友说，"要把田产的情况登记清楚，必须做充分的准备工作，然后就能据此拟出租佃条约等等。只是有一点咱们应该肯定下来和安排好：把一切工作上的事与生活分开！工作要求认真严肃，一丝不苟，生活则可以随便一些；工作必须循序渐进，按部就班，生活则要富于变化，是的，富于变化才让人喜欢，令人愉快。你只有在工作中踏踏实实，在生活中才更加自由；否则，两者搅在一起，踏实的工作就会被自由的生活破坏和取代。"

爱德华在这些建议中，隐隐感觉出对自己的批评。他虽说不是生性不爱整饬，却从来很少有把自己的文书一格一格地清理好的时候。什么是要与别人合办的事，什么是只跟他自己有关的事，在他没有截然的界限，就像他把职责、工作跟娱乐、消遣也分得不够清楚一样。现在他倒轻松了，有朋友来代劳，有第二个"我"来进行那第一个"我"并非总是乐意分心去干的区分整理工作。

在奥托上尉住的右厢房里，设置了一个有关当前事务的文件架，一个历史档案柜；所有的契约、文书、函件都从不同的贮藏室、房间、柜子、箱子中搬了过去。很快，这乱七八糟的一大堆便清理得有条不紊，分门别类地放在贴上标签的格子里了。想找什么，立刻就能得到比你希望的还要多。在做这件事时，一位老秘书成了他们很好的帮手。他整天不离写字台，甚至还要熬夜，但对这样一个人，爱德华从前却一直是不满意的。

"我简直不认识他了，"爱德华对他的朋友说，"没想到这人如此能干、有用。"

"是啊，"奥托上尉道，"只要在他从从容容地做完旧的工作之前，我们不加新的任务给他，你看见了，他就可以大有作为；一当我们去打扰他，他就会一事无成。"

朋友俩就这么一起打发着白天的光阴，到晚上也没忘记经常去陪陪夏绿蒂。要是没有邻近庄园里的人来做客——这种情况是常有的——他们三人便一块儿聊天或读书。题目呢，多半是如何增进市民社会的福利、权益和快乐，等等。

夏绿蒂原本是个习惯于正视现实的女人，看见丈夫满意，自己也就感到心满意足了。她长期希望却未能办到的各项家庭设施，通过奥托上尉的努力都变成了现实。从前只有很少几种药品的家庭药箱，现在药品变得丰富了。通过读书和交谈，夏绿蒂获得了比过去更经常和更有效地发展自己好动而乐于助人的天性的可能。

他们也考虑到了时常发生，尽管如此却总使人手忙脚乱的灭顶之灾，弄来了为救一个溺水者所必需的一切东西，特别是因为附近有那么多池塘和水库，常常不出这种事，就出那种事。奥托上尉为此准备的器材格外齐全。爱德华忍不住指出，在他朋友的生活中，一个类似事件曾经奇妙地起过划时代的作用。可是奥托上尉一言不发，像是想回避一段可悲的回忆；爱德华只好住口，夏绿蒂呢，对那段往事有所了解，也就把话题引到了其他方面。

"我们赞赏这一切防患于未然的措施，"一天晚上，奥托上尉开了口，"可是，眼下咱们还缺少最必需的条件，即一个懂得使用所有设备的能干的人。为此，我可以推荐一位我很了解的外科医生，一位精通自己业务的男子，眼下只需花很少的代价就能雇到他。在治疗一些内科急性病方面，他也常常比某些著名医生更使我满意；而及时的抢救，往往是乡下最缺少的东西。"

那位外科医生便马上被聘请来了。爱德华夫妇非常高兴：那些本来是供他们随便花掉的余钱，现在都派上了最急需的用场。

同样，夏绿蒂也在按自己的意愿利用奥托上尉的知识和能耐，开始对他的存在完全满意了，不再担心会引起任何不利的后果。她常常准备好了问题去问他。她由于热爱生活，便力图把身边一切有害的、会带来死亡的东西都清除掉。例如陶器上的铅釉，铜器上的钢绿，早已使她感到忧虑。现在她以这方面的问题去请教奥托上尉，他和她自然必须谈到物理和化学的一些基本知识。

进行这类交谈的一个偶然但始终受欢迎的契机，是爱德华热衷于替大伙儿念书。他嗓音低沉而悦耳，从前就以热情洋溢的诗歌朗诵和演说享有名声。如今他关心的是另一些事情，念的是另一些书籍。特别是近些时候以来，他最爱念物理、化学和技术著作。

他有一个也许是不少朗诵者所共有的特点，即在朗诵的过程中，极其受不了有谁往他的书里瞅。这是很自然的，因为从前在朗诵诗歌、戏剧和小说的时候，朗诵者也好，诗人、演员或讲故事的人也好，都急欲以出其不意的停顿来引起听众的好奇和期待，而这时如果一个第三者用眼睛去预先探知下面要讲的情节，自然就破坏了预期的效果。因此，爱德华从前在朗诵时，总要坐在背后没有任何人的位置上。眼下仅仅三个人，没有必要那么小心。再说并不存在激发感情和活跃想象力的问题，他自己在念的时候也没想到要特别留意。

只有一天晚上，他在漫不经心地随便坐下来以后，突然发觉夏绿蒂在看他念的书。他的老脾气又犯了，变得不耐烦起来，相当粗暴地申斥她道：

"这样一些令人讨厌的坏习惯可要彻底改掉才好！如果我给

谁朗诵,那不就是我用口把什么告诉他吗?纸上写着的和书上印着的东西代替了我的思想,代替了我的心。倘使我的额头上或胸口上开着一个小窗户,那个我原打算一点一点地把自己的思想感情传递给他的人早已看清一切,知道我最终能拿出来的都是些什么,我还有必要花力气给他讲吗?只要有谁偷看我的书,我就觉得自己的身体被撕成了两块一样。"

不论大小场合,夏绿蒂都证明自己是一个聪明伶俐的女子,特别善于消除任何不愉快的、激烈的或者甚至仅仅是急躁的意见,使拖得太长的谈话停止下来,使中断了的交谈继续进行下去。这一次她也没有忘记发挥自己的长处。她说:

"如果我向你说清楚我当时是怎么回事,你肯定会原谅我的错误。我听见你念'亲和力'这个词,便立刻联想到我的几位亲戚,联想到眼下正令我头痛的几位表兄弟。可当我的注意力回到了你的朗诵上,一听讲的却原是些个完全没有生命的东西,于是想重新理清楚思路,才看了看你的书。"

"那使你迷惑不解的词儿只是一个比喻,"爱德华说,"这儿讲的自然只是些土壤和岩石中的矿物质,可人呢,却是个真正的纳西索斯,喜欢到处都照见自己的影子,①他给整个世界敷上了水银,把它变成了一面镜子。"

"说得对!"奥托上尉接过话头,"人的确是这么对待身外的

---

① 纳西索斯,希腊神话中的美少年,因恋慕自身的倒影憔悴而死,变成了永远在水边顾影自怜的水仙花。

一切,把自己的智慧和愚蠢、意志和妄念,统统都加到了动物、植物、矿物乃至神祇们的身上。"

"我不愿使你们离开眼下的有趣话题太远,"夏绿蒂说,"你们能否简单地给我解释一下,这儿讲的'亲和力'究竟是什么意思?"

"这我很乐意,"奥托上尉回答正转过脸来望着他的夏绿蒂说,"自然只能尽力而为,把我十年前在学校学的,以及后来从书本上读到的,尽可能告诉您。至于目前科学界是否还这么认为,这是否符合新近的学说,我就说不准啦。"

"真糟糕,"爱德华嚷起来,"如今没什么东西咱们学了能够管一辈子。咱们的祖先可以老是坚信自己青年时代在学校获得的知识;咱们却得每过五年就重新学习一次,否则会完全跟不上时代。"

"我们妇女没这么认真,"夏绿蒂说,"坦白讲,我感兴趣的仅仅是对于词儿的理解。要知道,在社交场中,最可笑不过的就是用错了一个陌生的词,一个新造的词。因此我只想知道,这个词用在这些事物上表示什么具体意思。至于与此相关的科学含义,我想让学者们自己去研究;他们,据我观察到的情况看,也很难有看法一致的时候哩。"

"可从哪儿谈起,才能最快地进入本题呢?"爱德华过了一会儿问奥托上尉。奥托上尉稍一沉吟,立刻回答:

"如果允许我扯得似乎远一点,我就很快会说清楚。"

"请放心,我保证洗耳恭听。"说着,夏绿蒂放下了手中的活计。

奥托上尉于是开始讲道：

"在我们见到的所有自然物身上，我们都发现它们首先对自身有一种吸引力。这话听来无疑有点怪，因为它是一个不言自明的事实。不过，咱们只有在对已知的事物取得完全一致的理解以后，才能共同朝着未知的事物前进。"

"我想，"爱德华插进来说，"咱们举些例子，事情对于她和我们就变得简单了。你只需想一想水、油和水银，那你便会发现它们的各部分之间都存在一种聚合力，都存在一种联系。除非受了强力和其他影响，它们是不会丧失这种聚合力的。一当强力和外来影响消失，它们立刻又会聚集起来。"

"那还用说，"夏绿蒂表示同意道，"雨滴都喜欢汇聚成水流。在我们还是小孩子的时候，我们玩水银便惊讶地发现，那些被分成一个一个小珠珠的水银会迅速重新跑到一起。"

"讲到这里请允许我顺便指出一点重要的情况，"奥托上尉补充说，"这种单纯的由其本身的液体状态所产生的聚合力，有一个绝对和始终存在的特点，即形状都像个小圆球，往下掉的水滴都是圆的；您自己刚才已谈到圆圆的水银珠子；是的，一滴往下掉的熔化了的铅如果来得及凝固的话，它落到地上时也会呈圆球状。"

"您让我先猜一猜，"夏绿蒂说，"看我能否先讲出您的结论。正如每一种东西都对自身有吸引力一样，那么，它与其他东西必定也有某种关系。"

"而这又因自然物的不同而不同，"爱德华抢先往下讲，"它们有的像老朋友和老熟人一样，一碰上就很快聚在一起，不分彼此，但又不改变对方的任何特性，比如酒和水混在一起就是如此。反之，另外一些物质碰在一块儿却形同陌路，不肯亲近，即便你用机械力搅混、摩擦它们，它们都绝不肯结合在一起，例如给摇得混合起来了的油和水，转瞬间又会分开。"

"这些现象虽然简单，"夏绿蒂说，"却差不多反映出了我们所熟悉的人类的情况，尤其是令我想到人们所生活于其中的社会。不过，与这些无生命的物质最相像的却是那些在世界上形成对立的芸芸众生，等级不同，职业各异，贵族和平民，军人和老百姓。"

"可不是吗！"爱德华道，"就像人们由风俗和法律结合在一起似的，在我们的化学世界也有一些成员，它们可以使那些原本相互排斥的物质聚合在一起。"

"例如，"奥托上尉插进来讲，"我们用碱性盐，就能使油和水结合。"

"请别往前赶得太快！"夏绿蒂说，"先让我谈一谈，以便你们知道我是否跟得上。在这里我们不是已经接触到那个'亲和力'了吗？"

"完全正确，"奥托上尉回答，"而且我们会了解它的全部能耐和特性。那些一碰着就迅速相互吸引、彼此影响的自然物，我们称它们是有'亲和力'的。拿碱和酸来说，尽管它们的性质相反，或许正好就因为性质相反，所以才相互寻找和强烈吸引，彼此改变着原有的特性，共同构成一种新的物质；在它们身上，

'亲和力'是表现得十分明显的。只想想石灰吧，它对所有酸类所表现的结合的欲望是何等强烈啊！一当我们的化学实验室布置起来，我们就让您看各式各样的实验。它们将非常有意思，将比所有的词儿、名称和生造的术语都更好地帮助您理解什么是'亲和力'。"

"请容我坦白告诉您，"夏绿蒂说，"当您称您这些奇妙的物质为亲属的时候，它们在我想来并非那种血统的亲属，而是精神和心灵方面的亲属。在我们人与人之间所能产生的真正友谊，也同样是这样；要知道，相反的秉性往往会使亲密的结合成为可能。现在我愿意耐心等待，等着您把这些神秘的关系实验给我看。——我不愿继续妨碍你朗诵，"她转过脸去望着爱德华，"在受了这一番教益以后，我愿更加专心一意地听你念。"

"那不行。你既然引起了我们的兴趣，"爱德华回答，"就别想这么轻易地溜掉；要晓得，正是复杂的情况才最有意思。通过它们，你可以认识不同程度的'亲和力'，近的，强的，远的，弱的；只有当它们同时引起离异的时候，这种'亲和力'才更使人感觉有趣。"

"离异！"夏绿蒂失声叫了出来，"这个我们很遗憾在当今世界上经常听到的可悲的词儿，难道在自然科学中也存在吗？"

"当然存在！"爱德华回答，"化学家们甚至有过一个雅号，被唤作制造离异的艺术家。"

"如此说来，现在已不再这么称呼他们了，"夏绿蒂说，"很好。结合是一种更伟大的艺术，更伟大的功绩。一位促成结合的艺术家，在全世界的任何领域中都会受到欢迎。——喏，你们既然已经谈开了，就给我举几个例子吧！"

"咱们马上接着谈上边已提出和讲过的现象，"奥托上尉回答，"例如我们所谓的石灰石，乃是一种或多或少为纯净的含石灰质的泥土，与我们熟知为气态的弱酸融合在了一起。要是把这样一块石灰石放进稀释了的硫酸中，硫酸立刻就会抓住石灰质，与它一起变成石膏；而与此同时，气态的弱酸便逃逸了出来。这里产生了一次分离和一次新的聚合；人们甚至觉得有理由使用'选择亲和力'这个词儿，因为看上去的的确确是在两种关系中有所弃取，有所选择。"

"请原谅我，就像我原谅化学家们一样；"夏绿蒂说，"可是，在这儿，我永远看不见有什么选择，而只能看见一种自然的必需，就眼前这种情况也几乎看不见；因为归根结底，它也许甚至只是个机会问题。机会制造关系，正如机会制造小偷。[①]至于说您的那些自然物质，在我看来其选择能力完全掌握在把它们弄到一起的化学家手中。一旦它们已经到了一起，那就上帝保佑！在眼前的例子里，使我同情的唯有可怜的弱酸；它还原成了气态，又只得在漫无边际的空中四处飘浮喽。"

"问题只在它自己，"奥托上尉说，"它只要与水结合，就能变成矿泉水，让健康人和病人饮了都神清气爽。"

"听听'石膏'讲得有多轻松，"夏绿蒂说，"它如今没问题

[①] "机会制造小偷"是德语里的一句俗语，和我们所谓"慢藏海盗"近似。

了,变成了固体,有了依靠,不像被赶出去的那一位,在重新找到归宿之前还可能经受许多痛苦。"

"我想必是大错特错了,"爱德华说,"要不,在你的话里,就确实隐藏着一点儿怨恨。老老实实地讲出来吧!在你的眼里,我到头来竟成了石灰质,让奥托这硫酸抓住,离开了你温柔的身边,变为一块冷酷无情的石膏不是!"

"如果良知使你产生了这样一些想法,"夏绿蒂回答,"那我就可以放心了。这样一些充满比喻的谈话挺好,挺有意思;谁不喜欢玩玩以物拟人的游戏呢!不过,人比那些元素要高级一些:当他在这儿大大方方地使用选择和'亲和力'这些美好的词儿时,他要是能反躬自省,借此机会认真思考思考这些词的分量,那就对了。遗憾的是我却知道很多例子:两个看上去原本亲密无间、难舍难分的人,由于第三者的偶然介入,他们的结合往往会遭到破坏;从那美满的一对儿中,便有一个被驱赶出来,在茫茫人海中漂泊。"

"化学家们倒是殷勤有礼得多,"爱德华说,"他们会再加一个成员进去,使得谁都不落空。"

"对极了!"奥托上尉应道,"这类情况恰恰最有意思,最值得注意,其中的吸引、亲近、分离、结合等现象,简直可以说是在交叉进行;那迄今结合为两对的四个成员一经碰在一起,便放弃了原有的结合,重新进行新的组合。在这一放开和抓住、逃逸和寻找中,人们相信的确能看到一种比较高级的本能,因此承认那些物质有类似于愿望和选择的特性,认为新造的'亲和力'这个词是完全有道理的。"

"请您给我详细地讲一讲！"夏绿蒂说。

"这样的现象光讲是讲不清楚的，"奥托上尉回答，"我已经说过，一当我能给您做实验，一切都会清清楚楚、一目了然啦。现在呢，我不得不用一些可怕的术语来应付您；可它们无论怎样也是没法使您明白的。那些看样子好似没有生命而内里却始终准备着要活动的物质，你只有亲眼看到它们处于活动中，留心观察它们如何相互寻找、吸引、抓牢、破坏、聚合、吞并，临了儿从最亲密的结合中以新的意想不到的形态产生出另外的物质来：只有到这时，你才会相信它们具有永恒的生命，是的，甚至相信它们具有意识和理性，因为我们的感官几乎不足以很好地观察它们，我们的理解力几乎不能完全将它们把握理解。"

"我不否认，"爱德华说，"对于一个没有通过感性认识、通过实际接触与它们取得谅解的人，那些生造的怪词儿必定是难以接受的，甚至是可笑的。不过，我们用一些字母，却容易把这儿讲的那些关系说清楚。"

"要是您不嫌太学究气的话，"奥托上尉应道，"我就可以用几个符号把话讲得很简单。您设想有一个A，它和一个B是亲密地结合在一起的，亲密得人们想方设法和采用强力都不能使它们俩分开。您再想象有一个C，这个C和一个D的亲密情况也全然一样。现在您让这两对儿发生了接触，于是A突然奔向D，B突然奔向C，叫您简直说不清楚究竟是哪个首先抛弃了哪个，哪个首先和另一个重新结合了起来。"

"好啦！"爱德华抢过话头，"在亲眼看到这一切以前，咱们就把这个公式看成一种比喻，从中得出一点能立刻加以运用的教训吧。你好比那个A，夏绿蒂；我呢，就是你的B。因为我与你原本是那样地相依相亲，如影随形，恰似A和B；那么C呢，显然就是咱们的上尉，是他使我很快疏远了你。为了不让你冷在一旁，没了依傍，现在合理的做法就是为你找一个D。这D呢，毫无疑问该由可爱的奥蒂莉小姐来充当，你会情不自禁地跟她靠拢的。"

"好！"夏绿蒂回答，"尽管在我看来这个例子不完全适合咱们的情况，我仍庆幸咱们三人今天完全走到了一起，通过这一席关于自然和'亲和力'的谈话，加速了相互之间思想的交流了解。现在我只承认，从今天下午起我已下定了把奥蒂莉召回来的决心。因为我眼下的那位忠心耿耿的女管家要走了，她准备结婚去。这是从我这方面和为了我的利益而做的考虑；至于是什么促使我为了奥蒂莉这样做，就得由你来念给我们听。我保证不再偷看你念的东西；诚然，它的内容我已经知道了。可是念吧，念吧！"说着，她掏出一沓信来，递给了爱德华。

第五章

女校长的信

夫人，请原谅我今天只能给您写一封非常短的信。公开考试刚刚结束，对我们过去一年教育学生的成果做了检验，我必须向全体家长和上峰们汇报情况。再说，我能够用几句话告诉您许多事情，信也就可以写短一点。您的千金无论在哪方面都是第一名。附上的文凭、奖状，以及她本人说明她何以获奖并对自己的优异成绩表示出欣喜的信，将使您很快就不再有理由把一个这样杰出的女孩子继续留在我们的学校里了。暂时写到这儿；容我下次再谈谈自己的想法，谈谈对她来讲怎样最有利。奥蒂莉的情况由我好心的助理奉告。

男助理的信

我们尊敬的校长叫我写信谈谈奥蒂莉的情况。一来因为按照她的思想方法，她觉得由她来报告眼下需要报告的这件事是挺难堪的；二来因为她自己有必要表示一下歉意，但又觉得表示歉意的话由我口里说出来更好。

我十分了解奥蒂莉，知道这善良的姑娘多么缺少表述自己的感受和知识的能力，因此在举行公开考试前就有几分担心，特别是这样的考试根本不可能预先准备。就算按照通常的方式有这种可能，看样子仍然是无法使奥蒂莉做好应付的准备的。结果证明，我的担心太对了：她没有获得任何奖励，而且还是领不到文凭的学生中的一个。有什么好多说的呢？在书法方面，其他人的字体很少有她的那么好看，但却可能流畅得多。在计算方面，所有的人都比她快；她虽说善于解决困难的问题，但在考试中无用武之地。她的法语口语比好多人都差。她在考历史时一些人名和年代又一下子想不起来。她的地理答卷则忽视了行政区划。在弹奏那几支简单的曲子时,她显得慌张,不冷静。她的图画本来是肯定可以得奖的,构图明朗,笔法细腻,只可惜选取的题材太大,结果未能完成。

女学生们退了场,监考们坐到一起进行评议,我们教师至少也可以讲讲话了。这时我很快发现,大家对奥蒂莉几乎只字不提,即便偶尔提到一下那也是很冷淡的,如果还不是表示反感的话。我于是希望直截了当地提出她的情况来谈一谈,以便唤起对她的几分好感,便大胆热情地这么做了。一则因为我可以本着自己的信念讲话,再则我自己年轻的时候也曾有过与她同样可悲的处境。大伙儿留神地听着我。我讲完后,主考虽然和气,但却简单明了地告诉我:"天赋是有的,但必须变成本领。此乃一切教育的目的;此乃家长们和上峰明明白白地提出来的要求,也是孩子们本身没有讲出来和尚未完全意识到的要求。而考试要检验的就是这个,受检验的不只是学生,同时还有教师。从您刚才讲的话中,我们得到了对那个孩子的未来的美好希望。您十分留心观察学生们的禀赋,更值得嘉许。要是您能在一年后将她的天赋变成能力,到那时对于您和您格外关心的这个学生,都是不会缺少赞扬的。"

接下来的一切我已经认了,但却没有料到很快又发生了一件更糟糕的事。我们善良的校长就像个好牧人,她既不愿意她的羔羊中有任何一只掉队,也不喜欢看见它像在这儿似的出丑。所以监考先生们一走,她的不快便马上表现了出来:别的学生都高高兴兴地在看自己获得的奖品,只有奥蒂莉静悄悄地站在窗前，这时校长冲她嚷道:"可您告诉我,我的上帝!怎么本来并不蠢,一下子就变得这么木头木脑的?"——奥蒂莉心平气和地回答:"请原谅,亲爱的妈妈,我今天头又痛起来了,而且挺厉害。"——"这个鬼才知道!"平素那么慈爱的校长不耐烦地转过身去说。

事实的确如此,确实谁也无法知道,因为奥蒂莉脸上始终表情如一,我甚至一次也不曾看见她抬起手去摸摸太阳穴。

然而还没有完。您的女儿,夫人,她平常是一位那么活泼爽直的小姐,今天让胜利给陶醉了,竟变得放肆和傲慢起来。她举着自己的奖品和文凭从一间教室奔到另一间教室,还拿它们在奥蒂莉面前晃来晃去。"你今儿个真丢人!"她大叫道。奥蒂莉还是心平气和地回答:"今天还不是考试的最后一天。"——"可你将永远是最后一名!"令爱一边叫着,一边蹦蹦跳跳地走了。

在任何旁人看来,奥蒂莉似乎仍然十分冷静,只有我知道并非如此。她正竭力克制内心的不快和激动,这从她脸色的变化看得出来。她左边脸颊唰地红了,右边脸颊却变得异常苍白。我看见她这样子,再也压不下对她的同情。我把校长拽到一边,很严肃地跟她谈奥蒂莉的事。杰出的女士认识到了自己的错误。我们讨论和商量了很久。为了不把信拖得太长,我愿意这就把我们的决定和请求告诉夫人您:把奥蒂莉接回去住一些时候吧。理由不讲您也会很清楚。一当您定下来,我再详细跟您谈如何帮助这个好孩子的问题。根据目前的情况推测,您的小姐很快会离开我们这儿;到那时,我们又会高高兴兴看着奥蒂莉回来。

还有一点我几乎忘记了：我从未看见奥蒂莉要求过什么，甚或急切地恳求过什么；相反却出现过她竭力拒绝别人对她的要求的情况，虽说不多。她这时使用一种姿态，凡理解这种姿态的含义的人，都会感到它无法抗拒。奥蒂莉把举到空中的两只手掌攥在一起，然后垂下来按在心口，身子微微前倾，那么目不转睛地望着向她提出要求的人，使得这人只好心甘情愿地放弃自己的一切要求或者愿望。夫人，您在什么时候要是看见她这种姿态——在您帮助她的过程中不大可能——，请您想想我说的话，对奥蒂莉多多爱惜。

爱德华念完了这两封信。在念的过程中，他不时地笑一笑，摇摇头，也没少对信中提到的人和事情发表评论。

"行了！"他最后嚷道，"她要回来已经肯定！你这下好喽，亲爱的，而我们也可以提出进一步建议。目前极有必要让我搬到上尉的右厢房去住。早晨和傍晚，才是我俩一块儿工作的好时光。你呢，却可以和奥蒂莉住在你那边最漂亮的房间里。"

夏绿蒂乐于从命，爱德华于是开始描绘他们未来的生活方式。他特别高声地说：

"咱们的养女常闹左边脑袋痛，这在她实在是盛情可感；因为我有时右边脑袋也痛。碰巧了，咱们俩面对面坐在一块儿，我用右胳臂支着桌子，她用左胳臂支着桌子，脑袋朝着不同的方向托在手上，如此对称的一对儿肯定好看哩。"

奥托上尉认为这样很危险。爱德华却大叫起来：

"您自个儿才该当心,好朋友,当心那位D!在B的C被抢走以后,叫B怎么办呢?"

"喏,我想,"夏绿蒂说,"他该干什么,再清楚不过了。"

"自然,自然,"爱德华提高嗓门儿回答,"他将回到他的A身边去,回到他的A和O身边去!"① 他边嚷边跳起来,把夏绿蒂紧紧搂在怀中。

第六章

一辆载着奥蒂莉的马车驶到了大门前。夏绿蒂迎着她走去。可爱的姑娘急步奔过来,一头扑在她脚下,抱住了她的双膝。

"干吗这么谦卑!"夏绿蒂相当窘,一边说,一边想要扶奥蒂莉起来。

"不是什么谦卑,"奥蒂莉回答,仍然保持着先前的姿势,"我这样只是希望能回忆起过去;那时候我还不到您的膝盖高,却已确切无疑地知道您是爱我的。"

她站起身,夏绿蒂亲切地拥抱了她。她被介绍给了两位男子,像是客人一样受到了异常的尊重。美貌无处不受人青睐。她看样子挺留心他们的谈话,自己却没有插嘴。

第二天早上,爱德华对夏绿蒂说:

---

① 在希腊文字母表中,A是开头,O是结尾;A和O在德语里作为习用语,表示一个事物最重要和最本质的部分。

"倒是个讨人喜欢的挺有意思的姑娘。"

"挺有意思？"夏绿蒂笑了笑，回答道，"她不是还没开口吗？"

"是吗？"爱德华应着，像是陷入了沉思，"这可就怪了！"

关于如何操持家务，夏绿蒂只给了新来的女孩很少的指点。奥蒂莉迅速看清了全部的规矩，是的，更多地是感觉出了全部规矩。她轻易地理解到为大家该做些什么，特别是为每一个人该做些什么。一切都及时地做了。她懂得吩咐用人工作，但又不显出是在发号施令。有谁耽误了什么，她自己立刻为你代劳。

一当她发现自己还富余多少时间，就请求夏绿蒂允许她自行安排，并要她严格监督她按计划利用时间。交给她什么任务，她完成的方式果真如夏绿蒂从校长助理的信中了解到的一样。夏绿蒂也随她去，只是不时地企图给她一些启发。为了使她把字写得流利一点，夏绿蒂常常把用钝了的鹅毛笔悄悄搁到她桌上，谁知这些笔很快又削尖了。

两位女士私下约定单独在一起时只讲法语；夏绿蒂尤其坚持要这样做，因为奥蒂莉在操起人家规定她练习的外语来时，反而健谈一些。这时候，她讲的话往往比似乎想讲的更多。有一次偶然谈到寄宿学校的情况，她把一切都描绘得虽然那么细致，却非常动人，使夏绿蒂特别高兴。奥蒂莉已经成为她亲密的伙伴：她却希望有朝一日，还能把这个善良的姑娘变成自己的挚友。

这期间夏绿蒂又将那些关于奥蒂莉的旧信翻出来，以便重温一下校长和助理对于这孩子所做的判断，并拿它们与她本人进行比较。须知夏绿蒂认为，对于一个自己与之相处的人，其个性是不可能很快被了解的；而无此了解，就不知道可以指望他些什么，在他身上可以培养出什么样的品性，或者什么样的品性是他永远也丢不掉的，必须容忍和原谅。

在目前的观察中，夏绿蒂虽然没有任何新发现，却察觉到某些已经知道的情况更加严重，更加引人注意。比如奥蒂莉在饮食方面的节制，的的确确使她感到忧虑。

接下来叫两位女士操心的便是穿。夏绿蒂要求奥蒂莉在人前衣着华贵一些，考究一些。勤劳的姑娘立刻把以前送给她的料子找出来亲手进行剪裁，在其他人帮忙不多的情况下很快缝制出了一些极漂亮、合身的衣服。这些时髦的新衣服使她的身材显得越发修长了。因为一个人的体态美，也要通过她的裹身之物得到发挥；她每换一身新衣服，别人就会对她有一种新认识，更美好的认识。

于是，像一开始那样，奥蒂莉越来越使两位男人觉得——我们只好实话实说——真正是大饱眼福了。如果说绿宝石以自己美丽的色彩悦人眼目，甚至对这高贵的感官有某种医疗效果的话，那么，人的美色对于内外意识的影响力还要大得多。谁看到它，谁都不会产生任何恶感，谁都将感到自己与自己、自己与世界是和谐融洽的了。

因此，奥蒂莉的归来，给这个小的集体带来了某些好处。两位朋友更加严格地遵守聚会的时刻，甚至严格到了对几分钟也挺重视的程度。吃饭也好，喝茶也好，散步也好，他们都不再让人久等。吃完饭，特别是晚上，他们已不再匆匆忙忙地离去。夏绿蒂发现了这一情况，没少观察他们两个。她力图弄清楚，两人中谁是始作俑者，然而在两位男士间未能看出任何差别。朋友俩整个儿看去都变得殷勤起来，在交谈过程中似乎一直在考虑有什么可能激起奥蒂莉的同感，有什么适合她的观点和知识水平。在念书和讲故事时，他们经常停住，一直等到出去了的奥蒂莉走回来。他们比以往更加和蔼，更加爱讲话了。

作为回报，奥蒂莉也一天一天更加恪尽职守。她越了解这个家庭，越了解这些人，越了解这些人与人之间的关系，干得也越欢；她对他们的每一种眼色、每一个动作乃至只言片语和一点点声音的理解，也越是迅速快捷。她总是那么不声不响地关注着一切，那么不慌不忙地做这做那。这样，她的坐、立、去、来、取、送和再坐下，都丝毫不表露出慌张不安的痕迹；她永远在不断变化，永远地姿态优美。再有，谁也听不到她走路的声音：她的脚步是那样轻盈啊。

奥蒂莉的勤谨使夏绿蒂非常高兴。她唯一感到不妥的只有一点，这个她也没有对奥蒂莉隐瞒。有一天早上，她对她说：

"如果有谁手里的东西掉了，我们赶紧去替他拾起来，这是一种值得称赞的殷勤有礼的表现。这样做就相当于告诉他，我们是乐于替他效劳的。只不过，在人比较多的场合，我们却得考虑考虑，自己是对谁这样表示殷勤。对于女人们，我不想给你规定任何禁条。你很年轻，对于地位高和年纪大的太太们，这样做是你的责任；对于和你同样的女孩子，这样做表示你懂礼貌；对于小姑娘和地位低于你的女人，这样做显得你富于人情味和善良。

可是，以这种方式向男人们表示谦卑和殷勤，对一个女人来讲就不怎么得体了。"

"我将努力改掉这个坏习惯，"奥蒂莉回答，"而且，您会原谅我，要是我告诉您这是怎么养成的。在学校里我们上过历史课，可我并未记住应该记住的那么多东西，因为不知道它们到底有什么用。只有一些个别的事件给我留下了深刻印象，比如下边这个：

"英王查理一世①站在审判他的那些所谓法官面前，他握在手中的短杖的金头突然掉了。在这种场合，他习惯了人人都赶紧去为他效劳，眼下似乎也在东张西望，等着这次也有谁去向他献那小小的殷勤。然而谁也没有动，他只好弯下腰去，自己拾起地上的杖头。这使我非常难过，不知道对不对，但从此我不论看见谁手里的东西掉了，都忍不住要弯下腰去替他拾起来。不过，既然这样做并不总是得体的，而我呢，"她嫣然一笑，继续说，"也不可能每次都给人讲我的故事，因此愿意以后克制自己一些。"

这期间，两个朋友自愿承担的改善地方环境的工作得到了不断的进展。没有哪一天他们不发现有新的问题值得考虑，有新的事情需要办理。

一次，他俩肩并肩穿过村子，发现村里的秩序和整洁跟那些游览地区比起来，实在差得太远了，因此很不痛快。

"你还记得，"奥托上尉说，"我们在瑞士旅行时曾许下一个

---

① 英王查理一世（1600—1649年）于资产阶级革命中被废黜和斩首。

心愿，要把我们乡村的庭园布置大大地美化一下，办法是在适当的地方建立一座同样的村庄，村舍的样式不全仿照瑞士，但却学习瑞士的井然有序和整齐清洁，这些都能促进实用。"

"比如可以从这儿着手，"爱德华回答，"府第坐落在陡峻的山坡上，对面村庄呈现规则的半圆形，其间流过一条小溪。为了防止溪水泛滥，这个家门前垒起石块，那个家门前打上木桩，另一个插上栅栏，再一个竖起板垣，可谁也不给谁以帮助，相反倒以邻为壑，害人害己。村里的道路时高时低，一会儿跨越溪水，一会儿穿过石砾，走起来很不舒服。要是大伙儿肯一起动手，不用多少花费就能在这里筑起一道半圆形的墙垣，墙里的道路也可以提到与村舍一般高，整个地区便会极其美丽，紊乱便会让位于整洁，一次巨大的努力便会一劳永逸地免除所有小的无穷无尽的忧虑。"

"那咱们就试试吧！"奥托上尉用眼睛在村子里扫视了一遍，很快做出判断说。

"我不喜欢跟市民和农民打交道，除非我能对他们发号施令。"爱德华回答。

"你这样做不是没有道理，"奥托上尉又说，"要知道，我一辈子从这类事情中得到的烦恼已经够多啦。为了获得利益必须做出牺牲，想要达到目的必须重视手段，对这个道理，人们很难有正确的考虑！许多人甚至混淆手段和目的，对手段津津乐道，眼里却没有了目的。任何弊病一经出现就应当立即医治，可人们往往不关心它的真正根源在哪儿，它的影响是从何处产生的。因此要商讨对策就很困难,特别是和民众在一起;他们对于眼前的日常事务头脑精明,但很少能看到明天以后的事。加之在建造公益设施时难免一个人会得到好处,另一个人会有所损失,仅靠权衡利弊是什么也办不成的。一切真正的公益事业,都必须由不受限制的至高无上的权威来推动。"

两人站在那儿谈着,这时一个汉子凑上来向他们乞讨,那模样与其说是贫穷,倒不如说是无耻。爱德华讨厌受到这突如其来的打扰,先还比较温和地叫他走开,可几次三番都不生效,最后便骂了他几句。那家伙一边慢慢往前走,一边嘀嘀咕咕,甚而至于还回骂起来,硬说什么乞丐也有乞丐的权利,你尽可以拒绝向他施舍,却不该侮辱他的人格,因为他也和其他所有人一样受着上帝和皇上的保护。这更叫爱德华大为恼火。

奥托上尉先安慰了一下他,然后说:

"让咱们从这件事中得出一个结论,那就是有必要在此地也把乡村警察组建起来!施舍自然必须给,但最好别自己给,尤其是别在家里。干什么都得适度而且前后一致,即使做好事同样如此。大手大脚只会招引来乞丐,而不能把他们打发走。反之,在旅途上,在匆匆经过之时,你倒不妨对路边上的穷人大扔一把,使他在喜出望外之余把你看成偶然出现在他面前的幸福之神。以我们的村子和府第的地形,这件事办起来很容易;前些时候我已考虑过。

"在村子的一头是一家酒店,另一头住着一对善良的老夫妇;你可以在这两处各留下一点钱。乞丐不是进村时得到施舍,而是在出村去的时候；因为这两所房子都在通往上边府第的路口，任何人想上去全得打它们跟前经过。"

"走，"爱德华说，"咱们马上去办；详细做法反正以后可以再考虑。"

他们去找了酒店老板和那对老夫妇，事情也就办妥了。

"我知道得很清楚，"两人在一块儿重新登上府第所在的山岗时，爱德华说，"世间的一切都取决于一个聪明的想法和一个坚定的决心。比如对我妻子的庭园布置，你做了很正确的评价，还指点我一个补救办法。这个办法，我不想否认，我立刻就告诉她了。"

"这我已猜到了，"奥托上尉回答，"但并不赞成。你搅乱了她的思想；她完全停了下来，在这件事上跟咱们斗气哩。须知她避而不提她的庭园布置，也不再邀请咱俩上她那庐舍去，而与奥蒂莉在休息的时候却上去过。"

"可咱们绝不能因此给吓住了啊，"爱德华说，"我这人只要确信什么事是好的，可以做，能够做，那就非看见它做成了才能安心。在其他时候咱们可是挺聪明，挺有办法啊。我想今晚闲聊时，咱们不妨把附有铜版插图的英国庭园布置指南拿出来看看，然后再看你绘的地貌图！先得装出不以为意的样子，只像随便翻着玩儿似的；接下去自然会严肃起来。"

按照约定，庭园布置指南果真一本一本地翻开了。里边每次首先呈现出来的都是一个地区的平面图以及该地区的原始地貌，然后，在其他页上，才画着经过人工整理布置后面貌一新，原有的全部优点都得到了发挥和提高的庭园图。由此开始,话题很容易地转到了自己的产业、自己的环境,以及对这样的环境可以做怎样的改造,等等。

现在,以奥托上尉绘的图做基础的提议已被欣然接受,问题只在还不能完全抛弃夏绿蒂开始时的最初设想。不过,上山去的路到底设计得好走一些了。他们打算在斜坡顶上一片幽静的小树林前建一座别墅;别墅应当与府第发生联系,从府第的窗户望出去能够看见它,站在它上边也能俯瞰府第和一座座花园。

奥托上尉对一切都做了深思熟虑和精确测算,然后又提出村子里的道路、小溪边的墙垣和山上的庭园等问题来谈:

"在我修一条更舒适的上山去的路时,"他道,"刚好可以得到足够的石头去把溪水边的墙垣砌起来。这两项工程一当衔接上,花费便会小得多,进展便会快得多。"

"花费嘛,可就是我的事喽,"夏绿蒂说,"必须先拨一笔款子出来。要能知道实施这样一项计划究竟需要多少钱,就可以预先分配一下;虽不能计算得精确到每周花多少,也应该月月有预算。财务问题由我决定;出纳是我,会计也是我。"

"看样子你对我们不怎么信赖哩。"爱德华说。

"对随心所欲的搞法是不怎么信赖,"夏绿蒂回答,"我们妇女比你们更善于控制随心所欲。"

准备就绪了,工程迅速进行起来,奥托上尉时常亲临现场。现在夏绿蒂几乎每天都目睹他严肃、果断的精神和个性。他呢,也进一步了解了她。两人在一起工作和办事情便感到轻松愉快。

共事也跟跳舞差不多：两个步伐一致的人必然觉得彼此不可缺少，必然由此而相互产生好感。夏绿蒂自从进一步了解奥托上尉以后，的确就对他好起来了。一个可靠的证据是：她从前精心挑选和装饰起来的一处憩息所在，由于现在妨碍奥托上尉的计划的执行，她便一点不动声色地让人将其拆毁，而且这样做时丝毫没感到不痛快。

第七章

如今，夏绿蒂和奥托上尉找到了共同的事做，结果爱德华就更多地去陪伴奥蒂莉。本来，在这以前，他心中已对姑娘暗暗产生了好感。她对任何人都那样殷勤，那样体贴，对他尤以为最；他的自尊心使他确信是这样。毫无疑问：他喜欢吃什么菜，喜欢这些菜到了什么程度，她都记得一清二楚；他喝茶时一般放多少糖，以及诸如此类的小事，统统都逃不过她的注意。她特别留意不让房子里任何地方有穿堂风：他对穿堂风敏感得出奇，因而常常和嫌室内空气不足的妻子产生矛盾。同样，她对园子里的花啊树啊也了如指掌。他希望发生的事，她总竭力促成；使他厌烦的事情，她就设法阻止。这样，没过多久，她几乎已成了他不可缺少的保护神，她要不在眼前，他就感到难受。还有，每当他俩单独碰在一起，她立刻显得更加健谈，更加开朗。

爱德华尽管上了年纪，却仍然保持着一些孩子气，这尤其合正值青春年华的奥蒂莉的意。他们常常喜欢回忆从前一次次见面时的情景；这样的回忆，一直可以追溯到爱德华对夏绿蒂产生倾慕的初期，奥蒂莉说还记得他俩当时是宫中最漂亮的一对儿。当爱德华表示不相信她能记起儿时的事情，奥蒂莉便坚持说，特别是有一件事她还感到如在眼前：一次，在他进屋来时，她赶紧藏到了夏绿蒂怀里，不是出于恐惧，而是出于孩子气的惊讶。她本可以坐在他们旁边；他给她留下的是一个非常愉快的印象，她当时是挺喜欢他的。

情况既然发生了这样的变化，两位朋友前些时候在一块儿干的事，在一定程度上就停顿下来了，以至他俩都感到有必要再全面检查一下工作，草拟几篇文章，写几封信。两人相约来到书房，发现那位老书记待在里边无所事事。他们于是开始工作，并立刻给老书记布置任务，却没发现他们把从前通常都是亲自动手干的事也加在了他身上。第一篇文章就叫奥托上尉作难，就像爱德华的第一封信已经写不下去一样。他们起草、誊清、折腾来、折腾去，终于，进展最缓慢的爱德华忍不住问起时间来。

这下子才发现，奥托上尉竟多年来第一次忘记给他那新式的三针怀表上弦。尽管还不十分明确，他们似乎已朦胧地感觉到，时间对于他们已开始变得无足轻重了。

在男人们的工作如此松懈下来的同时，妇女们的活动量反而增加了。通常，一个家庭由其现有成员和特定环境所形成的习惯生活方式，都像一个罐子似的，能够把正在酝酿着的新的热情贮存起来，可能要经过相当长的时间，装进罐子里的新东西才会发酵，才会像酒一般泡沫翻涌地溢出罐口。

在我们的朋友们家里，现存的相互倾慕产生了美好的作用，心扉都敞开了，从特别对某一个人的好意中滋长出了对大家的好意，每个人都感到幸福，同时也赐给另一个人幸福。

这种状况开阔了心胸，因而也提高了精神境界，人们的所作所为全都向着无限延伸。如此一来，朋友们在宅子里再也待不住了，便大大地扩展了自己散步的范围。爱德华领着奥蒂莉每次都赶在前面探路开道，奥托上尉和夏绿蒂则不慌不忙地随后跟来，一边严肃地谈着话，对那些新发现的场地和那些从前竟没想到的美丽景色，连连发出赞叹。

一天，他们出了府第右翼的大门，向着山下的酒馆走去，过桥后来到了湖边，沿着湖滨一直往前走，直到临了儿陷入长满灌木的丘陵和稍远处无数巉岩的包围中无路可走才停了下来。

然而爱德华过去经常游猎，熟悉这个地区。他带着奥蒂莉在一条杂草丛生的小径上继续往前闯。他心中有数，晓得那座藏在危崖峭壁间的老磨坊就在附近。可是，就连眼前这人迹罕至的小径一会儿也不见了，他们在一片密林中迷失了方向；密林四周只有一些爬满青苔的巨石。不过，没有多久，不远处已传来的磨轮的喧闹声，告诉他们马上就会找到想找的那个地方了。

踏上前边的一座凸崖，他们在面前的谷底里看见了那所奇异的黑色老木屋被峭岩和巨树包裹在浓荫之中。他俩当即决定由爱德华打头，从那爬满苔藓的岩坡上翻下去。现在，每当回首仰望，看见奥蒂莉毫无畏惧地尾随着他，从一块石头跨向另一块石头，脚步是那样敏捷，体态是那样轻盈，他简直就以为看见了一位天使在他的头顶上翩翩飞翔。还有，偶尔在一个不安全的地方，她抓住他伸过去的手，甚或把自己的身子靠在他的肩上，这时他就不能不向自己承认，她是他所接触到的最温柔的女性。他真巴望着她会绊一下，滑一跤，好让他把她抱起来，紧紧搂在自己怀里。可是，他在任何情况下都不愿这样做；原因不止一端：他怕委屈她，使她受到伤害。

这是什么意思呢？我们马上就会知道。

现在，他俩已经下了山，面对面地坐在那些巨树底下的一张粗木桌前。爱德华请殷勤的磨坊主太太去取牛奶，打发好客的磨坊主本人去迎接夏绿蒂和奥托上尉。等二人走了以后，他才吞吞吐吐地开了口：

"我对您有个请求，亲爱的奥蒂莉；即使您不答应我，也希望您别见怪！您并未把它当作秘密，也无须把它当作秘密，就是您在自己的衣服底下，在自己的胸口上，戴着一帧袖珍画像。这是您父亲的像，一位杰出的男子的像，您几乎没见过他，但他无论从哪方面讲都配在您心中赢得一席之地。可是请原谅：这像太大了，那金属块，那玻璃，都使我一百个不放心。您要是抱抱孩子，搬搬东西，或者马车晃荡一下，或者像我们刚才那样钻过丛林、翻下山崖，我就非常害怕，怕这么不当心地一撞、一跌、一碰，您就可能受到伤害，发生不幸。看在我的分上，把那像取下来吧；但不是从您的记忆中，不是从您的房间里。是的，您尽可以把您卧室中最美好、最神圣的地方腾给它，只是千万请您把它从自己的胸前拿开。看见它，也许是出于过度的胆怯，我就觉得眼前存在巨大的危险！"

奥蒂莉默不作声，在他讲话的长时间里两眼凝视前方。随后，她把目光转过来，与其说是望着爱德华，不如说是冲着天空，同时不紧不慢地解开脖子上的项链，将那小像从胸前拽了出来，把它紧紧贴在自己的额头上，最后才递给朋友，说：

"请您替我保存好，回家以后再给我。我没有更好的方式向您证明，我多么珍惜您对我的亲切关怀。"

爱德华不敢把像放在嘴上亲吻，但却握住她的手，把它按在了自己的眼睛上。这也许是曾经相握在一起的两只最美的手。他仿佛觉得心上的一块石头掉下了地；在他和奥蒂莉之间，隔膜已经消除。

由磨坊主人带领着，夏绿蒂和奥托上尉从一条较为平坦的小路走下山来。大伙儿彼此问候，随即一起说笑，一起休息。回家时，他们不愿意走老路，爱德华便提议走小溪对岸的一条山径，这样虽然吃力一点，却可以看到湖。于是，大伙儿穿过一片片不同的树林，朝平原方向望去，看见了一处处的村镇、农庄以及周围富饶的绿色田野。近在眼前的是一个小农场；它夹在山顶上的树林中间，环境十分幽静。前前后后，整个地区的富庶都呈现了出来，真叫美不胜收。从一道缓坡走下去，进入一座可爱的小树林；穿出树林，就已站在府第正对面的山顶上了。

当一行人出其不意地到达那里的时候，他们是何等高兴啊！他们完成了一次小小的"环球旅行"。他们正好站在准备修建那座新别墅的地方，又能看见对面自己卧室的窗户了。

他们来到用苔藓盖成的小庐前，破天荒第一次四个人坐在里边。再自然不过的是，他们异口同声地说出了自己的愿望：今天这条他们走得既慢又吃力的路，应该好好儿修一修，整一整，以便他们将来能够结伴同行，优哉游哉地、舒舒服服地在上面走。人人都提出了建议。计算结果表明，待将来平整好以后，走这条他们今天花了几个小时的路，肯定在一个钟头内就能回到家了。他们想象着在磨坊下边，于小溪注入湖泊的地方，如何架起一道桥来，既减少了弯路，又点缀了风景。真可谓浮想联翩，越想越美，谁知这时夏绿蒂却出来泼冷水，叫他们考虑考虑，要完成这样一桩工程需要多少费用。

"也有办法解决，"爱德华回答，"树林中那个小农场，它的地势看上去非常美，可带来的收益却很少很少，咱们尽可以把它卖出去，用卖得的钱架桥和铺路。这样，将来徜徉在这条妙不可言的路上，咱们就高高兴兴地享受一笔使用得当的资产所带来的好处，不用像现在每次年终结算时似的，再为它收入的微薄而生气了。"

夏绿蒂作为一位好管家，对此也提不出多少反对意见；卖农场的事从前就早已谈过。奥托上尉于是主张制订一个计划，把那片地产打乱，零卖给住在林子里的农民们。爱德华却希望干脆利落一点：目前的那个佃户已经提出过把农场买过去，不如就卖给他，让他分期付款算啦。同样，他们的路也可以按计划一段一段地分期修筑。

如此一个明智而有节制的设想，不会不获得一致的喝彩。眼前，大伙儿仿佛已经看见一条条蜿蜒曲折的新路；在这些路上及其附近，还可望发现许许多多更加幽静、更加美好的憩息地和观景处。

为了把所有细节谈得更加具体，当晚在家里立刻把新绘的地图拿了出来。大伙儿把白天走过的路通观了一遍，看是否还有地方可以画得更加合理。原来的所有设想又一一加以讨论，并且补充了不少新的想法。府第正对面那座别墅的位置再次得到了确认，那儿将成为一条条盘旋而上的道路的汇合点。

奥蒂莉对这一切始终保持着沉默。临了儿，爱德华把一张摊在夏绿蒂面前的地图推给她，请她也谈谈自己的意见，在她犹豫不决时又极其温柔地鼓励她说：就讲一讲嘛，一切反正都还没有定下来，一切都还在拟议当中。

"要我说，"奥蒂莉把指头按在山顶的至高处，道，"别墅最好建在这儿。府第尽管看不见了，叫小树林挡住了，可咱们却完全置身于另一个新的世界中，因为村子和农舍也已同样从眼前消失。放眼望去，湖泊、磨坊、峰峦、群山、平野，真是美得不能再美；刚才在经过时我已经注意到了。"

"说得对！"爱德华嚷起来，"我们怎么会想不到呢？是这样，对吗，奥蒂莉？"说着，他抓起一支铅笔，在峰顶上粗粗地，重重地，几下画出了个长方形。

奥托上尉的心都揪紧了。一张绘制得这么认真仔细的干干净净的平面图，如此给糟蹋掉了，叫他看着很不高兴。不过他只低声地表示了一下不满，就控制住自己的情感，同意了奥蒂莉的想法。

"奥蒂莉是对的，"他说，"人们到远方去旅行，还不是为了喝一杯咖啡，吃一条鲜鱼，因为这些东西在家里已经不那么对自己的胃口了吗？我们都渴望变换花样和陌生事物。祖先们把府第建到这儿来很明智，它既避开了风的袭扰，又可就近得到种种日常必需之物。相反，别墅却是用来消闲，不是用来居住的，因此修到山顶上去正合适。在温和的季节，我们将在那儿度过许多极为美好的时光。"

大伙儿越往下谈，越觉得新方案有利；爱德华得意扬扬，喜形于色，因为这方案是奥蒂莉想出来的呀。他是如此骄傲，仿佛那发明权属于他自己。

第八章

第二天一大早，奥托上尉就去做实地勘察，画了一张草图。等大伙儿到现场进一步做出决定以后，他又绘出详图，并且附上了预算以及其他一切必要的说明。准备工作该做的全做了。出让小农场的事也在抓紧进行。两个男人又有了重新一块儿干事的机会。

奥托上尉提醒爱德华，夏绿蒂的生日快到了，用给别墅工程奠基来表示庆祝不只得体，而且简直就是他的义务。他没费多少口舌，就说服了一贯对这类庆典抱有反感的爱德华。要晓得，爱德华脑袋一转，很快就想到了将来奥蒂莉的生日，同样也要好好庆祝一下。

在夏绿蒂眼里，那些新工程以及有关措施可是影响重大甚至相当可虑啊，因此也私下忙着在重新审查预算以及时间和资金的分配。白天大家见面的机会少了，晚上就更渴望能聚一聚。

这期间，奥蒂莉已经完全成了全家的总管。以她举止的沉静、稳重，这也是顺理成章的事。再说，她的整个性情都适合待在家中操持家务，而不喜欢到世界上去，在野外东走西走。爱德华也很快发现，她只是出于礼貌才跟大伙儿一块儿出去郊游，傍晚之所以还能在外边待得比较久，纯属尽自己的社交义务罢了，大概因此才常常找一些家务方面的借口，以便溜回家去。随后，他便设法对集体散步做出安排，使大伙儿都能在太阳落山前回到家里，并且重新开始已经中断了好久的诗歌朗诵。他尤其喜欢朗诵的，是那些表达纯真而热烈的爱情的作品。

晚上，大伙儿通常是围着一张小桌子坐着，各人有各人的老位子：夏绿蒂坐在沙发上，奥蒂莉坐的是她对面的一把圈椅，男人们则居于另外两方。奥蒂莉在爱德华的右首，他每次念的时候总把灯推到她面前。这时，奥蒂莉也多半凑得近一点，以便能瞅见书里。要知道，她同样是相信自己的眼睛胜于相信别人的嘴唇。爱德华呢，也往她那边挪一挪，想方设法使她看起来舒服一些，甚至常常还不必要地做长时间的停顿，以便她看完最后一行才翻下面一页。

这个情形夏绿蒂和奥托上尉都看得清清楚楚，经常因此相视而笑。然而，他俩却对另一个迹象大感意外，因为它不期然地流露出了奥蒂莉深藏在内心中的对于爱德华的倾慕。

一天晚上，由于一伙讨厌的客人迟迟才离去，朋友们的聚会已经有些迟了。爱德华提议大家仍然在一块儿待一待,并且兴致勃勃地把他那很久未见吹过的长笛取了出来。夏绿蒂开始翻找他俩通常在一起演奏的奏鸣曲,但翻来翻去都找不到。这时奥蒂莉在迟疑片刻后才承认,乐谱是她拿到寝室里去了。

"这么说,您能用钢琴给我伴奏,愿意给我伴奏喽?"爱德华叫了起来,眼睛乐得闪闪发光。

"我想大概行的。"奥蒂莉回答。

说着她取来乐谱,坐到了钢琴旁边。另外两位听得出了神,没想到奥蒂莉已经完全把曲子背得滚瓜烂熟,更没想到她能那么好地适应爱德华的演奏习惯。岂止"适应"而已!如果说,夏绿蒂出于机敏和自愿,在演奏中也能照顾自己时而拖拖沓沓、时而拼命猛赶的丈夫,在这儿停一停,在那儿跟一跟的话,那么,奥蒂莉曾经听他们演奏过几次,她现在所弹出来的这几支曲子,似乎就完完全全是按照爱德华的理解练会的啦。她把他的缺点也接受了过去,从而产生出了一个新的富有活力的整体,虽然不合乐曲原有的节奏,可听起来却极为悦耳,极为和谐。要是作曲家本人听见自己的作品给这么可爱地窜改了,他也会感到高兴吧。

对于这一奇特而出乎意料的现象,奥托上尉和夏绿蒂同样没有吭声。他们的心情就像你我经常在看到一些孩子的行动作为一样,既因其可虑的后果而不赞成,却又不好加以申斥,是的,也许甚至不能不感到羡慕。须知,他俩自身之间的感情也在急剧增长,和那两个差不多,只是可能还更加危险,因为两人的个性都更严肃,更有自知之明,更能控制自己的情感。

奥托上尉已经开始感到，有一种不可抗拒的习惯使得他总想待在夏绿蒂身边。他于是强迫自己，在夏绿蒂通常上工地去的时间避免也上那儿去，办法是一清早就先做好种种安排，然后便躲进自己的房里干自己的事。头几天夏绿蒂还当这只是偶然现象，便到一切有可能找到他的地方寻找他；后来她觉得明白了他的苦心，对他反倒越加敬重起来。

如今奥托上尉是避免单独和夏绿蒂在一起了，可与此同时却更加卖力地工作，以便推进和加快工程的进展，好对即将来临的夏绿蒂的生日表示热烈庆祝。他在村子背后从下往上敷设一条舒适的道路的同时，又让人从山顶往下修，说什么为了开采石料，其实是把一切都安排和计算好了，要让两段路在生日的前夜会合。在上边建造新别墅的地方，地窖是从石头里凿出来的，而不是在泥土里挖成的。奠基石也刻好了，有花格子，有盖板儿，非常漂亮。

表面的忙忙碌碌，密藏在心底的这些小小的好意，或多或少被压抑的情感，这些都使他们聚在一起时不再那么愉快热闹了，以致使爱德华感觉缺少了什么似的。有一天晚上，他便忍不住叫奥托上尉把自己的小提琴取出来，替坐在钢琴旁的夏绿蒂伴奏。奥托上尉经不住大伙儿的请求，两人便合奏了一支非常难的曲子，演奏得是那么富于感情，那么轻松自如，他俩自己和听的一对儿都得到了最大的愉悦。大伙儿于是约定要更经常地在一块儿这么合奏。

"他俩比咱们配合得好啊，奥蒂莉！"爱德华说，"咱们尽管佩服他俩,可自己合奏的时候仍然挺高兴不是。"

第九章

生日到来了,一切都已就绪:那道把村里的大路与溪水隔开并升高了的围墙已全部砌好;那条新路也在经过教堂时顺着夏绿蒂早先铺就的小径延伸了一段,到达苔藓小庐脚下便往右转,然后再掉过头来绕到小庐顶上,如此蜿蜒曲折地、徐缓平坦地登上了岩坡,到达了峰顶。

这一天的活动多极了。大伙儿上教堂去,碰见全区的教友都身穿节日盛装在那儿做弥撒。弥撒做完后,按规矩由小男孩、年轻人和男子汉打头往山上走,接下来便是宾客和仆从们簇拥着的男爵一家,最后才由小姑娘、大闺女和妇女们煞尾。

在山道的转弯处,垒起了一座高高的石台子。奥托上尉请夏绿蒂在那儿停下来歇歇脚。站在台上,可以将整个山道以及已经爬上山顶的男人们和还掉在后面的妇女们尽收眼底,一览无余。在朗朗晴空底下,眼前的风景真正是美妙极了。夏绿蒂喜出望外,感动得紧紧握住了奥托上尉的手。

大伙儿赶上缓缓前进的人群。不一会儿,众人已经围着那未来的别墅的房基,站成了一个圆圈。主人一家和贵宾们都应邀下到土坑里,奠基石的一侧被支撑着立在那儿,等待着人们去填土掩埋。一位衣冠整洁的泥瓦匠,一手拿着灰镘,一手握着榔头,开始致辞。他措辞优美而且押韵,我们用散文只能传达个差不多而已。

"有三件事，"他开口道，"在建一所房子时必须注意：一要地点适当，二要地基牢实，三要施工完美。第一件该主人家自己操心，正如在城里房子建在哪儿完全由侯爵和市政府决定，那么在乡下就只有地主才有权说，我的住宅得建在这儿，而不建在任何别的地方。"

在听见这些话时，爱德华和奥蒂莉连相互看上一眼都不敢，虽然两人面对面站得很近。

"第三件事即施工，要靠各行各业的手艺人来完成；是的，只有很少几个行业能不参与其事。至于第二件即打地基，则只是泥瓦匠的工作，而我们可以斗胆地讲，也是整个工程最重要的部分。这件工作如此严肃、重要，我们因此郑重邀请各位光临，须知仪式得在地底下进行啊！此地，在这个从石头中开出来的小坑里，诸位能成为我们神秘的手艺的目击者，令我辈深感荣幸。我们马上就要把这块雕刻精致的石碑埋下去，经各位女士先生赏光的这个石坑也将填起来，没人再能进入了。

"这块奠基石，它的棱角象征着新屋的拐角，它的方正象征着新屋的规范、严谨，它的水平和垂直位置象征着所有墙壁都垂直、平整。没得说的，可以马上埋下去了，让它自自然然地平躺着更舒服一点。不过还不应缺少泥灰，泥灰能起黏合作用；就像我们人，尽管天生有相互接近的倾向，但是如果还有法律作为泥灰，那就会使我们更好地结合在一起；石头也一样，它们的形状尽管相互契合，但经泥灰一黏就会更加紧密。眼下，在干活儿的人们中间既然不便袖手旁观，诸位大概也就不会不屑于一块儿干干吧。"

　　说着，他递给夏绿蒂一把泥刀；于是她用泥刀扔了一些泥灰到奠基石下面。不少人也如法炮制，奠基石很快便放下去了。随后，夏绿蒂和其他人又接过榔头，在石碑上敲了三下，以此祝福奠基石与石坑牢牢地结合在一起。

　　"泥瓦匠的工作虽然在光天化日之下进行，并非总是看不见，但却终将成为看不见的，"致辞人继续说，"且不讲这个开得四方平整的基坑即将填平，就连那些我们在大白天砌成的墙，完工后也很少再能让人想到咱们。石匠和雕刻师的劳绩更容易为人重视；粉刷匠将把我们工作的痕迹完全掩盖起来，将给我们劳动的成果涂灰、抹光、上色，从而将其据为己有，对此我们也不好表示异议。

　　"有谁比泥瓦匠干起活儿来更一丝不苟、更富有责任感呢？有谁比泥瓦匠更富于自我意识呢？尽管房子落成了，地板铺好了，墙上盖满了各种装饰，他仍能透过外壳看进去，说出那些规则细致的接缝；这可是整幢房子赖以存在和稳固牢靠的基础啊。

　　"就像每个干了坏事的人不管怎么掩盖，有朝一日都会真相毕露一样，任何暗中行善的人即使不愿意，也会尽人皆知。因此，我们的奠基石同时就是一座纪念碑。在这坑基中不同深浅的地方，我们将埋下不同的东西，作为留给后世的纪念。这些焊死了的筒子里装着书信；这些铁板上镂刻着种种有趣的花纹；这些精美的玻璃瓶装着陈年葡萄美酒，并且标出了酿造的年代；此外也不缺少今年铸造的各式各样的钱币——所有这一切，全是慷慨大方的主人家所赠。眼下还有一些空位置,看看来宾和观众中还有哪位愿意留点什么给我们的后世。"

致辞人停下来,环顾四周。就像在这种场合经常发生的那样,谁都没有预先做准备,谁都感到突然,直到最后,才有一个年轻军官开了口:

"如果要我贡献一点这宝坑中眼下还没有的东西的话,那就只能是从我制服上割下来的几颗纽扣了。它们想必也值得留给后世的不是?"

说到做到!这一来,其他人也有了类似的念头。妇女们急忙把头上的压发梳丢下去。花露水瓶子和其他饰物同样不足为惜。只有奥蒂莉犹豫不决。直到爱德华温柔地对她说了点什么,才使只顾看着人家丢这丢那的她省悟过来。她从脖子上摘下悬挂她父亲遗像的金项链,轻轻地把它放到其他许多首饰上边。爱德华马上忙不迭地让工人们把大小正好合缝的石板盖上去,用泥灰敷了起来。

刚才泥瓦匠忙得不可开交,这时又恢复演说家的面目,接着说:

"我们奠定了一块牢固的、永恒的基石,保证这所房子现在和将来的主人都能长久受用。可是,我们同时在这儿埋下一宗宝藏,这意味着我们的工作尽管再认真踏实不过,却没有忘记世事无常,万物都有终结。我们想到可能有一天,这块黏牢了的石板盖会揭开来,那就必然意味着我们现在尚未建起来的一切又已经遭到破坏。

"可是为了建起这一切,还是让我们从未来收回自己的思想,回到眼前的现实中来吧！让我们在今天的奠基礼后加劲儿工作，别叫那些等着在我们打的地基上接着干活儿的手艺人闲着无事可做。让新屋早日耸立起来，早日落成，以便我们的主人全家和宾客们能凭着现在还没有的窗户，眺望山野！最后，让我们为主人全家及在场各位的健康，干杯！"

说罢，他擎起手里的磨花高脚杯将酒一饮而尽，然后把空杯扔到了空中；因为将喜庆中用过的杯子摔碎，意味着欢乐无穷、吉祥如意。然而，这一次却不然：杯子没有掉回到地上，虽然并无奇迹出现。

原来，为了加快工程进度，工人们已把对面犄角上的地基砌出地面，并开始往上砌墙，脚手架搭得正好跟将来的屋脊一样高。今天，为了不碍在下面工作的泥瓦匠们的事，便在脚手架上搭了许多板子，把一些看热闹的人赶了上去。适才酒杯正好飞到脚手架上，让一个好事者接住了，他认为这桩巧事将带给自己幸运。他把杯子紧紧捏着，向周围的人炫耀。只见酒杯上精巧地刻着一个E字和一个O字①，它是爱德华年轻时家里人为他定制的酒杯中的一只。

脚手架上的人全下来了。这时客人中身体轻巧的几位就爬上去眺望四野，对美丽的景色赞不绝口。须知一个人哪怕仅仅只是多上了一层楼，他所见到的东西也会多得多！而纵目向内地望去，

---

① E是爱德华（Eduard）的头一个字母；O是奥托（Otto）的头一个字母，还有奥蒂莉（Ottilie）这个名字也以O开头。

眼前出现了许多新的村镇，银带似的河流历历在目；是的，有人甚至声称看见了省城的一座座钟楼。背面，在树木葱茏的山丘后边，耸峙着一带远山的青色峰尖；面前的整个地区更是一览无余。

"啫，要是三个小湖能连成一片大湖，那整个风景就再美不过了！"有谁大声感叹道。

"这个好办，"奥托上尉应着，"因为从前它们原本就是山里的一片大湖。"

"只是请别伤害我的那些梧桐和白杨才好，"爱德华说，"它们生长在中间一片湖的边上，真是美极啦。您瞧，"他把奥蒂莉领着朝前走了几步，手指着山下，对她说，"这些树是我亲手栽的。"

"它们长在那儿多长时间了呢？"奥蒂莉问。

"大约跟你在这个世界上的时间差不多，"爱德华回答，"可不，亲爱的孩子，当你还躺在摇篮里，我已经种下了它们。"

一行人回到了府里。晚饭以后，客人们应邀去村里散步，参观那儿的新设施。经奥托上尉安排，村民们都聚在自己的房子前面，但不是排着队，而是一家一户自然随意地站在一起，一则因为傍晚时分他们丢不开家务，二则也可以坐在新安的长凳上休息。对于村民们来说，至少每逢节假日打扫打扫卫生，整理一下环境，已成了一项愉快的义务。

像今天这么大规模的聚会，只会破坏我们的朋友们之间存在着的那种亲密而恬静的气氛。当大厅里重新只剩下他们四个人时，谁都满意地舒了一口气。然而这时用人却突然给爱德华送来一封信，宣告明天又有新的客人到来，大伙儿的宁静心境便有些给搅乱了。

"正如咱们猜想的，"爱德华对夏绿蒂大声说，"伯爵不会缺席，他明天就到。"

"这就是说，男爵夫人也离此不远喽。"夏绿蒂应道。

"那还用讲，"爱德华回答，"她也明天动身，从另一个方向上这里来。他俩请求借宿一夜，第二天一块儿动身离开。"

"那么咱们必须及时做好准备，奥蒂莉！"夏绿蒂说。

"您的吩咐是……？"奥蒂莉问。

夏绿蒂一般地讲了讲，奥蒂莉就走了。

奥托上尉打听那两个人的关系，他对他们只有泛泛的了解。他们俩老早就热烈相爱，虽然各自都另外结了婚。这种双重婚姻关系不会不让人侧目，是很讨厌的，他们因此考虑离婚。对男爵夫人来讲这已经可能，但是对伯爵却不成。于是他们只好表面上断绝关系，实际上却藕断丝连。要是冬天在邸宅中他俩没机会在一起，夏天就一块儿旅行，或者上温泉疗养地去，以补偿自己的损失。他俩的年龄比爱德华和夏绿蒂稍长一点，同样是他们以前的家庭的老朋友。爱德华和夏绿蒂与他俩保持着良好的关系，虽然对这两位朋友的行为并不完全赞成。只是这一次的来访令夏绿蒂感到几分尴尬，详究其原因，纯粹是为了奥蒂莉的缘故。这个善良而纯洁的姑娘，不应该让她早早地看见这样的榜样。

"他们要再晚来几天，"爱德华在奥蒂莉刚好跨进门时说，"等咱们把出让小农场的事也办妥了就好啦。契约已经拟定，我这儿已有一份誊写好了的，但是还缺一份，咱们的老文书病倒了。"

奥托上尉提出自己来抄，夏绿蒂也自告奋勇，但却遭到了反对。

"给我好了！"奥蒂莉急忙说。

"你可不行。"夏绿蒂道。

"自然我后天一早就要，而且又那么长。"爱德华说。

"我会抄好的。"奥蒂莉大声回答，说着已把契约夺到手中。

第二天早上，朋友们在楼上凭窗眺望，以便及时去迎接客人。这时爱德华突然嚷道：

"是谁慢吞吞地骑着马来啦，那边大路上？"

奥托上尉细细地描绘骑手的模样。

"原来是他，"爱德华说，"你把细节看得很清楚，跟我所看出的轮廓刚好合得起来。是他，米特勒。他怎么会骑着马走得那么慢吞吞的呢？"

骑手越走越近，果真是米特勒。当他慢慢登上台阶时，受到了主人的热情接待。

"您为什么昨天没来？"爱德华问道。

"我不喜欢赶热闹，"客人回答，"可我今天来啦，和你们一道安安静静地在事后庆祝一下我的女朋友的生日。"

"您怎么也抽得出这么多时间呢？"爱德华打趣地问。

"我的造访，如果它对你们有几分价值的话，那你们就得感谢我昨天产生的一个想法。昨儿个我很高兴地度过了半天，在一个我曾带给它和睦的家庭里。然后，我得知这儿在庆祝生日。'归根结底这也叫作自私吧，'我心里嘀咕，'你只高兴跟这些听了你规劝重归于好的人在一起。为什么你就不能跟那些一直和和美美地共同生活着的朋友在一块儿快乐快乐呢？'说了就做！于是，我心一横，就到府上来了。"

"可昨天您会见到许多宾客，今天却只有很少，"夏绿蒂说，"今天您将见到伯爵和男爵夫人，他们也是曾经跟您打过交道的。"

一听这话，让四位主人围在当中的稀客立即冲出来，气急败坏地取自己的帽子和马鞭去了：

"我这个人真叫倒霉哟！"他说，"每次想休息休息，享受享受，头顶上总会出现煞星！可我干吗改变自己的老习惯呢？我压根儿不该来，现在给撵走了不是！须知，跟这号人我才不愿意待在同一座房顶下呢！你们小心着点，他们带来的只会是祸害！他们好比一团老面，会让别的面团也跟着发酵的。"

大伙儿极力挽留他，可是没有用。

"谁攻击婚姻关系，"他大声嚷着，"谁想通过言语，甚至通过行动，给我把整个道德社会的这一基础破坏掉，我绝不和他善罢甘休。换句话讲，我要是不能说服他，我也绝不会再理睬他。婚姻是一切文明的起点和顶峰。它使野蛮人变得文明起来；除非通过婚姻，不然最有教养的人也无法证明自己是文明人。婚姻必须牢不可破，因为它将带来许多幸福；一切小的不幸加在一起，与之相比都微不足道。说什么不幸喽，那不过是常常袭扰人的烦躁罢了，一烦躁他就会想：我真不幸。坚持一会儿吧，马上你又会赞美自己的幸福，因为一种存在了那么久的关系仍然继续存在。没有任何理由足以证明非离婚不可。人生的苦乐何其多，哪儿算得清楚夫妻之间到底谁该感激谁。这是一宗偿付不清的债务,只有永远互相偿还下去。有时也可能不舒服,这我信;但是就得如此。难道我们不是和自己的良心也结下了不解之缘,难道我们不是常常也想摆脱它,因为它有时比一个男人或一个女人更叫我们讨厌吗?"

米特勒讲得如此来劲儿,看样子还会滔滔不绝地继续讲下去,如果不是这时传来了驿车的号角声,宣告伯爵与男爵夫人已经到了。他俩像经过精确计算似的,在同一时刻从两个不同的方向坐着车驶进了府第的院子。在主人们赶上去迎接的当口儿,米特勒急忙藏了起来,并让用人把他的马牵到酒馆里去,随后在那儿骑上马气冲冲地走了。

第十章

来客受到热情欢迎。他们为自己又能踏进这所宅子、这些房间而高兴。从前,他们曾经在这儿度过一些美好的时日,只是已经很久没有再来了。朋友们也为他俩的到来兴高采烈。伯爵和男爵夫人都属于那种身材高大的美人,到了中年反显得比年轻时更加风姿绰约。因为,尽管已失去一部分青春的艳丽光彩,他们却能以对人的体贴赢得你绝对的信赖。而处在眼前的环境中,这一对儿也感到极为舒服自在。他们行事的自由不羁,他们谈吐的大方爽快,立刻感染了其他人。他们的整个风度,都在高雅、端庄的范围内,然而并不显出有任何拘束和勉强。

此刻大伙儿聚在一起的感觉就是这样。客人刚从外边来,甚至在他们的衣着、用品以及种种身外之物方面，都与我们的朋友，都与他们蛰居乡间和感情藏而不露的状态，形成了鲜明的对照。不过，随着旧日的回忆和当前的寒暄交替进行，谈话迅速变得热烈起来，隔膜也就消失了。

没过多久，大伙儿便分成了两组。妇女们退到了自己的厢房里，开始观赏各种衣服和帽子等的剪裁样式，包括已熟悉的和最时新的，从而得到了无穷的乐趣。男人们则围着旅行马车和马匹打转，开始进行谈判和交易。

晚饭时大伙儿才重新汇聚一堂。人人都换了衣服，在这点上同样是新来的一对儿更胜一筹。他俩的所有穿戴都是最新颖的，为此间见所未见，然而又显得大方自如，舒适合身。

谈话热烈活泼，话题丰富多变，仿佛和这些人在一块儿，什么都令人感兴趣又什么都不令人感兴趣似的。为避免在旁边侍候的用人听懂，大伙儿操着法语，尽情地谈论着上流社会和中等阶层里的人情事态。仅只在夏绿蒂打听自己一位青年时代的女友时，她听说此人新近离了婚，感到十分惊讶。就在这唯一的一件事情上，谈话停留得不必要地久了一些。

"真叫人烦恼啊，"夏绿蒂说，"自己一些不在身边的朋友，你相信他们早已生活得安安稳稳的，一位自己所钟爱的女友，你相信她的生活一定有了保证，谁料突然间你就不得不听到坏消息：她的命运又处于动摇不定之中，她又被迫踏上了新的，也许是毫无把握的人生之路。"

"可是亲爱的，"伯爵接着说，"我们如此大惊小怪，归根结底还得怪我们自己。我们总喜欢把尘世上的事情，尤其是把夫妻的结合，想象成持久不变的。而涉及婚姻问题，我们之所以产生一些与世态人情大相径庭的想法，就是因为受了那些我们经常观看的喜剧的蛊惑。在喜剧中，我们看见在克服了前几幕中出现的障碍后主人公如愿以偿，终于结成眷属，这当口儿大幕便落了下来。暂时的满足感会在我们心里久久地回响。世界上的情况却不一样，戏将在幕后继续演下去；而一当大幕再次升起时，那演出就将是我们一点也不乐意再去看和再去听的了。"

"情况想必还不至于如此糟糕吧，"夏绿蒂微笑着说，"咱们也看见有那么些人，他们从舞台上退下来后不又心甘情愿地演起新的角色来了吗？"

"这话一点不错，"伯爵回答，"人们是乐意扮演一个新的角色的。而且你只要了解这个世界，你就会发现：即使在婚姻关系中，不恰当的也仅仅是要求在这充满变换和动荡的世界上实现绝对的、永久的稳定。我有一个朋友，他的心绪一好往往便会提出一些制定新法律的建议。他认为：每缔结一次婚姻只应生效五年。他称'五'是一个美好的、神圣的奇数，说五年这段时间刚好够夫妻俩相互了解，生儿育女，然后分道扬镳；而最美好不过的，又是彼此和解。他常常禁不住喊道：头一段时间将过得何等幸福啊！至少有两三年，将生活得高高兴兴。随后，某一方也许希望把关系维持下去，态度于是变得更加殷勤起来，而且越接近解除婚约的日期越加如此。本来无所谓的一方，甚至是不满意的一方，也会被这样的态度所安慰，所打动。正像在良朋相聚时常常忘记了时间一样,光阴也在夫妻俩不知不觉间流逝过去了,等事后发现婚期已经不声不响地得到延长时,他们便会不胜惊喜。"

这一席话听起来得体而又风趣;夏绿蒂清楚地感到,在伯爵的戏言中包含着深刻的伦理意义。但是尽管如此,它们却使她不高兴,特别是为了奥蒂莉的缘故。她很了解,这样过分自由的谈话,把一种犯罪的或者说接近犯罪的行为讲得如此稀松平常,轻松愉快,甚至加以赞赏,是再危险不过了;而一切触犯婚姻道德的言论,显然也在此列。因此,夏绿蒂企图像她往常似的巧妙地引开话题,可是不成功。而与此同时,使夏绿蒂深感遗憾的是,奥蒂莉又把一切安排得妥妥帖帖,没必要再起身去张罗什么了。安详而专注的姑娘跟家里的管事只需递个眼色,打打手势,一切便会顺顺当当,毫无问题;虽说穿着礼服在一旁侍候的是几个新来的用人,还笨手笨脚的。

伯爵没有察觉夏绿蒂的意图,仍一个劲儿地大讲特讲。往常,他在与人交谈时一点也不啰唆讨厌;眼下实在是他心里太压抑太难受了,与妻子离异所遭遇的困难,使他对跟婚姻有关的一切都深恶痛绝,尽管与此同时他自己又急欲和男爵夫人结为夫妇。

"那位朋友还提了另一个制定法律的建议,"他继续说,"就是一项婚约只有在下述情况下才是不可解除的:要么夫妇双方,要么至少一方,已经结婚三次。因为一个人既然这样做,就等于无可辩驳地承认,婚姻在他看来是不可缺少的东西。再说也已经弄清楚,他在以前的结合中表现怎么样,是否有某些特殊的性格,由于这些性格,人通常更容易提出离婚。也就是说,夫妻双方事先须要相互打听清楚对方的情况；对于曾经结过婚的和从未结过婚的同样应该注意，因为你不知道将来情况会怎么样。"

"这一来，社会的关注无疑会大大增加，"爱德华说，"须知在目前，当我们已经结了婚，事实上就不再有任何人再来过问我们的德行如何，以及有什么缺点了。"

"按照这样的规定，"男爵夫人笑吟吟地插进来说，"我们亲爱的主人已经幸福地进入了第二阶段，可以准备向第三阶段过渡了。"

"你们真幸运，"伯爵又道，"死神自愿来帮忙，做了宗教法庭通常是很不乐意做的事情。"

"咱们别去搅扰死者吧。"夏绿蒂目光颇为严肃地说。

"为什么？"伯爵追问，"咱们这样不是可以对他们表示敬意吗？他们真算得谦逊知足，在度过自己不多的有生之年后给后来者留下了如此多的好处。"

"只是千万别让人家把最宝贵的年华牺牲掉才好啊！"男爵夫人忍不住叹了一口气，说。

"是的，"伯爵应道，"世人必定会感到绝望，如果不是这小小的牺牲还能带来预期的结果的话。儿童所做的许诺是不算数的，青年人说话也很少兑现；而当他们想说话算话时，世界却又不肯对他们实践自己的诺言了。"

夏绿蒂发现话题转了，非常高兴，马上兴冲冲地接过话头：

"喏！我们本来就该很快习惯一点一点地接受自己的幸福。"

"是啊，"伯爵应道，"你俩曾经享有过一些非常美好的时光，我还回忆得起，当时您和爱德华在宫廷里是最漂亮的人物。当时，你俩在一起跳舞，所有人的视线都被吸引到了你们身上。你俩真叫情投意合，仿佛彼此都在对方身上看见了自己的影子！"

"可现在情况已经大大变了样，"夏绿蒂说，"对于那么多美好的往事，我们大概也能带着平静的心情来听你回忆了。"

"然而我却常常在暗中责备爱德华，"伯爵说，"怪他不够坚决；须知到头来他那对古怪的双亲是可能让步的。能赢得十年的青春绝不是小事。"

"我倒得替他辩护一下，"男爵夫人插进来说，"夏绿蒂并非完全没有责任，并非一点不曾犹豫观望，尽管她内心爱着爱德华，暗暗地也决定了嫁给他。可是，我也是一个目击者，见过她常常给他以难以忍受的折磨，逼得他轻率地做出了不幸的抉择，去旅行，离开她，慢慢习惯了在自己的生活中没有她。"

爱德华对男爵夫人点点头，像是感激她为自己说了话。

"接下来我还得补充一点，"她接着讲，"为的是替夏绿蒂辩护：当时那个追求她的男子，他早已是所有倾慕夏绿蒂的人中最突出的一个，谁要是对他了解得深一些，谁就准知道他是比你们想象的更加可亲的。"

"亲爱的朋友，"伯爵兴致勃勃地指出，"让咱们干脆承认，他在您心中也并非无足轻重，所以夏绿蒂比怕任何其他女人都更加怕您吧。而我呢，却认为这是你们女士们身上一个十分可爱的特点，你们把对某个男子的眷爱一直保持下来，甚至不让任何的分离去破坏它，甚或将它消除。"

"这一好品质你们男人身上也许更突出哩，"男爵夫人回敬道,"至少在您身上,亲爱的伯爵,我发现是如此。比起一个您曾经倾心于她的女子,世界上再没有谁能对您有更大的操纵力。我曾经目睹您不遗余力地为这样一位女士辩护,以便达到某种目的;而您眼下的女友,也许就不可能有这样的荣幸喽。"

"这一指责我似乎可以接受,"伯爵回答,"不过说到夏绿蒂的前夫,我却不能原谅他,因为他拆散了如此美好的一对儿,真正是天生的一对儿。这一对儿一当结合起来,就既不会嫌五年的光阴太漫长,也不会指望还有第二次或者第三次的结合。"

"我们愿意做出努力,"夏绿蒂说,"把耽误了的重新弥补上。"

"你们必须努力,"伯爵道,"你们前一次的婚姻,"他语气颇为激烈地继续说,"就其实真正令人讨厌。而遗憾的是,婚姻本身——请原谅我用一个比较生动的词儿——就带有某些愚蠢的性质;是它破坏了那些最温柔的关系,目的仅仅在于取得那个空虚的安全感,使夫妇双方中至少一方感到有所凭借。一切都不言而喻;人们结为夫妇,好像就为了从此便各走各的路似的。"

这当儿,夏绿蒂大胆地扭转话题,以便彻底结束这样的讨论。她成功了。谈话变得随便起来,夏绿蒂夫妇和奥托上尉已能搭上腔,连奥蒂莉也有机会发表意见了。大伙儿兴致勃勃地享用了饭后的甜品。在一些精致的小筐儿中,盛着各种时鲜水果。美丽的篮子里点缀着五颜六色的花卉,十分引人注目。

也谈到了饭后就要去观赏的新庭园。奥蒂莉托词有家务要料理,退出去了,实际上却坐在房里誊写文书。伯爵由奥托上尉陪着聊天,随后夏绿蒂也参加了进来。三人走到山顶以后,奥托上尉自愿跑下山去取庭园布置的平面图。这时伯爵又对夏绿蒂道：

"我非常喜欢上尉这个人。他很有教养，学识渊博。干起事来似乎也挺认真，挺有条理。要是处在上层，他的才干一定能得到更好的发挥。"

这些对于上尉的赞语，听得夏绿蒂打心眼儿里乐滋滋的。可她不露声色，只是冷静而明确地对伯爵的意见表示了同意。然而，伯爵接下来讲的话，却使她惊诧不已，大感意外。

"我与他相识得正是时候，"伯爵说，"我知道有一个职位，对他是再适合不过了。我可以推荐他去，使他从此交上好运，这样我也便牢固地赢得了这位高贵男子的友谊。"

这段话真像落在夏绿蒂头顶上的一声霹雳，伯爵却丝毫没有察觉。须知女士们都惯于克制自己的感情，即使在最不寻常的情况下，也总能保持某种表面的平静。只不过伯爵接下来说的话，她已经一点听不见了。伯爵说：

"一当有了坚定的信念，便会很快下决心。我已经在脑子里草拟好一封信，巴不得马上把它写出来。您给我派个骑马的信差，今天晚上我就打发他把信送走。"

夏绿蒂心里乱糟糟的。她对这一推荐、对自己内心的反应感到意外，一时间吐不出来半个字来。幸好这时伯爵又继续谈起他为上尉安排的计划，其好处夏绿蒂一眼就看出来了。这时，上尉爬上山来，在伯爵面前摊开了他绘制的规划图。夏绿蒂是用两道多么异样的目光，注视着她即将失去的朋友啊！她欠了欠身表示告退，转过身急步朝着苔藓小庐走去。她还在半路上，热泪就不禁夺眶而出；一冲进那狭小的隐者斗室，她更加无法控制自己，一任自己的痛苦、情感、绝望尽情地宣泄出来。这是她在一刹那之前万万料想不到的。

与此同时，爱德华领着男爵夫人走到了湖边上。这个喜欢打探一切的乖觉女人，经过一番试探性的交谈很快就察觉到，爱德华在不厌其烦地夸奖奥蒂莉。于是她便巧妙地因势利导，让他慢慢儿吐露真情。最后她确信无疑：爱德华对奥蒂莉的恋慕并非处在朦胧的中途，而是已变成现实的存在啦。

已婚的女人，尽管她们之间并不相爱相亲，但总是心照不宣地站在一起，尤其是在对付未婚少女的时候。男爵夫人这个老于世故的女人，很快就意识到了这种恋慕的后果。而且，就在今天早晨，她还同夏绿蒂谈到过奥蒂莉，并且对让这个孩子——尤其是像她这样一个秉性文静的孩子——居留乡下表示了异议。她建议把奥蒂莉送到城里她的一位女友那儿去，后者非常重视对自己独生女儿的教育，正在为她物色一个懂规矩的女伴；这个女伴可以充当她的第二个女儿，分享作为女儿所应享受的全部好处。夏绿蒂答应了考虑她这个建议。现在，鉴于爱德华的情况，这项建议在男爵夫人的心中正在变成坚定的信念。而且，这变化的过程越快，她表面上讲话就越是迎合爱德华的口味儿。没有谁比这个女人更沉得住气了。而且，这种在特殊情况下产生的自我克制能力，会使我们逐渐养成一种习惯，甚至在处理一般事情时也不由得故作姿态。它还会使我们内心产生一种倾向，即在努力克制自己的同时进而控制他人，通过我们在外部赢得的东西来在一定程度上弥补我们心灵上的缺失。

一旦我们具有了这种品格，便往往容易产生幸灾乐祸的心理，暗自为他人受到了蒙蔽，为他人不知不觉地落进了圈套而扬扬得意。我们不仅为眼前的得手而高兴，同时还期待着将来出其不意地羞辱他人。于是，男爵夫人别有用心地邀请爱德华和夏绿蒂在葡萄收获季节到她的庄园做客。对于爱德华提出的他们可否带奥蒂莉同行的问题，她回答得很巧妙，爱德华完全可以从对自己有利的角度去理解。

爱德华已经眉飞色舞地在谈论那儿的绮丽风光：那条大河还有丘陵、山岩和葡萄园，那一座座古老的宫堡，那水中泛舟以及采摘葡萄和酿酒的兴高采烈场面，等等。同时，他怀着毫无猜忌的心理，也为这同样的景象将对奥蒂莉那颗天真无邪的心所产生的影响而喜形于色。这当儿，他们看见奥蒂莉正朝他们走来。男爵夫人急忙告诉爱德华，不要提及这次拟议中的秋日旅行；假如过早地为一件令人神往的事情高兴，那它往往就会落空。爱德华答应了她的要求，却催促她快点朝奥蒂莉走去。他自己则抢先几步奔向了那可爱的孩子。内心的喜悦使他整个人变得轻飘飘的，他俯身亲吻她的手，塞给她一束他在途中采集的野花。男爵夫人看见这情景，心里感到很不是味儿。如果说对这恋慕之情应该受到惩罚的成分她只是不赞成的话，那么，她就更加不愿意将其所带来的欢乐和满足，赐予这个为她所不齿的情场新手了。

当大家坐在一起进晚餐的时候，席面上的气氛完全变了。伯爵饭前已写好举荐信打发听差送走。这时他同上尉侃侃而谈，整个晚上都把他拉在自己身边,态度谦和地向他打听这探询那,问个没完没了。坐在伯爵右侧的男爵夫人一直寡言少语,跟爱德华也没有多少话讲。爱德华呢,正狂饮不已,开始是由于口渴,现在是来了兴致,并且还把奥蒂莉拉到身旁,兴致勃勃地跟她谈天说地。在另一边,紧靠上尉落座的夏绿蒂也说话不多;这时候,她已很难,甚至是再也无法掩饰自己内心的激荡了。

男爵夫人有足够的时间进行观察,她看出了夏绿蒂的不快。联想到爱德华跟奥蒂莉的关系,她很容易断定夏绿蒂也对此产生了疑心,因而对丈夫的行为怀有不满。于是,男爵夫人仔细考虑着达到自己目的的最便捷途径。

饭后,大家依旧各想各的。伯爵想仔细了解上尉的心思,但对这样一个生性沉静、不图虚名、不苟言笑的人,他须得委婉其辞,才能弄清楚对方内心的愿望。他们两人肩并肩地在大厅的一侧踱来踱去。爱德华多喝了几杯,也因为心里怀着希冀,所以非常之兴奋;他同奥蒂莉站在一面窗户前说说笑笑。夏绿蒂跟男爵夫人在大厅的另一侧缓缓地来回走着。她们俩都不开口,百无聊赖地一会儿这儿站站,一会儿那儿停停。这情绪最后也感染其他人,气氛便凝滞了下来。女士们凑到一起走了。接着,男人们也回到自己的厢房中。这一天就这么结束了。

第十一章

爱德华把伯爵送到他下榻的房间,巴不得伯爵和自己谈一谈,以便再跟他一块儿待上一段时间。伯爵很快沉湎在了对往事的回忆里,还清楚记得夏绿蒂的美貌,并且满怀激情,以一个行家的眼光,对它做了详细的分析:"一双漂亮的秀脚是自然的巨大恩赐。它给人的优雅历久不衰。今天我观察了她走路;我仍旧恨不得吻她的鞋,模仿波兰人那种虽然有些野蛮,但却能表达十分诚挚的敬意的礼节;在他们看来,对一个自己所敬爱的人表示感情的最佳方式,莫过于拿他的鞋作酒杯为他的健康祝酒啦。"

两位挚友并不只是赞美夏绿蒂的一双纤脚。他们从人开始,进而谈到了种种往事,种种历险,回忆起了这一对恋人在走到一起时所遭遇的种种障碍、阻拦,以及他们只为了能相互说一句"我爱你"而如何拼命努力,费尽心机。

"你还记得吗,"伯爵继续说,"那次咱们的最高统治者下访她的伯父,在他宽敞的府第中聚会,我曾帮助你冒险成功了,是多么够朋友,多么忘我无私吗?白天大伙儿穿着节日盛装搞庆祝活动;夜晚至少有一部分安排在露天度过,以便进行无拘无束的亲切交谈。"

"你记住了去宫女们住地的路,"爱德华接过话茬儿,"我们顺利地摸到了我爱人那儿。"

"可她更重视礼数,而不管我是否满意,"伯爵说,"因此在身边保留了一个形象丑陋的卫道婆;这下倒好,你俩在那儿眉来眼去,卿卿我我,我却真是倒了大霉喽。"

"昨天得到你们来的消息时,"爱德华回答,"我和妻子还回忆过这一段经历,特别是谈到了咱们'撤退'的情况。咱俩迷了路,闯进了卫队住的前厅。因为很清楚往后的路该怎么走,我们就以为可以放心大胆地前进,跟经过其他岗哨一样地径直走过眼前的岗哨。可是一推开厅门,我们才叫吃惊啊!眼前的路上铺着垫子,垫子上直挺挺地躺着一排一排的彪形大汉,全都已经入睡。唯一醒着的岗哨莫名其妙地瞪着咱们;可我们呢,凭着年轻人的血气之勇,竟从容不迫地跨过了那一排伸得直直的筒靴,而没有惊醒任何一个正在那儿呼呼大睡的巨人的子孙。"

"当时我真巴不得绊一跤,"伯爵说,"以便引起一阵喧嚷;咱们想必就会见到一个少有的起死回生场面!"

这当儿,府第的钟开始敲十二点。

"已经是午夜啦,"伯爵笑了笑说,"正好是时候。亲爱的男爵,我得求您帮个忙:就像当初我给您领路一样,劳驾您也给我领领路;我答应过男爵夫人今晚就去看她。我们一整天都没能单独聊聊,我们已经很久没见面了,渴望亲热一会儿是再自然不过的事。您只需告诉我去的路,回来我找得着,无论如何不用再担心让筒靴绊倒对吧。"

"我很乐意为您尽这点地主之谊,"爱德华回答,"只是三位女士一块儿住在那边的厢房里。谁知我们会不会碰见她们三个还待在一处,或者搞出点别的事来,引起人大惊小怪呢!"

"不用担心!"伯爵说,"男爵夫人等着我呢。她这会儿肯定是一个人待在自己房里。"

"真这样事情就挺简单。"爱德华边说边取过一盏灯,替伯爵照亮一道暗藏的楼梯,领他走进了下边长长的过道。在过道尽头，爱德华拉开一道小门，登上一架旋梯；上边是一间小小的休息室。爱德华在这里把灯递给伯爵，然后示意他走向右手边一道蒙着糊壁纸的小门；这门一碰就开了，伯爵闪身进去，把爱德华一人留在了黑暗中。

左边有另一道门通夏绿蒂的卧室。他听见里面有人讲话，便留神倾听。只听夏绿蒂问她的贴身使女："奥蒂莉睡了吗？"——"没有，"使女回答，"她还坐在楼下写字。"——"那你就点上过夜的灯，"夏绿蒂说，"你只管去吧——夜深了。蜡烛我自己吹灭，好上床睡觉。"

一听奥蒂莉还在抄写，爱德华心中不由感到欣喜。"她在为我忙着呢！"他得意地想。四周的黑暗使他沉潜到自己的内心，他仿佛看见她坐在那儿写啊，写啊；他感到自己正走近她，看见她向他转过身来；于是，他心中产生出想要再次亲近她的无法克制的欲望。然而从这里没有路通到她住的夹楼。他眼下刚好站在自己妻子的卧室门口，以致使他心灵深处出现了一种奇妙的混淆；他想要扭开门把手，发现门已锁住，便轻轻地敲门；夏绿蒂没有听见。

她此刻正心情激动地在隔壁大一些的房间里来回踱步。自从伯爵突然提出那个建议，她心里就折腾得够了，眼下又一次地反复回味咀嚼。上尉好像就站在她面前。他的形象曾经充斥整个府第，并且使他们的散步变得生动活泼，可现在却要他离开，使所有一切都变得空虚！她对自己讲了在这种情况下所能讲的一切，像人们通常似的聊以自慰道，即使是这样的痛苦，也会随着时间的流逝而慢慢减轻的；她诅咒将来为减轻这些痛苦所需要的死气沉沉的时日。

　　临了儿，痛哭流涕成了最好的排解办法；这在她是很少有的。她扑倒在沙发上，尽情地痛哭悲泣。爱德华呢，站在门前也挪不开脚步，又敲了敲门；他第三次敲得更响一点，使夏绿蒂在寂静的夜里听得清清楚楚，一下子吓得跳了起来。她一开始想：可能是上尉，必定是上尉；但转念一想：这不可能。她以为自己发生了错觉，可又明明是听见了的；她既希望又害怕真的听见了敲门声。她走回卧室，脚步轻轻地踅到关严实了的门前。她骂自己胆怯。"很可能是伯爵夫人需要什么吧！"她自言自语，然后镇定沉着地提高嗓音道："有谁在外面？"一个低沉的嗓音回答："是我。"——"谁？"夏绿蒂再问，她未能听出是谁的声音。在她的想象中，门外站着奥托上尉。给她的回答响亮了一点："爱德华！"她打开房门，她的丈夫站在她跟前。他以玩笑的口吻问候妻子。她呢，也勉强以同样的语气对答。他给自己神秘的造访加上一些神秘的注释。"可要问我究竟来干什么，"他最后说，"那我就只好据实招认。我起过一个誓，今天晚上还要来吻一吻你的鞋子。"

　　"这你可是很久没想到啦。"夏绿蒂说。

　　"因此就更糟，"爱德华回答，"同时又更好！"

　　她坐进一把圈椅，为的是不叫他注意她只穿着薄薄的睡衣。他跪倒在她脚下；她呢，也没法阻止他吻她的鞋，吻过以后仍攥着它，同时抓住她的脚，把它温柔地按在自己的胸口上。

夏绿蒂是那类生性节制的女性之一，在婚姻生活中无须刻意努力，就能保持住恋人的行为方式。她从不引诱自己的丈夫，甚至也不迎合他的欲求，但也并非冷冰冰地拒人于千里之外，而总是像个可爱的新娘子似的，即使对那允许做的事情都仍然怀着内心的羞怯。而今天晚上，爱德华发现她更是如此。她多么急切地盼望自己的丈夫离去啊；要知道，她那位朋友的幻影好似一直在责备她。然而她的推拒，只是使爱德华越加着迷。她显得有些激动。她曾经哭过；而哭，如果多半都叫软弱的女子丧失优雅的风度的话，那么某些通常被我们认为是坚强稳重的女性，却反倒会因此显得魅力无穷。爱德华此刻是如此殷勤，如此和蔼，如此急切；他请求她允许自己留下，而不是要求；他的语气时而认真，时而调皮，企图说服妻子；他没有想到自己本来有此权利；临了儿，他故意弄熄了蜡烛。

在过夜灯迷茫朦胧的映照中，内心的渴望和幻觉立刻战胜了眼前的现实：爱德华觉得抱在怀里的只是奥蒂莉；而在夏绿蒂的心中，也飘动着奥托上尉的身影，时而远，时而近。说来真是奇怪啊，不在眼前的和近在身边的，就这么飘飘摇摇地搅混在一起，令人销魂，叫人迷醉。

然而，现实却不容许剥夺自己的巨大特权。这一夜的大部分时间，他俩都是以窃窃私语和戏谑玩笑度过了，遗憾的只是言不由衷，却也因此更加无所顾忌。但第二天清早，爱德华一觉苏醒在自己妻子的怀中，顿时感到射进房来的日光很是异样，就好像要把他犯的罪行暴露在光天化日之下似的，于是悄悄地从她身边溜走了；夏绿蒂醒来发现只有自己一个人，心里好生奇怪。

第十二章

大家又聚在一起进早餐。这时候，细心的观察者从各人的举止，定会发现他们内心思想和情感的差异。伯爵和男爵夫人相互都表现得轻松愉快，就像一对久别重逢的恋人再一次确认了彼此仍旧倾心相爱时那样；与之相反，夏绿蒂和爱德华在上尉和奥蒂莉面前，都同样显出羞耻和内疚。要知道爱情就是这样，它只相信自己有道理，其他一切理由在它面前通通不成立。奥蒂莉天真而快活，就其禀性而言，也可以称着襟怀坦荡。上尉神情严肃；与伯爵的谈话激起了一些时候以来在他心中已变得平静和处于沉睡状态的情感，使他清楚地感到此地根本不能实现他的抱负，归根结底，他只是在以半偷懒的办法打发时光罢了。两位客人前脚刚走，新的客人后脚就已跟来。这正中夏绿蒂的下怀，因为她希望排解内心的烦恼，需要消遣消遣；可对于爱德华却不合适，他此刻特别渴望能和奥蒂莉单独待在一起；同样，奥蒂莉也不高兴不速之客的到来，她还没有抄完那份明天早上就需要的文件。正因此，客人们玩了很久，等他们一离开，奥蒂莉马上跑回了自己房间。

已经到了傍晚。爱德华、夏绿蒂和上尉送客人步行了一段路，还没等人家在马车上坐好，他们仨便一致决定再到湖边去散散步。爱德华花大价钱打老远订购来的游艇已经运到，他们想试一试它是否运转自如，容易驾驶。

　　船拴在中央那片湖泊的岸边，离那几株已纳入未来的建设规划之中的老橡树不远。那儿打算修一道上下船的栈桥，树下则将布置成一个考究的憩息处，好让从湖上来的人能把它当行船的目标。

　　"对岸的栈桥修在哪儿最合适呢？"爱德华问，"我想是不是可以修在我那些梧桐树下。"

　　"它们太偏右了一点，"上尉说，"如果在往下边一点停靠，离府第就更近。不过得考虑考虑。"

　　上尉已经站在小艇的尾部，抓起了一只桨。夏绿蒂上了船，爱德华同样抓起另一只桨来；可是就在他准备把船撑开的一刹那，他想起了奥蒂莉，想到这一游湖谁知道多晚才回得来。他当机立断，一跳跳回到岸上，把另一只桨也递给上尉，匆匆道了声对不起，就急急忙忙赶回家去了。

　　到了家里，爱德华听说奥蒂莉还关在房里抄写文件。她在为他做事，他感到欣慰，但与此同时又觉得很不痛快，因为她不在眼前。爱德华的不耐烦时时刻刻在增长。他在大厅里踱来踱去，试着做这做那，但是没有什么能吸引他的注意。他渴望见到她，在夏绿蒂和上尉回来之前单独见到她。夜已降临，厅中点上了蜡烛。

　　终于，奥蒂莉走了进来，容光焕发，笑容可掬。为朋友帮了忙的感觉，使她整个儿高出了原有的自我一截。她把原件和抄件一同放到爱德华面前的桌上。"我们需要校对一遍吗？"她笑眯眯地问。爱德华不知道该如何回答。他先瞅了瞅姑娘，随后便审视抄件。那头几页抄得十分认真，显示系出自一位女性温柔的纤手,后面的笔迹就不同了,变得轻灵、自如起来;可当他的目光扫过最后几页,他是何等惊讶啊!"我的天!"他嚷道,"怎么回事?这可是我的笔迹啊!"他凝视着奥蒂莉,接着又看文稿,尤其是那结尾,简直就跟他自己写的一个样。奥蒂莉默默无语,但却心满意足地注视着他的眼睛。爱德华振臂高呼:"你爱我!奥蒂莉,你爱我!"两人随即拥抱在了一起。至于是谁先伸出手来拥抱对方,就根本没法再分辨。

此时此刻,世界对于爱德华完全变了一个样,他不再是原先的他,世界也不再是原先的世界。他俩面对面站着,他握着她的双手;他俩相互凝视,眼看又要抱在一起。

夏绿蒂领着上尉跨进了大厅,抱歉自己在外边待得太久,对此爱德华暗自好笑。"哦,你们回来得太早啦!"他心中嘀咕。

大伙儿坐下来进晚餐。席间对今天的访客做了一番评头品足。爱德华兴致很高,对谁都只说好话,总是显得那么宽厚,还常常赞扬人家几句。夏绿蒂看法不同,发现爱德华情绪异常,便打趣他说,往常客人一走,他总是挑鼻子挑眼睛,今儿个又一下子这么宽容而厚道啦。

爱德华满怀热情,发出由衷的呼喊道:"谁只要打内心深处真正爱一个人,那所有人对于他都是可爱的呢!"奥蒂莉垂下了眼睑,夏绿蒂凝视着前方。奥托上尉接过话头道:"景仰和崇敬之类的感情也与此相似。只有一个人有机会在某个对象身上实践这些感情,他才能认识到世界的可贵价值。"

夏绿蒂巴不得马上回自己卧室去,以便好好重温今天傍晚在她与上尉之间发生的那些事情——

爱德华跳上岸时也把小艇推向了湖中,任随自己的妻子和朋友在那水上摇摇荡荡;夏绿蒂呢,这时就看见那个她已为之魂牵梦萦的男子坐在自己面前的薄暮中,划动着双桨把船驶向不确定的远方。她心中感到深深的悲哀,少有的悲哀。小艇旋来转去,船桨激溅起泼剌剌的水声,冷风嗖嗖掠过平明如镜的湖面,风吹芦苇萧萧有声,最后的鸟群急急飞回巢穴,刚刚出现的星斗一闪一闪,相互辉映:在一派幽寂之中,一切都显得有些神秘。夏绿蒂似乎感到自己的朋友要把她划到远处,在那儿让她上岸,把她一人独自丢下。她内心涌起一阵莫名的激动,可是想哭却哭不出来。

上尉边划桨,边向她描述他想象的未来设施是个什么样子。他称赞小艇的性能优良,说一个人用两只桨就能轻松划行,操纵自如。她也该学会划船;时不时地独个儿划到湖上去,自己替自己操桨,自己为自己掌舵,那感觉真是惬意。

听到这几句话,夏绿蒂心中突然想到了即将到来的离别。"他是有意讲这话吗?"她暗想,"未必他已知道?已猜着?或者他只是随便说说,无意间预告了我未来的命运?"一下子她深感悲哀,再也忍耐不下去。她求他尽快靠岸,送她返回府第。

这是上尉第一次在湖上划船,虽然他曾测量过这些池塘的一般水深,对这儿那儿的具体情形却不甚了解。天已渐渐黑了;他调整行驶方向,想找一个便于登岸的地方,并且要离回府第去的小路不远。可是当夏绿蒂有几分畏葸地再次表示出马上登岸的愿望时，他却已有些偏离了航向。他重新奋力向岸边划去，却遗憾地发现船在离岸不远的地方停住了；他把小船驶搁了浅，费了老大的劲儿想使它松动，结果白费。怎么办？他别无他法，只好跳进并不很深的水中，把女友抱上了岸。很幸运，他足够强壮，在把这可爱负担抱过去时没有摇摇晃晃，或者引起她的担心；可是尽管如此，她仍胆怯地用一双胳臂搂住他的脖子。他也抱紧了她，把她贴在自己胸前。直到上了一道草坡，他才把她放下来，心情不免既激动，又迷惘。她呢，仍搂着他的脖子；他重新又抱住她，热烈地亲吻她的嘴唇。但与此同时，他便跪倒在她脚边，使劲儿吻了吻她的手，大声地说："你肯原谅我吗，夏绿蒂？"

朋友大胆的亲吻，这个她差不多也给予了回报的吻，使夏绿蒂清醒了过来。她握着奥托上尉的手，可是并没有拉他起来。然而，当她俯下身去，把一只手搭在他肩上的同时，却忍不住喊道："此刻将使我们的生活开始一个崭新的阶段，我们阻止不了它；可它对咱们是否真有价值，却取决于咱们自己。您必须离开，亲爱的朋友，您也即将离开。伯爵正准备改善您的境遇；这既叫我高兴，又令我难过。在事情有把握之前，我原本不想讲的；可眼下这一刻迫使我揭开了秘密。要我原谅您，原谅我自己，只有咱们鼓起勇气改变现状，因为咱们没有可能改变自己的思想感情。"她扶起他来，抓住他的胳臂，以便自己有个支撑；就这样，他俩默默地回到了府里。

可这时候，夏绿蒂站在她的卧室中，又不得不把自己视为爱德华的妻子，以一个有夫之妻的身份来审视自己的思想感情。处在这重重矛盾之中，是她那干练而又经历过人生各式各样锻炼的个性帮了她的忙。她习惯了自己认识自己，自己控制自己，因此眼下也不难通过严肃的自察自省，渐渐地接近了希望获得的心理平衡；是的，当她想起那次奇怪的深夜到访时，甚至禁不住笑起自己来。然而她心中突然掠过一种莫名的预感，浑身惊喜地战栗了一下，随即又化作了种种神圣的向往和渴望。她于是跪倒在地，一次又一次地重复着自己在祭坛前对爱德华许过的誓言。友谊、倾慕、克制，都变成欢快明朗的画面，从她的眼前掠过。她感到内心已恢复宁静。很快就有一阵甜蜜的倦意攫住了她，使她安然睡去。

第十三章

爱德华呢，情绪却完全是另一个样子。他几乎没考虑睡觉，甚至连衣服都没想到脱。他把那文书的抄件吻了上千遍，不过吻的只是奥蒂莉以稚气、畏怯的笔触誊写的开头部分，结尾他压根儿不敢吻，因为相信是出自他自己的手笔。"哦，要是另外一种文件就好啦！"他在心中暗暗地说。可尽管如此，它在他已经算得上美妙无比的保证，让他确信自己实现了最崇高的愿望。它可是将一直留在他手里呀！他不是会永远永远把它按在自己心上吗，就算上面会有一个第三者讨厌的签名？

下弦月已爬上了树梢。温暖的夜晚引诱他到室外去；他信步游荡，成了全世界最不安却又最幸福的人。他漫步穿过一座座花园,它们使他觉得太狭窄;他急忙奔向原野,它又叫他感到过于广阔。府第把他吸引了回去;他不觉已站在奥蒂莉的窗下。他在那儿的台阶上坐下来,不禁自言自语:"墙壁和门闩眼下隔开了我们,我俩的心却仍在一起。她仿佛站在我面前,即将投入我的怀抱,我也会投入她的怀抱;除了确信这一点,还需要别的什么啊!"他四周万籁俱寂,一丝儿风也没有,静得他连虫子在地底下钻土的声音都听得见;这些家伙勤勤恳恳,不分昼夜。他只管做自己的幸福春梦,终于在台阶上睡着了,直到旭日升起,明亮美丽的光芒驱走了拂晓的雾霭,他才一觉醒来。

　　这时他发现自己是整个庄园中起来得最早的人。他觉得仆人们似乎都上工太迟了。长工们来了;他又觉得人数太少,每天安排的活儿也远远达不到他的要求。他问能否安排更多人力;人家答应去找,并且就让他们上班。可即使增加了这些人,他仍觉得不足以迅速完成他的任务。建造的过程已不使他感到高兴;他要的是马上完工,可为了谁呢?道路得平整完毕,好让奥蒂莉走起来感觉舒服;椅子凳子必须到位,好让奥蒂莉坐着休息。他还拼命催促新别墅的施工,要它赶在奥蒂莉过生日的那一天落成。爱德华的思想和行为都失去了分寸;爱着一个人并为这个人所爱的自觉,使他变得漫无节制。在他的眼里,所有的房间连同周围的整个环境通通变了样!他似乎已经不再是待在自己家中。奥蒂莉的存在吞没了他眼里的其他一切;他完完全全沉湎于她,心中不再涌起任何别的思想,也不再有良知对他进行劝导。他禀性中原已驯顺的一切全部挣脱了出来,他把整个身心一股脑儿倾注到了奥蒂莉身上。

上尉观察着他这狂热劲儿,希望能防患于未然。这一切设施原本是考虑供主人宁静和睦地相处的,而今却在其中一人单方面的推动下,操之过急地在那儿往前赶。出卖那个小农庄的事经上尉办妥了,已交付第一笔款子,按约定,夏绿蒂把它收进了自己的钱柜中。然而还在头一个星期,她就得比以往更加认真,更加耐心,更加勤于整理,并且时时刻刻留神;因为照目前这匆匆忙忙的样子,现有的款子将维持不了多久。

已开始做和必须做的事情很多很多。在这种情况下,叫他怎么能不管夏绿蒂!他俩经过商量,取得了一致意见:宁肯自己加快施工的计划,为了完工而贷款,然后用出卖小农庄的余款来偿还,并定出这些滞交款的缴款限期。这样便可免去权益转让的损失,也有了较大的活动余地,加之整个工程已经展开,人手也足够,就可以一下子完成更多的事情,迅速达到预定目标。这主张正合爱德华的心意,他自然乐于表示赞成。

只不过夏绿蒂在内心深处仍坚持自己原有的考虑和决定,她那位男朋友也与她心心相印。唯其如此,他俩就变得越发地亲密。他们相互解释爱德华的激情产生的原因,并商量相应的对策。夏绿蒂更加拉拢奥蒂莉,对她观察得更加严密;她越是洞悉自己的内心,对姑娘的心思也看得越透。她看出必须打发走这孩子,否则毫无办法。

这时出现了夏绿蒂眼中的天赐良机:她女儿露娴妮在寄宿学校表现出众,深得好评,她的姨婆知道后就决定接她去自己身边常住，帮助她顺利进入社会。如此一来，奥蒂莉又可以返回寄宿学校了，上尉的离去也已做了妥帖的安排；一切又恢复到几个月前的老样子，而且还好了许多。夏绿蒂希望很快恢复自己与爱德华的关系，并为此而冷静理智地调理好一切，结果只是不断增强了心中的妄想：她以为真可以重归当初那狭隘的生活状态，业已爆发的热情可以重新束缚抑制。

这期间，爱德华也感到人家给他设置了重重障碍。他不久后甚至发现，人家蓄意把他与奥蒂莉分开，使他难以单独和她交谈，更别提接近她，除非大伙儿都在场。对此他很是恼火，对其他许多事也就没好气。只要能与奥蒂莉聊上一聊，那他就不仅仅是再次表白对她的爱慕，而是也抱怨他的妻子，抱怨奥托上尉。他感觉不到，他自己那么莽撞行事，已快把钱箱搞空啦；他反倒大肆指责夏绿蒂和上尉，说他们与最初的约定反其道而行之，殊不知他自己也曾同意后来的改变，是的，促成这改变，甚至使之成为必需的，恰恰是他本人。

恨有着倾向性，爱尤有过之。奥蒂莉同样有些疏远了夏绿蒂和上尉。一次，爱德华在她面前埋怨上尉，说他作为朋友，在当前的情况下，行为有欠光明磊落；奥蒂莉便不假思索地回道："他对你不够诚恳，早就令我反感。有一次我听见他对夏绿蒂讲：'真希望爱德华别再给咱们吹他那破笛子了！除了叫听的人头疼，没有一点意思。'您想想，我听了多难受，要知道我是很喜欢为您伴奏的啊。"

话刚出口，她心里就嘀咕，不讲更好些；然而已经收不回来了。爱德华脸色大变。从来没有什么事叫他更恼火；他最心爱的活动遭到了人家的攻击，他自知这不过是一种稚气的喜好，丝毫不存非分的希望。既然吹横笛令他愉快，帮他消遣，朋友们就该对其宽容才是。他没想到，作为旁人，让自己的耳朵受一个蹩脚乐手的折磨，是何等可怕的事。爱德华感到受了侮辱，怒不可遏，没法再原谅他人。他感到，自己已经解除以前承担的所有义务。

他一天比一天更加迫切地需要和奥蒂莉待在一起，见到她，与她窃窃私语，对她说自己的心里话。他决心给她写信，求她与他保持秘密书信往来。他简简单单写了一张纸条放在书桌上；这时贴身仆人进来替他整理卷发，一股穿堂风将纸条刮到了地上。仆人习惯于弯下腰去拾地上的废纸，好用来试发钳的温度，这次拾到的正好是那张字条，匆匆用发钳一夹纸条就烧焦了。爱德华发现出了纰漏，一把从他手里夺了过去。随后又马上坐下去重写一张，然而第二次写笔就不顺啦。他有些顾虑，有些担忧，然而终究还是挺了过来。一瞅着接近奥蒂莉的片刻机会，他便把字条塞到了她手里。

奥蒂莉抓紧回了他信。他还没来得及读，便把字条塞进挺时髦的短背心里。然而这背心不适合藏东西，纸条露出来掉到了地上，爱德华自己未曾发觉。夏绿蒂看见拾起来，匆匆溜了一眼便递还给他。"这是你写的条子，"她说，"你大概不愿意丢失。"

爱德华大吃一惊。"她是在装模作样？"他暗忖，"她是看清了上面的内容呢，还是受了笔迹相像的蒙蔽？"他希望是后一种情况，设想是后一种情况。他感到必须警惕，加倍地警惕；然而这样奇特而偶然的征兆，好似上苍给我们的谕示，对热恋中的爱德华却是不可理解的。相反，他越是沉溺其中，越是觉得别人给他设的限制难以忍受。和睦友善的气氛消失了。他心烦意乱，在不得不与妻子和朋友相聚的时候，胸中再也找不到，再也激发不起往日的脉脉温情。他不禁暗暗责怪自己，因此又更加感觉不舒服。他企图以幽默的谈吐进行敷衍，然而因为缺少了爱，幽默便失去了惯有的优雅。

内在的感情帮助夏绿蒂经受住了这种种考验。她已下定决心，自觉地拒绝人家对自己那一美好、高尚的恋慕。

她多希望也能帮助另外那一对儿啊！她明白，仅仅分开并不足以治愈那样的顽症。她打算把事情对姑娘挑明，然而却办不到，一想起自己曾经动摇就止步不前。她试图泛泛而论，可泛泛而论同样适用于她自己那难以启齿的情况。她想给奥蒂莉的任何暗示都反过来刺痛她自己的心。她想警告她，马上便感到自己同样还需要警告。

因此，她仍旧只能默默地将那一对恋人分开，但这样做也于事无补。她偶尔忍不住提醒两句，却对奥蒂莉不起作用；要知道爱德华已使姑娘确信夏绿蒂爱上了上尉，确信夏绿蒂希望离婚，他爱德华正考虑怎样把事情办得体体面面罢啦。

奥蒂莉自觉清白无辜，便心情轻松地走向她热切向往的幸福，活着只为一个爱德华。对爱德华的爱，使她所有的美德都得到了更好的发挥；为了他的缘故，她干起事来更心情舒畅，对其他人更襟怀坦荡，真感到自己处在人间天堂一般。

就这样，大伙儿各以自己的方式继续生活在一起，有的怀着疑虑，有的无所思虑。一切仍按常规进行着，就如在千钧一发的危急时刻，生活会照样继续，仿佛什么都不值一提似的。

第十四章

这期间，从伯爵那儿给上尉来了一封信，而且信封里装的是双份，其一是供传阅的，只讲了讲未来的美好前景；另一份则力邀上尉立即去就职，说是有一个重要差事，头衔相当于少校，薪俸为数可观，还有其他优待，但由于种种相关的原因，目前尚须保密。上尉也只把未来的机遇告诉了朋友们，隐瞒了近在眼前的情况。

他照旧积极地做着手中的工作，只是暗中在进行安排，好让他离开以后一切都不受影响。他现在关心的是给有些事情定一个期限，以便为迎接奥蒂莉的生日而加快工程进度。两位朋友尽管没有明确地协商一致，却合作得挺愉快。由于预支的款项充实了财力，爱德华现在颇感满意：整个工程进展迅速。

至于那把三个池塘变成一片湖泊的计划，上尉原本完全不赞成。那得加固底下的堤坝，去掉中间的堤坝，整个施工在不止一点上都关系重大，需要认真考虑。然而两处施工已同时开始，为的是相互衔接配合。这时候来了位年轻建筑师，也是上尉过去的学生，在他真叫求之不得。小伙子一方面雇了些得力的工匠，一方面把能包出去的活儿都包了出去，这样既推动了施工的进展，也保证了工程的耐久和安全。看见这个情况，上尉暗自欣喜：即使他走了，主人家也不会感到有问题。要知道，接手一件事情，还没有完成就抽身走掉，这可有违他行事的准则，除非看见自己的职务已有完全合适的人代理。是的，他鄙视那些为叫别人感到缺了他们不行而事先在自己职权范围内制造混乱的人；这种人自私自利，缺少修养，总希望破坏不让他们继续参与的事情。

大伙儿仍旧这样卖力地工作着，为的是给奥蒂莉的生日增加光彩，虽然谁都不明说，或者对自己坦白承认。夏绿蒂尽管不存在嫉妒之心，却认为它不可能成为什么重大的节庆。奥蒂莉年纪轻轻，算得上是个幸运儿，和主人一家关系特殊，所有这些都使她没有理由在生日那天充当女王。爱德华呢，却不肯讨论这件事，因为一切都像自动在进行似的，都自然会出人意料，令人惊喜。

大伙儿因此就心照不宣地意见一致，且不说进一步的理由，单单别墅在这天竣工已是个借口；以此为契机，满可以向乡邻以及朋友们宣告这是个喜庆日子。

然而爱德华的爱慕没有止境。正如他渴望占有奥蒂莉，他对她的奉献、馈赠、许诺也不知节制。他打算送几件生日礼物给奥蒂莉，而夏绿蒂建议送的东西在他看来实在是太寒碜了。他与自己的贴身仆人商量此事；这位老兄负责他的穿戴打扮，和时装店老板等商家保持着经常的联系，不但熟知那类名贵的礼品，而且了解最好是怎么个送法。他马上到城里定制了一只精致可爱的小匣儿,红色细羊皮面,打满了钢钉,匣中装满了与包装般配的各式礼品。

他还给了爱德华一个建议:府里有一小捆现成的礼花,过去一直没机会燃放;要充实充实也挺容易。爱德华一听这个想法就抓住不放,仆人答应负责去张罗;两人说好了要保守秘密。

喜庆一天天地临近,上尉已经采取了必要的保安措施,因为将被邀请来或者吸引来的人数可观。是的,甚至对乞讨之类会煞节日风景的小事,他也做了彻底的防范。

爱德华和他的亲信则精心地做着放焰火的准备。燃放的地点预定在中间的池塘边上,那几株高大的橡树前面;宾客们得待在对面的梧桐树下,因为距离适当方才有效果,在那儿还可以看见水中的倒影,舒适而安全地欣赏准备漂浮在湖上的花灯焰火。

爱德华因此找了个借口,派人去把梧桐树下的灌木、杂草、苔藓一扫而光;如此一来,在清清爽爽的地面上,那些高大的梧桐树就既显得粗壮挺拔,又越见枝叶扶疏。对此他真是高兴极了。"当初我种下它们也差不多是这个季节。到底已过去多久了呢?"他自言自语。一回到府中,他立刻翻查那些古老的日记;他父亲认认真真地记下了它们,特别是他生活在乡下的时候。虽然日记中可能没提种树这件事,但同一天发生的其他家庭大事,爱德华还记得挺清楚,必定有所记载。他翻了一册又一册,终于找到了。爱德华真叫又惊又喜,世间竟有如此绝妙的巧合!种梧桐树的那一年那一天,恰好就是奥蒂莉的生年和生日。

第十五章

令人神往的那一天的曙光，终于映照在了爱德华的脸上。众多客人已经陆陆续续到来，因为请柬发到了周围很远的地区，而某些没赶上参加上次那个盛传一时的奠基礼的人，这次更不愿错过躬逢其盛的机会。

开宴之前，木工们吹吹打打地出现在府第的大院里，抬着一个用摇摇晃晃、层层叠叠的枝叶和花朵扎成的大花环。他们致了贺词，并按照传统习俗，请太太小姐们把自己的纱巾、丝带捐给他们做装饰。贵宾们开始吃喝，木工的队伍便吃喝着离开了。他们在村子里转悠了一些时候，在那儿同样向姑娘媳妇讨了些丝带什么的，最后才在一大群村民的簇拥下，向着新别墅所在的山头走去。

宴会以后，夏绿蒂有意让宾客们逗留了一会儿。她不愿出现整齐庄严的行进场面，这一来，人们就稀稀拉拉、三三两两地慢慢走向会场，没有按等级先后的顺序。她还设法拖住奥蒂莉，结果弄巧成拙；须知奥蒂莉真的就最后一个到达，看上去就像鼓号队的演奏都只是为迎接她，她一到来庆典就得马上开始。

为了掩盖住新屋粗糙的外观，上尉吩咐用绿色枝叶和鲜花进行装饰，使其显得颇有些艺术；只是他并不知道，爱德华还暗中让建筑师用一些花朵，在正面的装饰墙上拼出了当天的日期。这就随它去吧；不过上尉仍及时赶到，才使墙上没再大模大样地出现奥蒂莉的名字。他很得体地制止了这么干，结果已拼好的花字就摆到了一边。

花环已经插在高杆上，周围地区老远就看得见。缤纷的纱巾和丝带在空中飘扬，简短的致辞大部分随风而逝。典礼已告结束，接下来就该开始跳舞；为此别墅前的坝子不仅平整好了，而且在四周围上了绿色的枝叶。一个穿戴光鲜的木工小伙儿给爱德华牵来个活泼伶俐的村姑，自己却邀请站在一旁的奥蒂莉跳舞。他们两对立刻有了许多相应者，不一会儿爱德华便交换了舞伴，搂着奥蒂莉来了个满场飞。年纪轻些的宾客纷纷加入欢舞的行列，上了年纪的人则在一旁观看。

随后，在人们三三两两地去散步之前，发了一个通知，要大家在日落时到梧桐树下集中。爱德华是第一个到场。他安排着一切，并且和贴身仆人进行商量；在池塘对岸指挥焰火师们放礼花的事就由此人负责。

上尉发现准备放焰火以后颇不高兴。他想和爱德华谈谈预料会出现的拥挤问题，爱德华却草草敷衍，只是请他把庆典的这一部分交给人家独自负责。

眼看宾客们已经挤上了高高突起的新建堤坝；这些土堤铲去了草皮，坑坑洼洼，很不安全。夕阳西下，暮色朦胧，宾客们一边在梧桐树下饮咖啡，一边等待夜幕降临。大伙儿都觉得这个地方无与伦比，高高兴兴地在想象中欣赏着未来眼前的一片开阔湖面，以及湖上变幻莫测的众多美景。

宁静的傍晚，一丝儿风也没有，看来对焰火晚会十分作美。谁料就在这时，突然传来一阵可怕的喊叫。大片的浮土从堤埂上剥落了，可以看见不少人掉进水里。这是由于人越集越多，土堤经不住踩踏，出现了坍塌。人人都想抢占一个好位置，结果现在谁也进退不得。

周围的人蜂拥而上，多数是围着瞧热闹，不是准备救援，以致挤得水泄不通，有人想救也过不去。上尉带领几个果敢的人匆匆赶到，立即把人群从堤埂驱赶到岸边，以便见义勇为者能伸出援手，努力把溺水的人们拉上来。他们已经全都要么自己挣扎着爬出了水，要么被别人奋力救到了岸上，剩下的就只有一个小男孩由于过分惊慌，不但没能游近堤坝，反倒离岸越来越远。他眼看就要精疲力竭，只是偶尔还有一只脚露出水面。不幸的是，小船这时又装满了礼花，停靠在池塘的另外一边，要想腾空需要很久，必定会耽误救人。多亏上尉果断行事，一下扔掉自己的上衣，众人的视线全集中到了他身上。他体格强壮，行动敏捷，令所有人都有了信心；可在他纵身下水的一刹那，人群中仍发出了一阵惊呼。一双双眼睛全跟着这位矫健的游泳家移动，他不久便抓住了小男孩，把他带到了岸边，可看样子已经没气了。

这时候小船也划了过来，上尉爬到船上，仔细询问在场的人，看是否所有落水者都真已救上来了。外科医生赶来照料假死的小男孩；夏绿蒂则走到上尉身边，请他注意自己的健康，赶快回家去换衣服。他迟疑不决，直到旁边一些也参与抢救的老成持重的人向他起誓，说所有落水者都已救起来了。

夏绿蒂目送着上尉走回家去。她想，他需要饮用的酒和茶什么的都锁起来了，在这种时候人们总是反其道而行之，于是也匆匆穿过梧桐树下稀疏的宾客往回赶。爱德华却在那里忙着劝所有的人留下来,他打算立即发出信号,宣布焰火晚会开始。夏绿蒂走到他身边,求他推迟这个节目,说现在搞不合适,在当前的情况下谁也不可能有观赏的兴致;并且提醒他,不管是对被救者还是救人者,他们都有责任关心关心。

"大夫会尽职尽责,"爱德华回答,"他该带的全带了,咱们去瞎掺和只是帮倒忙罢了。"

夏绿蒂坚持自己的意见,示意奥蒂莉马上准备离开。爱德华却一把抓住她的手,喊道:"咱们可不想在野战医院里结束这一天!派她充当救死扶伤的护士太委屈。即使没有咱们,假死的照样活过来,活着的照样会把身子揩干。"

夏绿蒂默默地走了。一些人跟着她离开,这些人身后又跟上另一些人;毕竟谁也不情愿掉在最后,结果所有宾客全走了。梧桐树下仅仅剩下爱德华和奥蒂莉两个。爱德华仍坚持要待下去,不顾奥蒂莉那么胆怯,那么着急,求他陪她一道回府去。"不行,奥蒂莉!"他叫道,"非凡的事情不会顺顺当当,按部就班。今晚上发生的意外,使我们更快地聚到了一起。你是我的!这我已说过不止一次,并起了誓;我们现在不用再讲、再起誓,而要让它成为现实。"

小艇从对岸划了过来。船上是爱德华的贴身仆人。他尴尬地问,现在如何处置那些焰火。"给我放!"爱德华冲他喊,"这是为你一个人准备的,奥蒂莉,现在就让你一个人看吧!请允许我坐在你身边一块儿欣赏。"他温柔而谦卑地在她旁边坐下来,一点没有碰她的身体。

火箭呼啸冲天，花炮声似雷鸣，光球冉冉升起，火蛇蜿蜒颤动，同时发出噼噼啪啪的爆炸声，嘶嘶声，每种都先单发，后双发，接着便成批地齐放，接二连三，声势一阵盖过一阵。爱德华热血沸腾，面带得意，目不转睛地望着这玩火的把戏。奥蒂莉心地温柔，本来已很激动，这反复出现又消失的喧嚣扰攘和闪烁迷眼，在她感受起来与其说赏心悦目，不如说怪诞可怖。她畏葸地倚靠在爱德华身上；这一亲近和信赖的举动，使他充分地体验到她完全属于他。

夜刚刚要恢复它的权威，月亮已经升起，替迟归的一对照亮了脚下的小路。一个黑影手里拿着帽子挡在他们面前，请求他们给他施舍，说什么白天过节使他失去了收益。月光射在他的脸上，爱德华认出正是上次那个强讨硬要的乞丐。只不过今天他心中充满了幸福感，不可能动气，也想不到今天乞讨特别犯忌。他在口袋里随便掏了掏，顺手就给一个金币。他恨不得叫每一个人都感到幸运，因为他自己看上去幸福无比。

这期间，家里诸事顺遂。大夫的努力，需要的东西应有尽有，夏绿蒂从旁协助，这一切加起来，终于救活了溺水的男孩。客人们也散了，有的想远远地看上一眼焰火，有的在经历过那些混乱扰攘的场面后急于回到自己宁静的家园。

上尉迅速换好衣服以后也参加了孩子的抢救。眼下所有人都安定了，只剩下他和夏绿蒂在一起。他于是以友善而亲切的口吻宣告，他即将动身离去。夏绿蒂今晚经历了太多的事情，他这表白没有给她留下太深的印象。她目睹了自己这位朋友如何舍己救人，然后自己再被救起。这一系列奇特的事件似乎向她预言他前程远大，而且不无幸福。

爱德华领着奥蒂莉走进屋来，同样得到了上尉即将离开的通知。他顿起疑心，以为夏绿蒂早已知道内情，只不过眼下他正忙着考虑自己的问题，有他自己的打算，所以没太在意。

与此相反，对上尉将要接任一个显赫的美差的说明他倒听得十分仔细，并且表现出满意的神情。这件事使他禁不住提前流露出了内心的隐秘：他看见夏绿蒂已经与上尉结合，他自己呢，则已和奥蒂莉成为夫妻。对于今天这个节日，谁还能送给他更珍贵的礼物呢。

奥蒂莉回到自己的卧室，发现桌子上摆着那只精美的礼品盒，真是惊讶得没法形容啊！她立即揭开盒子；里边所有东西都包扎得漂漂亮亮，整整齐齐，她简直不敢拆开，甚至拿一拿也不忍心。麦塞林纱巾，亚麻细布，丝绸和花边，一件比一件细腻精美，宝贵值价，也没有忘记送首饰。她清楚送礼人的意图，他是要从头到脚把她打扮起来，而且不止一次。然而一切都太值价、太陌生啦，她简直不敢想它们真是她的。

第十六章

第二天早上，上尉没了踪影，只给朋友们留下一封充满感激之情的信。昨天夜里，他已与夏绿蒂简短话别。夏绿蒂感觉这就是永别,也只好认了。因为上尉后来给她看了伯爵的第二封来信,信里已提到一桩既有希望又很有利的婚事;虽然他对这点并不怎么在意,她却认为已经确定无疑,便对他完全彻底地断了念。

反过来,她相信既然她控制得了自己,就可以要求别人也同样地控制自己。在她可能的事情,其他人同样也应该可能。抱着这样的想法,她开始找丈夫推心置腹地交谈,因为她感到,事情已到必须彻底解决的地步。

"咱们的朋友已经离开,"她说,"咱俩的处境又跟先前一个样了;我们能否完全恢复原有的状态,恐怕就看我们自己啦。"

爱德华呢,却只听得进投合他那热恋之情的话,竟以为夏绿蒂指的是恢复他俩的独身状态,话虽说得不明确,希望离婚却毋庸置疑。他因此笑嘻嘻地答道:"为什么不呢?不就只是需要相互谅解嘛。"

他感觉自己大大地受了愚弄,当夏绿蒂回答:"还有奥蒂莉也得换个环境,咱们目前只需要做个选择;因为有两个机会摆在面前,所提供的条件对于她都求之不得。她要么回寄宿学校,我的女儿已经去她姨婆那儿;要么让一个体面的家庭收养,和这家的独生女儿同样享受合乎其门第等级的良好教育。"

"可是,"爱德华相当冷静地回答,"这段时间她已让我们给惯坏啦,换个环境恐怕很不乐意。"

"我们大家全都惯坏啦,"夏绿蒂说,"你也一样。然而已到了咱们恢复理智,接受教训,认真考虑考虑咱们这个小团体所有成员最大利益的时候,也到了咱们做出某些牺牲的时候。"

"可拿奥蒂莉当牺牲，"爱德华反驳道，"在我看至少是不公平；难道不是吗，如果把她推到陌生人中间去！上尉在咱们这儿交了好运，不妨放放心心，甚至高高兴兴让他走。谁知道奥蒂莉面临着什么？干吗咱们要操之过急？"

"咱们面临着什么却相当清楚，"夏绿蒂颇有些激动地回答，因为她打算一次把话讲完，便继续道，"你爱奥蒂莉，你已离她不开。她那方面也产生和滋长了倾慕和迷恋。为什么我们不能谈谈自己时刻心照不宣并且承认的事情呢？难道我们就这么缺少先见之明，竟然不问一问自己长此以往会有什么结果？"

"有什么结果还不好马上回答，"爱德华提了提精神，应道，"但是至少我可以讲：在一件事情的结果还没法说清楚之前，正好应当先下决心耐心等待，等到未来给我们以教训。"

"要预见这件事的后果无须多少智慧，"夏绿蒂反驳说，"无论如何马上就可以讲，咱俩已不再年轻，不好再盲目行事，堕入我们本不愿意，或者说也不应该堕入的歧途。没有人会再来为咱们操心；咱们得相互关照，好自为之。谁也不希望看见咱们走极端，发现咱俩成为该当受到斥责的人，或者甚至笑柄。"

"可我关心奥蒂莉的幸福，你难道能指责我、斥骂我吗？"爱德华没法驳斥妻子坦率而单纯的论据，只好反问，"不是永远说不清楚的将来的问题，而是眼前的幸福？你真诚地想一想，别自己欺骗自己，你这是将奥蒂莉从我们当中赶出去，让她寄人篱下——我至少感到自己没有这么狠心，会强迫她接受这样的改变。"

夏绿蒂看清了丈夫的装模作样后面隐藏着的决心。直到现在，她才感到他与她之间已离得多么远，于是不无激动地喊道："难道奥蒂莉把我们分开，夺走我的丈夫，夺去孩子们的父亲，她就能幸福么？"

"我们的孩子嘛，我想会得到关照的。"爱德华冷笑了笑，说；随后口气稍微友好地补充道："谁会马上想到走极端呢！"

"头脑发热的人太容易走极端啦，"夏绿蒂回答，"只要为时未晚，就别急着拒绝善意的规劝，以及我提出的挽救办法。在复杂混乱的情况下，得由头脑最清醒的人出来解决问题。这次就是我。亲爱的，亲爱的爱德华，让我试试吧！你难道能无缘无故地强求我放弃自己好不容易才争得的幸福，放弃自己美好的权利，放弃我的丈夫你吗？"

"谁这么讲来着？"爱德华颇有些尴尬地应道。

"你自己呗，"夏绿蒂说，"你想把她留在身边，不就等于认可了必然发生的一切吗？我不想逼你；可你如果不能克制自己，那至少也不能这么继续自欺欺人。"

爱德华感到她说得非常对。一句话说出口，和盘托出了内心长期的隐秘，是很可怕的；为了稍微敷衍一下，爱德华说："我简直不明白你到底想干什么。"

"我想的是，"夏绿蒂回答，"和你一块儿考虑考虑那两个建议。两者各有许多优点。如果我着眼于这孩子目前的状况，寄宿学校对她再适合不过。如果我考虑到她未来的发展，那更广阔的环境便优越一些。"她把两地的情况对自己的丈夫做了详细的说明，然后下结论道："如果要问我的意见，我觉得去那位太太家比回寄宿学校好得多，特别是她在校期间已赢得那个年轻教员的好感，是的，甚至是恋慕，我不想让它再发展。"

爱德华看上去像已经赞成她，其实呢，只是企图拖延时间。夏绿蒂却打算彻底解决问题，立刻抓住他没有直接反对送走奥蒂莉的机会，为这自己早已暗中准备好的举措定下了实施的日期，而且就在最近。

爱德华浑身一震，觉得自己上当受骗了，把妻子殷勤的言辞视为工于心计、虚情假意和早有预谋，目的是永远把他和他的幸福隔离开。他于是装出完全听妻子做主的样子，实际却暗中主意已定。只是为了喘一口气，为了防止奥蒂莉马上被送走这个不幸发生，他决定自己出走。而且他不想完全瞒着夏绿蒂，却巧妙地做了一番解释，使她误以为他是不愿在送奥蒂莉离开时在场，是的，从此时此刻起，他再也不愿意看见她。夏绿蒂确信自己赢了，便一切由他。他吩咐备马，并指示贴身仆人打点行装，随后去赶上他。临到上马之前，他坐下来写了一封信。

爱德华致夏绿蒂

亲爱的，我们染上的病症不管能否治愈，我都只感到：如果不想叫我马上绝望，我就必须找到一个缓解的办法，为我自己，为我们大家。我做了自我牺牲，便也有提出要求的权利。我离开了自己的家园，只是在情况有望改善和变得平静后才回来。这个家眼下就交给你掌管了，但请与奥蒂莉一起。我希望她留在你身边，而不是寄人篱下。一如既往地关心她、善待她吧，是的，要对她越来越友好、温柔和亲切才是。我保证，不设法与她建立任何秘密联系。让我有一段时间对你们的境况完全一无所知更好；我愿把事情想象得再好不过。请你也这么想我。我只是打心眼儿里恳求你：别打算送奥蒂莉去任何别的地方，别改变她的处境！一离开府第的范围，一出了咱们的园林，处在别人的关照下，她就已属于我，我一定会占有她。可你如果尊重我的情感、我的心愿、我的痛苦，迁就我的奢望、我的向往，那我也就不抗拒治疗，只要存在治疗的可能。

最后这句只是信笔写就的，并非他的心里话。是的，当他看见它变成了白纸黑字，禁不住痛哭失声。这是要他以某种方式放弃爱奥蒂莉的幸福，甚或不幸了啊！这时他才体会到自己行为的含义。他将离去而不知道会产生的后果。他至少现在不可能再见到她；至于将来还能不能在什么时候见到她，他又有几分把握给自己保证？然而信已写好，马已站在门外，他还得时刻担心会在哪儿瞅见奥蒂莉，随之而彻底动摇自己的决心。他定了定神，心想自己不是随时还可以回来吗，此次出走正好以退为进不是？反过来，他很难想象奥蒂莉被迫离开，自己却留在了家中。他在信上加了封印，奔下楼梯，跃身上了马背。

他骑马经过酒馆，看见凉亭里坐着他昨天慷慨施舍过的那个乞丐。这家伙十分惬意地吃着他的午餐，一见爱德华就站起来向他致敬，讨好儿。昨天，在他挽着奥蒂莉回家的时候，正好碰见了他；如今又与此人相遇，令他回忆起自己一生中那个最幸福的时刻，不禁悲从中来。爱德华愈加痛苦，那将什么抛弃在此的感觉在他简直无法忍受；他再瞅了瞅那乞丐："哦，你这令人羡慕的家伙！"他禁不住叫了出来，"你还可以享受昨天获得的施舍，我却没法重温昨日的幸福了哟！"

第十七章

奥蒂莉听见有谁骑马离开，便走到窗前，正好看见了爱德华的背影。她感到奇怪，他离家外出竟没有来看看她，对她道一声早安什么的。随后夏绿蒂来邀她做长时间的散步，一路上和她讲这讲那，却仿佛故意不提自己的丈夫，更令她不安和觉得蹊跷。回到家里，她发现桌子上只摆了两副餐具，心里越发感到不安。

一些个看起来微不足道的习惯的改变，我们纵然也会感到不快，但只有蒙受重大的损失，我们才会有真正沉痛的体验。爱德华和上尉双双缺席，夏绿蒂好久以来第一次亲自安排餐事，奥蒂莉似乎觉得她成了个废人。两位女士面对面坐着；夏绿蒂没事人似的谈着上尉另有高就，短时间内很少有希望再见到他啦。在这种情况下，唯一能安慰奥蒂莉的是，她可以相信爱德华骑马追他的朋友去了，以便最后再送他一程。

然而她们从餐桌上站起来，看见爱德华的旅行马车停在窗下，夏绿蒂便有些不耐烦地问是谁要的车，回答是爱德华的贴身仆人，他还要装几件行李。奥蒂莉很需要些自制力，才掩饰住了自己的震惊和难受。

贴身仆人进屋来，又提出要几件东西——老爷的一只漱口杯，几把银匙子，等等，让奥蒂莉一听似乎就猜到是为了远行，是要长时间地离开家。夏绿蒂干巴巴地赏了他一句：她不明白他胡诌些什么，这些老爷用的东西不是通通都归他自己管吗。这个狡猾的仆人自然只是想和奥蒂莉搭搭腔，找个借口把她引出房间去，便一方面承认自己的不是，一方面却坚持要只有奥蒂莉才能给他的那些东西。夏绿蒂同样加以拒绝，他只好离开，不久马车便滚滚而去。

这对于奥蒂莉真是个可怕的时刻。她不明白为什么，不理解为什么，然而却感觉得到，她将在很长一段时间里失去爱德华了。夏绿蒂体会到了她的心情，便留下她独自待着。她多么伤心，如何痛哭流涕，我们真不敢描写。她悲痛欲绝。她只是祈求上帝保佑她活过这一天；她熬过了白天，熬过了黑夜，当她重新清醒过来时，她相信自己已经变了一个人。

她并未冷静下来，并没有放弃希望，在遭受了如此巨大的损失后她仍然挺着，并且有了更多的担心和恐惧。她恢复意识后的第一个担心就是，在男人们都离去以后，她自己是否也情愿离开。她一点不知道爱德华的威胁，那些他为保证把她留在夏绿蒂身边而做的威胁；然而夏绿蒂的态度却使她安心了一些。她老让善良的姑娘有事情干，很少、很不乐意丢下她一个人；她虽然深知言语对克服激烈的情欲作用甚微，却了解思考和觉悟的力量，因此不时找一些话题出来与奥蒂莉谈谈。

这样，对于奥蒂莉就是莫大的安慰，当夏绿蒂不时有意而谨慎地做出聪明的分析，道："那些在咱们帮助下克服了情感困境的男人，他们的感激会多么动人啊！让咱俩高高兴兴地接手他们留下来未完成的任务吧；要是我们能以自己的节制，维护和促进有可能让他们的急躁、莽撞搞糟了的事情，那咱们就为他们归来创造了最美好的前景。"

"您既然提到了节制，亲爱的姨妈，"奥蒂莉回答，"我不好隐瞒，我一下就想起了男人们的不知节制，特别是在饮酒的问题上。我常常感到忧虑和害怕，不得不发现清纯的理性、智慧、待人宽容、优雅的风度以及殷勤有礼等等，都几个小时几个小时地消失了，常常是酿成祸端和混乱的危险，代替了一个杰出男子所有的优点和本领！而且是多么经常地引发粗鲁暴烈啊！"

夏绿蒂回答她说得对，然而没有把谈话继续下去；因为她感觉得太清楚了，奥蒂莉讲这话时脑子里想到的仍旧只是爱德华。爱德华虽说不总是酗酒，却也经常喝上几杯，希望以此提高自己娱乐、谈话和工作的兴致。

如果说在听夏绿蒂的上述谈话时奥蒂莉能想到那两位男人，特别是想到爱德华的话，那么她一讲起上尉即将举行的婚事，就更加引起了奥蒂莉的注意：她完全像在讲一件众所周知和确定无疑的事情，以至一切都好像变了个样子，完全不是奥蒂莉根据先前爱德华的判断所想象的情况啦。所有这些，都使奥蒂莉更加留意夏绿蒂的一颦一笑，一言一行。她在并不自知的情况下，慢慢变得聪明、敏锐和多疑起来了。

夏绿蒂目光犀利地审视着周围的各项具体事务，做起事来干练、精明，而且总是拖着奥蒂莉一块儿干。她无所顾忌地削减着府里的开支；是的，她在仔细观察过一切以后，认为这一次的感情变故真是一件幸事。要知道，循着老路往前走，他们很容易变得毫无节制，大手大脚，奢侈挥霍，如不能及时省悟，即使不至于倾家荡产，也会动摇殷实富裕生活的根基。

正在进行的园林建设并不违背她的想法。特别是那些为将来的扩展打基础的工程，她更让继续抓紧；只不过也仅此而已。她想让丈夫回来后有足够多他喜欢的事情可干。

在完成眼下的工程和为未来筹划时，她对建筑师的工作赞不绝口。加宽后的一片大湖不久就展现在她眼前，新筑的湖岸已精心地种上各式各样的花木，铺设好了草坪。新别墅的建造也基本完工，必需的维护保养措施已经落实，随后工程暂时便告一段落，以便将来能重新高高兴兴地开始。在做这些事情时夏绿蒂既平静又快活；奥蒂莉呢，只是表面上如此，因为她把一切一切都视作是判断爱德华会不会很快归来的征候，只是进行着观察。除此而外，没有任何东西令她感兴趣。

正因此，人们把村里的男孩组织起来，成立了一个经常维护扩建后的大片园林卫生的机构，她挺赞成。爱德华早就有此想法啊。给男孩们定做了式样活泼的一色制服，让他们傍晚在彻底洗漱干净以后穿起来。制服存放在府第中，由一个最懂事、最细心的男孩负责统一保管；建筑师领导整个工作，不知不觉间，孩子们已干得相当熟练。人们发现调教这些孩子乃是一件乐事，而他们干起活儿来也有些像做游戏一样。是啊，看着他们乖乖儿地列队走来，一些人手执刮板、钉耙、长柄刀、小铁锹、小锄头和软扫帚，另一些抬着捡拾杂草、乱石的筐子，还有一些拖着巨大的压路铁辊，那情景真是令人高兴喽。建筑师认为这是保持一座别墅完美所必需的一系列举措；奥蒂莉则另有看法，只把它当作一支为迎接男主人即将归来而训练的仪仗队。

这个想法给了她以类似的方式迎接爱德华归来的勇气和乐趣。在此之前，他们已鼓励村里的女孩子做缝纫、编制、纺线之类的女红，自从扩建园林，她们的活动又进一步发展，起到了清洁和美化环境的作用。奥蒂莉也常参加，只不过多半是偶然地碰机会和凭兴趣罢了。现在她考虑做得周到和认真一点。可是一群姑娘不可能像一群男孩似的组成一支"合唱队"。她虽然不完全清楚究竟怎么办才好，却顺着自己良知的指引，去培养每一个姑娘对自己的家庭、父母和兄弟姊妹的眷恋，仅此而已。

她的努力在许多人身上都成功了。只是对一个生性活泼的小姑娘老是有抱怨，说她笨手笨脚，在家里什么事都懒得做。可奥蒂莉没法讨厌这个女孩子，因为她对她特别友好。只要奥蒂莉允许，这孩子总来找她，陪她散步，在她身边跑跑跳跳。这时候她总是既勤快，又快活和不知疲倦。看样子，亲近一位漂亮的女主人，乃是小姑娘的一种需要。一开始，奥蒂莉只是容忍这孩子来陪伴左右，后来自己却喜欢上了她，最后她俩竟形影不离，女主人去哪儿南妮便跟到哪儿。

奥蒂莉经常到园子里去，观赏园中生长得茂盛茁壮的花果。

采摘草莓和樱桃的季节就要结束了，最后的果实却特别叫南妮嘴馋。其他水果也可望在秋后获得大丰收，看着它们，老园丁总会想到爱德华，总是盼望着他归来。奥蒂莉很喜欢听善良的老人讲话。他精通自己这一行，和他一聊起爱德华就没个完。

看见今年春天嫁接的幼树全都长势良好，奥蒂莉喜笑颜开，老园丁却心事重重地回答："但愿好心的东家会因此快快乐乐。今年秋天他要在家，就会看见在旧园子里生长着一些还是他父亲大人留下来的名贵树种。眼下的几位果木园丁不像当初的卡尔特会修士靠得住。在他们的目录里能找到的净是些名贵品种。现在人们只管嫁接、培植并等着最后结出果实来，而无须再花任何力气，这些树就在园子里长得上好。"

可是，每次见到奥蒂莉，这位忠心的老仆问得最多的还是他东家是否回来的问题，以及他的确切归期。如果奥蒂莉没法告诉他，善良的老人便暗自神伤，并且讲她这是不相信他，所以不向他吐露实情；如此一来奥蒂莉更感到自己被蒙在了鼓里，因此十分难堪。但她又离不开那些苗圃花畦。他们在那里一道下的一部分种，一道移栽的所有树苗，眼下都已茂盛生长，欣欣向荣；除了南妮还准备经常来浇浇水，不再需要任何管理。一些迟开的花朵刚在枝头展露芳容，预示着将在她曾多次暗自许愿要好好庆祝的爱德华生日到来时争妍斗艳，已表达她对他的倾慕和感激；望着它们，奥蒂莉是如何百感交集啊！可是，看见他过生日的希望并不总是很热烈，善良的姑娘心里一直隐隐约约地存有怀疑和忧虑。

与夏绿蒂恢复原有那种坦诚和谐的关系看来也不可能了。不用说，两个女人各有各的处境。即使一切仍是老样子，人们又回到了正常生活的轨道，夏绿蒂能享受眼前的幸福，面对未来也前景乐观，可她奥蒂莉呢，相反却丧失了一切，真正可以讲是一切。因为是在爱德华身上，她才第一次找到了生命和快乐，而处在眼前的境况下，她感到的唯有无尽的空虚；这种空虚之感，她在此之前连做梦也不曾想到过。要知道，一颗寻找着的心，清楚地感到缺少什么；一颗失落了的心，能感到的唯有渴慕。渴慕会变成忧郁和烦躁；那习惯于期待和等候的女性的心灵，在这时也许就会冲出自己的圈子，行动起来，为争取自己的幸福而大胆地干点儿什么。

奥蒂莉没有放弃爱德华。她怎么可能呢，尽管夏绿蒂足够聪明，自欺欺人地认为事情已经挑明了，并断定在她的丈夫和奥蒂莉之间只可能维持一种平静的友谊关系。可哪晓得奥蒂莉夜里一个人关起门来以后，多么经常地跪在那揭开了的首饰盒前，凝视着那些她至今还一点不曾用过，一点不曾裁剪和缝制的生日礼品啊；哪晓得这善良的姑娘多少次在日出时便离开家，离开这个她曾经找到了自己所有幸福的家，一跑跑到野外，跑到那些她过去从不喜欢的地方去了啊。她并且不愿在陆地上流连，而是跳到小船里，把船划到了湖心。在湖上，她掏出一本游记来，一边阅读一边任波浪将自己摇荡，梦想自己已经漂流到了异地；而在那儿，她总是找到了自己的情人；她依然离他的心很近，他呢，同样紧贴着她的心。

第十八章

米特勒，那位热心而忙碌的怪人，我们在前边已经认识了。可以想象，他在得知这几个朋友之间发生的不幸之后，虽然还没有任何一方请求他帮助，他便急于借此机会表现表现自己对他们的友好情谊，证明一下他这个人是多么能干。只不过，他似乎觉得先等一等更好；他十分清楚，但凡伦理道德方面出现了纠葛，有文化教养的人比没有知识的老百姓更难接受帮助。所以，他有一段时间让他们自己管自己；可最后他实在忍不住了，才匆匆忙忙赶去看他事先已知道下落的爱德华。

他走进一道优美的山谷。谷中绿草如茵，树木繁茂，一条水源充足的小溪时而曲折蜿蜒，时而汹涌湍急，总是那么生气勃勃。沿岸平缓的坡地上，开垦出了一片片肥沃的田地，一座座兴旺的果园。村庄与村庄隔着相当的距离，整个环境和平而又宁静，其中一些地段即使还不能讲风景如画，却算得上居家的宝地。

一座维护得很不错的小庄园终于映入米特勒的眼帘。庄园内有一幢洁净而朴素的住房，四周花园环绕。他猜这儿就是爱德华目前的住所；果然如其所料。

关于这位孤独的朋友，我们不妨说，环境的安静更使他完全陷入了感情的旋涡中，在那里苦苦地想出了一些个计划，怀抱着这样那样的奢望。他没法对自己否认，他希望在这里见到奥蒂莉，希望带她来，引诱她来；他禁不住幻想去干通常还允许的事甚或不允许的事。随后,他的想象力又在各种可能之间摇摆不定。要是他不能在这里占有她,合法地占有她,那他就让这个庄园归她所有,使她一个人在这里安静、独立地生活;她应该得到幸福,也许——如果他自己折磨自己地继续往下想——是和另外一个男人生活在一起。

如此无休止地摇摆在希望与痛苦之间,眼泪与欢笑之间,决心、准备和绝望之间,爱德华的日子便流水一般地逝去了。看见米特勒他并不感到意外,而是早已估计到了,所以也不是完全不欢迎。他想,如果是夏绿蒂请他来的,那这位仲裁人一定已准备好各式各样请求原谅和敷衍的说辞,直至最后提出一些有决定意义的建议来;可要是他还有希望从米特勒口里得知一些奥蒂莉的近况,那他对于自己则无异于是一位可爱可亲的天使。

一听米特勒不是从奥蒂莉那儿来,而是主动到访,爱德华自然大为扫兴,深感失望。他一下子关上了心扉,谈话也就开不了头啦。不过米特勒老有经验,知道一个热恋者总是迫切需要宣泄,总是恨不得对一位朋友倾诉自己的内心活动,因此也就乐于在一阵东拉西扯之后,暂时放弃自己仲裁人的角色,充当一位知心朋友。

他首先友好地指出,爱德华不该一个人孤独地生活,爱德华一听马上回答他:"嗐,我真不知道该怎样更痛快地打发自己的光阴啊!我老是在想她,老是在她的身边。能够想象她待在哪儿,上哪儿去,站在什么地方,在什么地方歇脚,对我来说真是太好太可贵啦。我看见她在我眼前工作、行动,跟往常一个样,我看见她做这干那，当然干的做的总是讨我喜欢的事情。不过也不仅此而已；远远地离开了她，叫我怎么能够幸福！于是，我便幻想奥蒂莉该采取什么行动，以便来到我的身边。于是我以她的名义给我写了许多甜蜜的情书，并且自行回答，然后再把这一封封来往书信保存在一起。我保证过不对她采取任何行动。可又是什么拴住了她的手脚，不能来找我呢？是夏绿蒂狠心地要求她许了诺，发了誓，不让她给我写信通消息吗？当然是，多半是，可我觉得真太恶劣，真叫不能容忍。既然她爱我，这我相信，这我知道，那她为什么不下决心逃走，不敢逃走，并且投入我的怀抱啊？她应该这样，能够这样，我有时想。每当前厅出现动静，我就朝门口望去。'走进来的应该是她呀！'我想，我希望。唉，既然可能的会变成不可能，我琢磨，不可能的也定会成为可能！每当我夜里醒来，蜡烛投给我卧室摇曳不定的光辉，我便希望她的身影、她的灵魂、她的一丝气息能够飘然而至，能够靠近我，能够拉住我，哪怕只是一会儿工夫，以便我心里多少踏实一点：她在想念我，她是我的。

"我现在只剩下了唯一的快乐。还在她身边时，我从未梦见过她；现在离得远了，反倒经常在梦中相会，而且更奇怪的是：如果我在此地的邻里中认识了其他可爱的女子，她的身影便一定会在我梦中出现，好似想对我说：'你只管四处瞧瞧吧！你找不到任何一个比我更漂亮、更可爱的人啦。'她的形象就这样混进我做的每一个梦里。我同她遭遇的一切事情就这么搅和在一起，重叠在一起。时而我俩签订结婚誓约；眼前出现了她的手和我的手,她的签名和我的签名;两者相互交替,相互纠结。这样一些变幻莫测的梦境充满欢乐,但也并非没有痛苦。有时候她也会干下什么事情,损害她在我心中纯洁、理想的形象,叫我怕得要死,我方才感觉到我真是太爱她啦。有时候她又一反常态地招惹我、折磨我,可这一来她的形象立刻变了,她那美丽的、圆圆的天使般的脸蛋儿拉长起来:俨然另一个女人。可我呢,却只剩下痛苦、不满,心力交瘁。

"您别笑,亲爱的米特勒,或者您只管笑吧!哦,我并不为自己对她这么念念不忘感到害臊,并不羞于——如果你愿意讲——如此痴傻、疯狂地恋慕她。不,我还从来不曾真正爱过,现在才知道了爱是怎么回事。在我认识她、爱上她,真真正正地爱之前,我生活中有过的一切都只不过是个序幕,都只是在等待,在消磨时间,在糟蹋光阴。尽管人们不曾当面指责我,背后却在骂我,说我干的大多数事情都是马虎了事,都是拆烂污。这也可能啊;只不过是因为我还没有发现在哪儿有用武之地。现在我倒想瞧瞧,在爱这方面,有谁比我更富有天才。

"虽然这只是一种极其可悲的、充满痛苦和眼泪的才能,我却发现它很适合于我,在我身上显得十分自然,因此看样子我是很难什么时候再抛弃它啦。"

经过这样一番声情激越的内心宣泄,爱德华感到心情轻松了,但他也正因此突然间彻底看清了自己奇特的处境,让心中的痛苦矛盾给完全打垮了,以至于热泪夺眶而出,泪水如同泉涌,因为他的心已随着倾诉而软化了。

米特勒看见爱德华这么痛哭流涕，不禁担心自己会因此失去此行的目标，于是越发不肯改变自己急躁的天性，背弃他那冷冰冰的理性，便直率而又生硬地谈出了他的反对意见。"爱德华，"他道，"应该像个男子汉的样子，应该考虑考虑自己多么缺少男子汉的尊严，不要忘了，只有处在不幸中能够自持，能够平静体面地忍受痛苦，一个人才显得无比崇高；这样的人才会受到尊重，受到崇敬，才被视为楷模。"

他这些话之于激动和痛苦得五内俱焚的爱德华，只能是毫无意义的空谈。"一个舒服自在的幸运儿，说起来自然轻松，"爱德华嚷道，"可他要看出正在受苦的人多么讨厌自己，他就会害臊啦。这迂腐的幸运儿不承认无穷的痛苦，却要求无穷的忍耐。在有的情况下，是的，确有这样的情况！任何安慰都变得低俗，而绝望却成了义务。高贵的希腊人，也善于描绘英雄形象，却绝不耻于让自己塑造的人物在痛苦难当之时号啕大哭。他们的谚语甚至讲：'眼泪丰富的男人心地善良。'愿所有心肠干硬、眼睛干涩的男人通通离我远远的吧！我诅咒那些个把不幸者仅仅当作闹剧主人公的幸运儿。他们让他在身心都遭到残酷折磨之际还做出高尚的姿态，以便赢得他们的喝彩；他们在他死去之时还冲他鼓掌，就像是一个古罗马的斗士在他们面前从容赴死。亲爱的米特勒，我感谢你来看我。可是行行好，请您去外面的花园，去周围的地区走走看看吧。我们待会儿再见。我争取变得冷静一点，像你似的。"

米特勒希望的是把谈话引入正题，而不是将它中断，因为要再接上话头很不容易。爱德华呢，也完全有意继续往下谈，因为它正一步步接近他的目的。

"诚然，"爱德华说，"考虑来考虑去，争论来争论去，没有任何好处；只不过呢，通过这谈话，我才看清了自己的处境，才感到自己已别无选择，必须下怎样的决心，或者说已下了怎样的决心。我看见了自己眼下的生活，以及未来面临的生活；我只能在困苦难耐和乐享人生之间做出选择。好朋友，促成我们离婚吧，我们必须离婚，实际上也已离婚；请您帮我取得夏绿蒂的同意！我不想进一步解释为什么我相信可以取得她的同意。去她那儿，好朋友，让我们大家都过太平日子，让我们变成幸福的人！"

米特勒无言以对。爱德华继续说："我的命运和奥蒂莉的命运没法再分开，而我们又不想沉沦。瞧瞧这只玻璃杯吧！我与她的花体字签名都刻在上面。一个兴高采烈的人把它抛到空中，不让任何人再用它喝酒，想的是它会摔碎在岩石上；谁知道却被接住了。我花大价钱把它赎了回来；我每天都用它喝酒，为的是每天都确信命运所结成的关系全都牢不可破。"

"唉，我真倒霉，"米特勒叫起来，"对待朋友还要我怎样耐心呢？现在倒好，还得和迷信打交道，还得和我始终痛恨的人类最大的恶习打交道。我们在玩占卜和释梦之类的把戏，以此把平凡的生活搞得神秘兮兮的。可要是生活本已神秘，我们的周围本已喧嚣不安，那如此装神弄鬼就只会使即将到来的暴风雨变得更加可怕啦。"

"那您就给处于动荡生活中的可怜人，给这夹在希望与恐惧之间的焦渴心灵一颗指路明星什么的吧,"爱德华大声反驳,"即使他不能向它奔去,也可以仰望着它呀。"

"我真十分乐意,"米特勒回答,"只要有希望取得某些效果;可我经常发现:对于危险的征兆谁都不在乎,注意力全集中到了讨人喜欢、引人遐想的东西上,仅仅只对它们深信不疑。"

现在这位仲裁人发现自己甚至已被引进了他两眼一抹黑的区域,待在里边越久,越感到不舒服,于是宁肯满足爱德华要他去见夏绿蒂的急切愿望。因为面对眼下这个形势,他还有什么好对爱德华讲呢?抓紧时间去了解一下女人们的情况,根据他自己的想法也是目前剩下来唯一可做的事情。

他匆匆赶到夏绿蒂那儿,发现她跟往常一样地冷静、快活。她乐于告诉他事件发生的前后经过;而从爱德华的谈话里,他仅只能知道影响和结果。他小心翼翼地从去看他讲起,可是怎么也横不下心说出"离婚"这两个字,即使顺便提一下也不成。在谈了许多不愉快的事情以后,夏绿蒂终于说:"我不得不相信,不得不希望,一切会重新好起来,爱德华会重新回到我身边。难道能够不这样吗?如果您发现我已经怀孕了。"一听这话,仲裁人真叫又惊又喜,喜出望外。

"我没听错?"他急忙接过话头。"百分之百正确。"夏绿蒂回答。"真是天大的喜讯啊!"他拍手高呼。"我了解这个论据对男人心理的强大影响。有多少婚姻因此而加速缔结,得到巩固,和好如初啊!这是我们所能抱有的最好希望,它的作用胜过千言万语。不过,至于我个人,"他继续说,"则太扫兴喽。我看得很清楚，如此一来，我的自尊心不可能得到满足，我的努力不会得到你们的感谢。我感到自己的处境就像我那位医生朋友，他的治疗方法，感谢上帝，用在穷人身上累见奇效，可是就难得治愈一个可以多付他钱的富翁。在你们的事情上，我的努力，我的劝说，看来通通没有效果，值得庆幸的是，事情本身出现转机啦。"

现在，夏绿蒂请求他把消息送给爱德华，带去她一封亲笔信，看看还能做什么，有什么结果。米特勒不肯接受。"已经万事俱备，"他大声说，"您就写信吧！随便找个信使都比我强，我可得去更需要我的地方喽。我再来只是为了道喜；我会来参加洗礼的。"

像经常发生的那样，这次夏绿蒂对仲裁人又有些不满意。他的急性子有时候固然也办成过好事，但操之过急往往使事情功亏一篑。没有谁像他似的容易为一时半会儿的想法所左右啦。

夏绿蒂的信使到了爱德华那儿，他在接待他时颇有些担忧。信上既可以坚决地说不，也可以表示赞成。他久久地没有勇气拆它；可当他读完信却怔住了，眼睛死死瞪着下面这一段，整个人呆若木鸡：

"想想那天夜里的情形吧，你身为丈夫，却像个大胆的情人似的来与妻子幽会，不由分说地把她拉到怀里，像新婚之夜似的紧紧地搂着她。让我们珍视这罕有的偶然情况，把它看作上帝的安排，是它在我们的幸福眼看就要瓦解消失的危急时刻，为我俩的关系增加了一条新的纽带。"

从这一瞬间开始，爱德华的心里发生怎样的变化，要想描述是很困难的。在万般无奈的情况下，他的老习惯、老嗜好又冒出来帮助他打发时光，填补生活的空虚。对于贵族来说，打猎和战争就是逃避现实常用的办法。爱德华渴望铤而走险，以便保持内心的平衡。他渴望走向毁灭，因为生存对他即将变得无法忍受。是的，一想到自己将不再存在，一想到正因此能带给自己的爱人和朋友们幸福，他甚觉欣慰。谁也不会来阻止他的，因为他对自己的决定秘而不宣。他正正规规地立了一份遗嘱；能够把这个小庄园遗赠给奥蒂莉，他心里感到甜滋滋的。为夏绿蒂，为他那遗腹子，为奥托上尉，为他的用人们，全都考虑到了。重新爆发的战争遂了他的心愿。青年时代，对军事的似懂非懂颇给他惹了些麻烦；他正因此辞去了军职。而今，能跟着一位将军重返沙场，他感觉美极了，因为对于这位将军，他可以说：在他的麾下，战死很可能，取胜毫无疑问。

奥蒂莉呢，也知道了夏绿蒂的秘密，吃惊得就像爱德华，甚至超过了爱德华，于是开始反躬自省。她再没什么好讲。她没法抱希望，也不容她存在希望。不过，她的日记倒可以让我们窥见她的内心，我们想在下面摘引一些。

第二部

第一章

在日常生活中，不少时候也会碰见英雄史诗里被我们称赞为艺术手法的情况，即是在主要人物远离、隐遁和停止活动后，马上有第二个、第三个迄今几乎未被留意的人物出来填补他的位置，变得活跃起来，其表现同样值得引起我们的注意、关心，是的，乃至欣赏和赞扬。

在上尉和爱德华离开以后，那个年轻建筑师也这么一天天显得重要起来，好些工程全靠他来安排和实施；而他呢，干起事来也细心、理智、积极，同时还给两位女士这样那样的帮助，也知道在一些寂寞漫长的日子里如何为她们解闷消遣。他的长相已经能引起人家的信任和好感。一个真正意义上的年轻人，身材匀称、修长，只是稍稍高了一点；生性谦逊而不畏畏缩缩，待人亲切而不热情过分。他乐于承担任何责任，从不怕苦怕累；由于擅长计算，很快就对府第的财务管理了如指掌，在哪儿都能发挥好的影响。来客通常都是由他接待，他知道如何打发走一个不速之客，或者至少使女士们预先有所准备，不至于碰上不愉快。

例如有一次，邻里中的一位贵族派来个年轻法学家，要谈一件本身并不重要，却令夏绿蒂伤脑筋的事，就把他好折腾了一阵。我们必须回忆一下此事，因为一些本不相干而且早该平息了的纠葛，都是由它引发出来的。

我们说的是夏绿蒂对教堂公墓进行的那些改建。所有的墓碑都做了迁移，嵌进了围墙和教堂的基座里，对腾出来的空地进行了平整。除了留下一条通向教堂，再绕着教堂到背面那扇小门去的大路以外，上边全种上了不同种类的苜蓿；这些个三叶植物，而今已是一片葱绿，繁花似锦。原本打算按一定的规则安置新坟，并且每次都要重新平整地面，种上新的花草。谁也不能否认，这样的安排会让那些节假日去赶弥撒的人悦目赏心。就连那位上了年纪的墨守成规的老牧师，虽然一开始并不怎么满意这么布置，现在也都心悦诚服；他站在那几株老菩提树下，眼前看见的已不是高高低低的坟包，而是缀满鲜花的如茵草坪，开心得就跟带着他的巴乌希斯憩息在自家后门前的菲利门似的，①更何况夏绿蒂还保证把这片地的收益赠送给教会，对他教堂中的开支有所补益哩。

可是尽管如此，当初已有些本教区的居民表示过反对，说这样搞掉他们祖先安息之地的标志，等于差不多取消了对他们的悼

---

① 菲利门和巴乌希斯是希腊神话里的一对白头偕老的恩爱夫妻。他俩为人善良，一次因帮助微服出行的天神宙斯而获厚赏，眼看着自家寒碜的小茅屋突然间变成了华丽的宫殿。

念；要知道保存完好的墓碑尽管标明了安葬的是谁，却不能指出葬在什么位置，而重要的正是位置何在，许多人坚持这么认为。

邻近的一家人也有同样的观点。多年以前，他们就在这片公墓里为自己和家属租了一块地，为此给了教会一小笔捐款。现在派年轻的法学家来就是为讨回这笔款子，理由是付款的条件已经遭到单方面的破坏，而且对所有交涉和抗议都不予理睬。夏绿蒂作为改建计划的发起人，想亲自和年轻人谈；而他呢，尽管有些激动，但也并不太强词夺理地摆出他和他主人的理由，提出了一些问题来让对方考虑。

"您瞧，"在做了为自己唐突造访辩解的开场白以后，他说，"您瞧，不论地位低下还是高贵，谁都重视自己亲人的安息之地有一个标记。即使是最贫穷的农夫，他在埋葬自己的孩子时也要在墓前立一个细细的木头十字架，并在上面放个花环作为装饰；这对他是一种安慰。只要他还感到悲痛，就会一直保留着这份怀念之情，即使随着时光的流逝，这个标志也会消失，就像他的哀痛本身一样。有钱人则把十字架做成铁的，并用种种办法加固和保护，如此一来就可以维持许多年。可它们终究还是会垮掉，变得不再显眼，因此富豪之家干脆就建可望保存几代人，而且可以由子孙后代修缮整新的石碑。只不过吸引我们的并非这石碑本身，而是安放在底下的遗体，而是长眠在近旁的泥土里的亲人。也就是说，问题主要不在纪念碑，而在那个人；不在往事的追怀，而在现实的意义。一位故去的亲人，如果他是躺在墓中，而不是仅仅在碑石上刻个名字，我就更愿意热烈、真诚地拥抱他得多，因为墓碑本身实在太不足道。可尽管妻子死后丈夫和亲朋好友仍然聚集在墓碑周围，把它当作一块界石，她的未亡人应该始终拥有权利，把陌生人和不怀好意者远远地从自己安息在墓中的亲人身边赶开。

"因此我认为，我的当事人完全有理由收回赠款；而且这样做还是够客气的，因为家属们受到的伤害根本没法弥补。他们被剥夺了祭奠已故亲人的那种虽苦犹甜的感觉，更没法再对将来能安息在他们身旁而感到欣慰。"

"这点事情不值得咱们提起诉讼，伤了邻里和气，"夏绿蒂回答，"我不后悔自己做的事，乐于补偿教会因此受到的损失。只是我必须坦白地告诉您：您的论据对我不够有说服力。我看哪，与其这样固执一己的好恶和生活习惯，继续坚持自己的身份地位，倒不如获得一个终于人人平等的纯洁感觉，至少是在死后人人平等的感觉，更令人感到宽慰。——您说呢？"她转而问建筑师。

"在这件事情上，"建筑师回答，"我既不想争论，也不愿下断语。请允许我只就与我的职业和我的思想方法关系最紧密的几点，谈谈个人粗浅的看法。很不幸啊，我们早已不能常常把亲人的骨灰盒抱在胸前，因为我们既不够富有，也不够快活，没法把他们原封原样地保存在巨大而精美的石棺中，是的，甚至在教堂里为我们自己和我们的亲人连个位置都不再找得到，所以只好葬在室外，这样，我们便有一切理由，对夫人您所倡议的安葬方式表示赞成。当教区的成员这么整齐成行地躺在地下，也就好像安息在自己人身边；要想让大地接纳我们，我想最自然、最干净不过的办法莫过于及时平整掉那些偶然零星地建起来，而今已渐渐垮塌了的土包，以减轻每一个长眠者身上的重负，因为现在大家承受着同一个墓盖。"

"于是也不要任何纪念的标志，不要任何引起回忆的东西，让一切就这么无踪无影地消逝？"奥蒂莉插进来说。

"才不是喽！"建筑师继续讲，"不是不要纪念，只是不要那块地方。建筑师和雕塑家求之不得的是，人可望通过他们，通过他们的艺术，能从他们的手中获得永垂不朽；因此我希望设计完美、建造完美的纪念碑，不是偶然地东立一块西竖一块，而是要安放在可望长时间保存的地方。这时即使圣者和显贵也要放弃独自安息在教堂内的特权，那就让人至少在那儿或者在墓地周围的漂亮厅堂里给他们竖个纪念碑，刻上纪念铭文吧。纪念碑的形式千千万万，装饰它们的办法也千千万万。"

"既然艺术家手段这么多，"夏绿蒂问他，"那么请您告诉我：怎么人们从来跳不出小里小气的方尖碑，粗短的圆柱加上骨灰罐之类的框框呢？我见到的不是您夸耀的千百种创造，而只是千百次的重复。"

"在我们这儿确实如此，"建筑师回答她，"但并非到处都一样。而且总的说来，创造和巧妙地实施这件事，本身就有些特别。而在我们所说的情况下又尤其困难，因为是要把严肃的事变得活泼，要使令人不快的事引起人的快感。至于各式各样纪念碑的设计方案，那我搜集得真是很多，有机会将拿出来给您看。只不过呢，一个人最最美好的纪念碑，莫过于他本人的形象。它比其他什么都能更好地表现他生前的为人；它是或多或少的注释所能有的最漂亮的文字；只是这形象必须来自一个人的盛年，而通常都没有及时把它保留下来。谁也想不到保存活着时的形象，即使保存了，方法也不够好。然而，人一死就赶紧取面模，把这样一个脸壳儿往支架上一放，便美其名曰塑像。而以它做范本，艺术家很难有机会使他的形象活起来呀！"

"也许您是不知不觉和无意之间，"夏绿蒂接过话头，"把讨论完全引到了有利于我的方向。人的形象可以说是独立的存在；它不论在哪儿，都仍然是它自己；因此我们就不能要求它一定去做墓地的标志。让我告诉您我的一个奇怪感觉，好吗？即使是对于塑像，我也存有反感；因为它们似乎老是在无声地责怪谁，总提示着某种远离了的、逝去了的东西，总让我想起要真正尊重现实是多么困难啊。要是再想想我们曾经见过、认识过多少人，并且承认我们对他们，以及他们对我们，曾经是多么不在乎，我们的心里该是怎样一种滋味呀！我们遇见智者却不与他交谈，遇见饱学之士却未向他学习，遇见周游各地的人却不从他那儿了解世态，遇见殷勤可爱的人却未对他表示好意。

"遗憾啊，这种情况还不只发生在我们眼前过往的人身上。团体和家庭便如此对待他们最亲近的成员，城市便这样对待自己最高贵的市民，民众便如此对待他们最贤明的君主，一个个民族便如此对待自己最杰出的儿子。

"我曾听见人问，为什么大家说起死者的好话来滔滔不绝，一谈到活着的人就总那么言语谨慎。回答是：对死者我们已完全不必有什么担心，而活着的人说不准啥时候还会冤家路窄哩。瞧，为纪念他人操心，动机就如此不纯；就算是怀着神圣的感情，认真严肃地想保持死者与遗属之间的亲密关系，使之继续发挥影响吧，那多数情况下仍不过是为取悦活人本身的自私之举罢了。"

第二章

受到上述事件以及与它相关的谈话的启发，第二天他们来到了墓地上；为了装饰这块地方，使其多一点生气，建筑师提出了一些很不错的建议。只不过，他所操心的范围一直扩大到了教堂上面；这座建筑，一开始便引起了他的注意。

教堂耸立在此地已经好几百年啦；是按照德意志风格建造起来的，布局匀称，装饰也很成功。可以发现，附近一座修道院的建筑师在这座小小的建筑上，也表现出了自己的眼光和对事业的热爱。直到现在，它仍然给观赏者留下肃穆、美好的印象，尽管内部用于做新教弥撒的改造，使它失去了一些宁静和威严。

建筑师没费多少力气，就从夏绿蒂那儿申请到了一笔相当数量的款项。用这笔钱，他不只要恢复教堂内部和外观的古朴，还想使其与前面那片充满生机的场地相协调。他自己手也很巧；还有几个参加建造别墅的工匠，他也挺乐意留下来，让他们一直帮着把这神圣的工程干完。

目前正处于对教堂本身及其周围环境和附属建筑进行勘查

的阶段。这时建筑师异常惊喜地发现还有一个小侧堂同样值得注意，因为它的设计布局更加富有思想和灵气，装饰更加繁多也更加悦目。而且，里边还藏着一些用于古老的礼拜仪式的遗物，有雕刻，有油画，都是作为不同宗教节日的标志，在纪念每一个节日时分别取出来，与其他圣像和圣器一起使用的。

建筑师忍不住立刻把小侧堂纳入自己的改建规划，特别想恢复这个小间的古老风貌，使其成为一座过往时代及其艺术趣味的纪念碑。他设想按自己的喜好装饰那些仍是空白的地方，以便展示自己的绘画天才。不过在家里的人面前，他对这件事暂时还保密。

首先，他遵照自己的诺言，给女士们看了他的收藏，即各式各样的古老墓碑、棺柩以及其他殡葬用品的临摹画和设计图。谈到北方民族比较俭朴的坟墓，他便搬来自己搜集的一些陪葬器物和武器，供她们观赏。他有一些用木板条分成格子并且蒙上绒布的抽屉和匣子，他就把那些陪葬品井井有条地保存在它们里边，不但取放方便，而且使这些老气横秋的古董平添了几分色彩，让人观赏起来就像面对一个珠宝商的样品盒，心里禁不住喜滋滋的。既然已经开了头，既然寂寞需要排遣，他就每天晚上都搬一部分宝藏出来给女士们看。多数陪葬品都源于德国：中古时代的薄型铸币、厚型铸币，以及印章等诸如此类的东西。所有这些东西都把人们的想象力引向遥远的古代，而他最后拿出来提高消遣兴致的又是些最原始的印刷品、木刻和老古董的铜器，再加上日复一日，他都按照自己的设想把教堂的色彩和其他装饰变得越来越接近古老的原貌，这就差不多叫人不得不问自己，到底他们是不是生活在现代，是不是在做梦，是不是眼下的风俗习惯、生活方式和思想信念都完全变成了另一个样子。

有了这样的精神准备，他最后拿出来展示的一个大皮包，就取得了最佳效果。里面藏的尽管多半只是些轮廓图，但都是直接蒙在原件上描下来的，完全保留了它们的远古特色，所以令欣赏者叹为观止！所有的形象都洋溢着纯净的生趣；尽管不能称它们都是高贵的，但得承认是善良的。乐观沉静，对我们头顶上的至尊者心悦诚服，无言而专注的爱和期待，流露在每一张脸上，表现在每一个姿态中。秃顶的老叟，卷发的儿童，活泼的小伙子，严肃的中年人，灵光环绕的圣者，翩翩飞翔的天使，所有人都显得纯洁、知足而幸福，都怀着虔诚的期待。即便是最平凡的事情，都带有天国生活的印记，祭奠祈祷完全是自然的需要。

面对此情此景，大概多数人都会以为见到了一个已经消逝的黄金时代，一个已然失去的天堂。也许只有奥蒂莉一个人例外，她感觉画上的那些人才是自己的同类。

建筑师主动提出，要把这些古老的画面临摹在小侧堂的穹顶空白处，以为这个他过得如此美好的地区留下一个显著的纪念，对此有谁会表示反对呢。他在解释自己的意图时不无伤感；要知道根据现实情况，他多半已看出自己不会老是待在这个完美的家庭里，是啊，也许他不久就不得不离开啦。

随后的一些天尽管没有发生多少逝去，却仍然有很多值得认真谈谈的理由。我们趁此机会抄录几节奥蒂莉有关这些谈话的日记；而在阅读她这些亲切感人的记述时我们不由得想起的一个比喻，正好成了理解它们的再适合不过的引导。

我们听说过英国海军的一条特殊规定：凡是皇家舰队的缆绳，从最粗的到最细的，在编绞时都得在中间贯串一股红线，不把整个绳子弄散就休想再把红线抽出来，因此即使缆绳断作一小截一小截，其皇家的标记仍清晰可辨。

同样，奥蒂莉的日记也有一条倾慕和眷恋之线贯穿始终。它使所有的感想、看法和援引的格言以及其他种种文字，全都带上了记述者本人的特征，并且也对于她本人才富有意义。对这个说法，我们下边所摘抄的每一个段落，都可以提供有力的证明。

奥蒂莉日记摘抄

有朝一日长眠在自己心爱的人们身边，这是一个人在考虑身后事时所可能做的最美好设想了。"去与自己的亲人会合"——这话听起来多么亲切啊！

有各种各样的纪念物和标志，可以缩短我们与身在远方的和已故的亲人之间的距离；但是任何一种都没有画像那么有意义。与一幅心爱的画像谈心，哪怕是一幅并不毕肖的画像，仍旧有某种乐趣，就像与一位朋友争论，有时候也不无乐趣一样。你会感到快慰，你们是两个人在一起，而且没有办法分开。

有时候我们与一个面前的活人谈心，就像跟画像谈心一样。他无须开口，无须望着我们，无须关心我们的存在；只是我们看着他，感到自己与他有关系，是的，我们与他的关系甚至在不断发展，而对此他完全不用做什么，也没有丝毫感觉，他与我们的关系就好似一张画像一样。

对于一幅自己熟识的人的肖像，人们从来不会满意。因此我总是同情那些肖像画家。我们难得要求他人做不可能做得的事情，却恰恰要求这些肖像画家。我们要求他们每画一个人，都在画中表现出他与其他一些人的关系，以及他的好恶；他们不能只画出自己对此人的看法，而须画出人人对他的看法。因此我不感到奇怪，这些艺术家会越来越变得冷漠、固执和僵化。由此将出现什么结果都是无所谓的，只要不因此而少掉某些亲爱的、尊敬的人的画像。

是啊，建筑师所搜集的那些曾经紧挨着尸体埋在高高的土丘和石块下的武器和古老器物向我们证明，人为了保存自身而做的谋划都是枉费心机。而我们呢，却如此倔强固执！建筑师承认自己也开启过先民的这种坟丘，可尽管如此，他仍继续忙着为后来的人建造纪念碑。

可为什么要如此郑重其事呢？难道我们所做的一切，都永远不变吗？我们不是早上穿好衣服，晚上又再脱掉吗？我们外出旅行，不是还归来吗？为什么我们不该希望长眠在自己亲人身边，哪怕仅仅只有一百年呢？

今天人们看见那许多倒掉的、被赶弥撒的人践踏的墓碑，看见那一座座倾圮在这些墓碑之上的教堂本身，总是有自己死后仍会获得第二次生命的感觉，以为自己会重新活在塑像和铭文中，而且还会活得比原本真正活的时间更加久长。可即使是这个塑像，这第二次生命，同样迟早会消逝。就像对人一样，对这些纪念碑，时间也坚持行使自己的权力。

第三章

　　一个人干某种似懂非懂的事情，常常会有下面的愉快感觉：没有谁来骂他半瓶醋，说他不该从事自己从未学习过的技艺；同样也不会指责一位艺术家，说他不该超越自己的行当界限，涉足与之邻近的其他艺术领域。

　　我们也抱着同样公平的态度，来看待建筑师在小教堂中作画的准备。颜料已经调好，尺寸也取过了，画样已放大到纸板上；他放弃了所有创造发挥的打算，严格地按照图样。他现在要操心的只是，如何恰当安排好那些或坐着或在飞翔的形象的位置，并且把整个空间装饰得高雅庄严罢了。

　　脚手架搭好了，工作顺利进展，已经完成几个看得见的局部，这一来夏绿蒂和奥蒂莉提出要参观，建筑师也就不可能反对啦。天使们生动的面容，在蓝天上飘动的衣衫，都散发着宁静、虔诚的气息，给参观者以温柔的影响，使之于聚精会神之时顿觉赏心悦目。

　　两位女士爬到了他身边的脚手架上。一发现按着尺寸临摹原来这般轻松愉快，看样子奥蒂莉已忍不住要把从前在上课时学到的本领拿出来施展施展。只见她抓起颜料和画笔，就在建筑师的指点下画起一件皱褶很多的衣服来，笔法倒也熟练、干净。

夏绿蒂呢，也乐于看见奥蒂莉有事情干，好以此解解闷儿，就让他们俩在那儿继续画，自己却去想她的心事，去清理和对付自己那些没法告诉任何旁人的思考和忧虑去啦。

如果说一般人由于经历坎坷而变得心情烦躁，行动畏缩，只能使我们勉强发出怜悯的微笑的话，那么与此相反，我们就得怀着敬畏之情，来看待处于下面这个特殊状态的心灵：在她体内已播下伟大命运的种子，她只能安心等待胚胎的发育，不管结果是好是歹，是祸是福，她都不能，也不允许加快它的成熟。

通过夏绿蒂派到他寂寞独处的住地去的那个信使，爱德华给妻子送来一封回信，语气倒还友善、体贴，只是使她感到冷静、严肃有余，亲切、温柔不足罢了。紧接着爱德华便失踪了；他的妻子打听不到任何消息，直到有一天，她终于在报纸上偶然读到了他的名字，在那个因为一次重大战役的突出表现而受到嘉奖的名单中。她明白了他走的是什么路；她打听到，他曾出生入死；可她立刻确信，他将更加铤而走险；她由此只能得出结论，无论怎么着，要让他悬崖勒马都几乎是不可能的。她独自怀着这些忧虑，经常想把它们放下拉倒，却不成功，不管怎么想来想去还是得不到内心的平静。

对所有这一切，奥蒂莉做梦也想不到，这期间更加热衷小教堂的绘画工作。她很容易就得到了夏绿蒂的允许，继续按时去临画。往后的工作进展迅速，蔚蓝色的天顶上很快就画满了高贵的人和天神。经过持续不断的练习实践，奥蒂莉和建筑师在画最后几幅图时都更加得心应手，成果也显然更中看。还有那些由建筑师单独负责描画的面孔，它们也渐渐具有了一个异常突出的特征，就是全都开始有些像奥蒂莉。这位近在身旁的漂亮姑娘，想必给既无真人模特做依据，也没艺术范本可临摹的年轻艺术家的心灵，留下了生动鲜活的印象，以至于从眼到手，她的形象被完整地吸收储存，是的，最后两者在工作中达到了完全协调一致。简单讲，最后画成的面孔之一真是绝妙到了极点，仿佛就是奥蒂莉本人从那穹顶上向下俯瞰一样。

穹顶完工了，对四周的墙壁打算保留俭朴的格调，只刷上浅浅的棕色就行了；至于纤细的圆柱和上面的浮雕装饰，则准备通过更深一些的色调使其突出。只是干这类工作常常都是这个一完又来了那个，所以决定要再画一些挂着花果的藤蔓植物，好像把天和地联系起来了的样子。这下奥蒂莉完全成了行家里手。一座座花园提供着美不胜收的范本；尽管把花环画得密密匝匝，五彩缤纷，她仍然比预料的更早完工。

不过小教堂中仍是一片狼藉。脚手架乱堆集在一起，跳板横七竖八地扔着，本来就坑洼不平的地面洒上了各色颜料，更加显得难看。于是建筑师请求女士们给他八天时间，在此之前别进小教堂去。终于，在一个美丽的傍晚，他来恭请她俩光临，却希望免去他陪伴的义务，说完便告辞走了。

"不管他准备让咱们如何喜出望外，"在建筑师离开以后，夏绿蒂说，"我眼下都没有心情去那下边。你不妨一个人先去欣赏欣赏，然后把情况告诉我。他肯定取得了可喜的成果。我乐于通过你的描述先饱耳福，随后再到现场享受一番。"

奥蒂莉清楚，夏绿蒂在某些时候挺注意避免任何心情激动，特别是不愿意受到意外的刺激，因此便立刻独自去了。一路上，她都下意识地东张西望，寻找那位年轻建筑师的身影，可哪儿都不见他，可能是已经藏起来了吧。她跨进开着门的教堂。它已经早一些完工和清扫干净，举行了重新启用的仪式。她向小侧堂的门边走去；这门虽然包着铁皮，显得沉甸甸的，却也轻轻一推便开了。她跨进那熟悉的教堂一看，眼前的景象仍旧大出意外，令她十分吃惊。

通过头顶上唯一的窗户，投射进来庄严肃穆的彩色光线；原来窗户是用有色玻璃很雅致地镶嵌成的。整个环境由此渲染上了一个特殊的调子，造成了一种异样的气氛。拱顶和四壁美丽悦目，让用灌注的石膏板镶接起来的特制花地砖地面一烘托，更显得气象非凡。这石膏板和花地砖都是建筑师偷偷预制好了的，拼镶成一个整体就无需多少时间。也考虑到了休息的座位。在那堆教堂使用的老古董中，有几把雕刻精美的唱诗班座椅，如今摆在了四周的墙边上，正好合适。

奥蒂莉喜欢这整个显得陌生的环境中那些自己熟悉的部分。她一会儿伫立，一会儿走来走去，观赏着，凝视着；终于，她坐在一把椅子上，在向上仰望和环顾四周的过程中便产生一种幻觉，似乎她既存在又不存在，既在感知又不在感知，好像一切都在她眼前消失了，她自己也在自己眼前消失了。直到阳光离开了适才还在它明亮辉耀下的玻璃窗，奥蒂莉才回过神来，匆匆回到府第。

她心里十分清楚，这令人惊喜的事件刚巧发生在了一个很特殊的日子。也就是在爱德华生日的前一天。这个喜庆日子，她自然是希望完全以另一种方式来庆祝的。原本还有多少地方需要布置装饰啊！可现在秋天里繁花似锦，却无人采摘。向日葵仍旧仰面朝天，翠菊依然沉静而腼腆地凝视远方；原本该用来扎制花环的鲜花，结果只做了装饰小侧堂的绘画样本。这样做如果不仅仅是实现了一位艺术家的怪念头，就算它们还可以派派用场的话，那也只适合去装点那一片公墓罢了。

她不禁回忆起爱德华为她过生日做的安排，想起了那忙忙碌碌、热热闹闹的情景；不禁回忆起了那新落成的别墅，想起了他俩在里面一次次吐露衷肠。是的，她的眼前好像又见礼花飞舞，耳畔似乎又听见它们嗖嗖的声音。她越是寂寞，想象力便越活跃；想得越多，就越发感觉到孤单寂寞。她不再是偎依在他的怀抱里；她没有希望什么时候再从他那里获得依靠。

奥蒂莉日记摘抄

我必须记下那位年轻艺术家的这段话："和手工匠人一样，造型艺术家的情况同样再清楚不过地表明：本来完全该属于他的东西，一个人往往最难真正拥有。他的作品总是会离开他，就像鸟儿总是要离开孵化出它们的巢。"

就此而言，建筑艺术家的命运又最最特别。他常常是倾全部的心力、全部的爱，去建造那些最终将把他关在门外的房屋！一座座皇宫多亏了他才变得金碧辉煌，但他却不能将其共享。在教堂中是他划分出自身与圣坛的界限，可他从此再不得走上他自己铺砌的梯级，去到那心灵获得超拔的所在，就像首饰匠把珐琅和宝石镶嵌成了圣体匣，却只允许远远地向它祈祷一样。随着交出钥匙，建筑师便把广厦华屋的舒适阔气一并交给了富翁，自己却连一点边儿也再沾不着。这样艺术不是注定要脱离艺术家吗，如果他的作品都像分得了家产的孩子，从此不再回到父亲的怀抱？艺术多么需要自我促进、自我完善啊，它注定了几乎是单枪匹马地去适应公众，去适应所有人，其中自然也包括艺术家自身的需要！

　　古代民众有一个想象，是那么严肃，甚而至于显得可怕。他们设想自己的祖先置身于洞穴，围成一圈坐在宝座上，默默地进行交谈。这时新进来一个人，如果他身份足够高贵，他们便站起来，躬身向他表示欢迎。昨天我坐在小侧堂中，看见自己坐的雕花靠椅对面还有那么多椅子，脑海里便出现上述设想，并觉得它风雅而又亲切。"为什么你不可以继续坐在这儿？"我暗自想，"继续静静地、自我沉潜地坐在这儿，久久地久久地坐下去，直到朋友们终于走进来，你才冲他们站起身亲切地一鞠躬，指给他们座位呢？"彩色玻璃窗使小侧堂中的白昼也变得肃穆、朦胧，得由谁捐一盏长明灯，以使夜晚不至于太黑暗。

　　人可以随心所欲地设想自己，总以为能看见自己。我相信，人之所以做梦，只是为了不停止观看。是啊，我们内心之光有可能在某一天从身体里跳出来，使我们不再需要任何别的亮光。

　　已经到了年末岁尾。寒风掠过残留的禾秆，再没有什么可以吹动；只有瘦高的树木上挂着的红色浆果，像是还想让我们回忆起一点儿欢乐的往事；同样，连枷有节奏的击打声也使我们想起，在那些已经收割的麦穗里，仍蕴藏着那么多的生机和养料。

第四章

奥蒂莉经历了上面的那些事件，突然感悟到了世事无常、人生短暂，而紧接着，由于没法再对她继续隐瞒下去，她又知道了爱德华在战场上出生入死的消息，心理上所受的打击该是多么沉重啊！她有理由多多地观察思考，遗憾的是也总免不了痛苦的思考。幸好人对不幸的承受力有一定的限度；超过了这个限度，他要么彻底毁掉，要么变得麻木不仁。在有些情况下，恐惧与希望会合二为一，相互抵消，变成一种懵懂、麻木的状态。否则，我们怎么明知自己在远方的爱人时刻冒着生命危险，却能够照常过日子呢。

奥蒂莉眼看就要陷入孤寂和无所事事的苦闷之中，突然就像有神灵来保佑她似的，让一队疯狂的人马闯进了她宁静的生活，不但使她手脚忙个不停，没办法再沉潜于内心，而且也激发起她对自己的力量的感觉。

夏绿蒂的女儿露娴妮刚离开寄宿学校进入社会，一住到姨婆家便发现自己处于各式各样人物的包围中，想要赢得人家的好感马上就使人对她有了好感：一位年轻的富豪不久已对她神魂颠倒，一心想占有她。巨大的家财使他有权把任何最好的东西都称为自己的，他眼下似乎缺的仅仅是一个同样可以令世人艳羡的完美的妻子。

在此之前，这一家庭大事已经叫夏绿蒂忙得不亦乐乎，她的全部心思，她的书信往来——除去还在打听爱德华的近况以外——通通都集中在了它上面。正因此，在前些时候，奥蒂莉比平时更加孤独。她也知道是露娴妮要回来的缘故；府里在为此进行着各式各样必要的准备；可是谁也没料到一行人会来得这么神速。家里原本还打算写信讨论和进一步确定日期，不想风暴已经降临府第上空，降临到了奥蒂莉的头上。

这时候，一辆辆马车已载来众多的使女和用人，还有大箱小箱的行李。原以为府里会有两三位主人在迎候，谁知首先露面的却是客人自己：姨婆带着露娴妮和几位女友，未婚夫同样不缺少陪伴。一会儿，前厅里已堆满了包裹、皮箱和装大衣的护袋。用人们好不容易才将这许许多多的衣箱和包裹清理分类，接着就是搬个没完，拖个没完。这期间下起滂沱大雨来，又增加了一些麻烦。奥蒂莉从容不迫地对付着如此忙乱不堪的局面，再漂亮不过地显示了自己开朗、能干的秉性。要知道，不多会儿她就安排好了所有事情，客人们全有了下榻处，而且一个个各得其所，都感到舒适，都相信自己受到了最好的款待，因为没人再来妨碍他们自己照顾自己。

经过了极度困难的长途跋涉，大伙儿都渴望休息休息；未婚夫呢，则很想抓紧时间亲近一下丈母娘，向她保证他对她女儿的爱和美好心愿，唯有露娴妮一个人闲不住。她终于如愿以偿，可以骑骑马啦。她未婚夫带有几匹好马，他要人立刻给她备鞍。狂风暴雨，打雷闪电，通通不在话下，仿佛人活着就是为了被淋湿，淋湿了再揩干似的。她如心血来潮想要步行，就不问身上穿的啥衣服，脚上穿的啥鞋子：她已听人一再谈起那些新建的设施，非马上去看看不可。那些不便骑马的地方，她就徒步走过去。很快她就看完了一切，并且做出了评判。她性急嘴快，很难容人发表不同意见。和她一起的人都挺倒霉，特别是那帮使女，得洗洗烫烫、拆拆缝缝个没了没完。

她还没有巡视完自家府第和领地，又感到有义务去拜访一下邻里。因为骑马和乘车行动迅速，她走访的范围就挺宽挺远。回访的人因此也像潮水般涌进府第，为了出访的主人与来客不致相互错过，不久就规定了专门的接待日。

这期间，夏绿蒂和姨婆以及未婚夫的总管在一起，努力把婚事的有关问题定下来；奥蒂莉则知道如何指挥一帮下属去应酬蜂拥的来客而不出任何差错，为此把猎人、园丁、渔夫、采购都通通动员了起来。可与此同时，露娴妮却总像一颗燃烧的彗星，拖着一条长长的大尾巴飞快地掠过。没过多久，她就对通常的访问聊天完全没了兴味。她刚刚放过老头老太，让他们安安静静地继续打牌，又马上把那些还稍微能动的客人拖去——她又是撒娇又是耍赖，谁还能不动呢？——与他们如果不是跳舞，就是一起进行热热闹闹的猜谜、押宝和其他比赛。虽然所有这些，包括随后的兑奖抽彩，都是为了让她开心，但是客人们走时也没有谁，特别是没有任何一个自以为体面的男人，是一无所获的；是啊，她甚至巧妙地赢得了几个有地位的大老爷们儿的欢心，办法是探听出他们正好到来的生日和命名日，并特别表示祝贺。她在应酬方面确实在行，能把所有客人照顾周到，并且让谁都自认为最受优待：这就是社交场上的人最显眼的弱点，即使是个中老手也未能免俗。

看起来，她是在蓄意博取那些有地位、声望、荣誉和其他重要影响的大老爷们儿的好感，把他们搞得昏头昏脑，使他们对她那带有野味儿的怪脾气虽有顾忌却不能不喜欢，但与此同时，她也不怠慢年轻的客人：他们每个都有自己的一份，都有自己特定的日子和时刻，届时她就会叫他欣喜若狂，就会用锁链将他拴住。例如，她不久以后就盯上了建筑师；这个满头黑色卷发、目光炯炯的年轻人呢，却身体笔直、神情娴静地站得远远的，除了有问必答，答话简练、得体之外，似乎并无意与她发生更多的关系，直至她终于有些不耐烦，也有些狡猾地断然决定，要把他变成那一天的中心人物，以此争取年轻建筑师也成为她的追随者。

她并不是白白地带来那么多行李，是啊，她到家后还增送来了一些。她安了心要没完没了地换衣服。她从早到晚把日常便服和社交场合穿的衣服不断地换来换去，一天要换个三四次，并以此为乐；而且还不止于此，她时不时地真正乔装改扮一番，变成一个村姑或者渔妇，一个仙女或者卖花姑娘。她甚至不羞于穿老太婆的服装，她知道在丑陋的帽兜底下，她的青春的脸蛋儿会显得更娇艳；这样，她把现实和幻想搅混到了一起，搞得人几乎真的相信自己与一个善变萨勒河女妖有着亲戚关系。

不过，这些乔装打扮她主要用于哑剧和舞蹈表演；用这两种艺术形式表演各种人物，本是她的拿手好戏。她的随从中专设有一人，在钢琴上弹一点必要的简单乐曲为她的表演伴奏；她俩只需短短地交谈两句，立刻便配合默契。

一天，在热热闹闹的舞会中场休息时，根据她自己暗中的安排，有人提出来请她即兴表演节目；她呢，却装得像遭到了突然袭击而挺尴尬的样子，一反常态地硬是让别人请了又请。她犹豫来犹豫去，让别人挑选她表演什么，求别人帮她考虑具体节目，直磨蹭到她那显然事先已商量好的助手坐到了钢琴旁边，开始弹起葬礼进行曲来，邀请她表演其实她早已练得呱呱叫的阿忒米茜娅这个角色。她终于答应了，没过一会儿便在凄婉柔美的葬礼进行曲的伴奏下重新亮相，已变成那位国王的遗孀，手捧着骨灰罐，步履徐缓地上了场。在她身后，有人抬着一块大黑板，举着一支金色制图笔，只不过笔头是一根削得尖尖的粉笔罢了。她对自己的崇拜者和随从之一咬了咬耳朵，此人便去邀请建筑师，硬是生拉活扯地把人家弄上了场，要他来充当画莫索洛斯国王陵墓[①]草图的工程师，也就是说绝非简单地跑跑龙套，而是做个正正经经的配角。年轻人尽管样子十分尴尬——他一身单调的现代黑色平民装束，和她那些黑纱、绸绉、缨穗、绒球、彩色玻晶和王冠形成了鲜明对比——，但内心马上就镇定了下来；可唯其如此，叫人看着反倒更觉怪诞。他一本正经地站到由几名侍从抬着

[①] 加里亚国王莫索洛斯的陵墓被视为世界七大奇观之一，位于小亚细亚西南半岛，公元前4世纪时由其妻阿忒米茜娅所建。

的黑板前,细心而精确地在上面画了一座陵墓,尽管那样式不适合一位加里亚国君,而更像是替一位伦巴德族①的国王准备的,但构图精美,比例严谨,装饰繁多而又富于匠心,画的过程中观众已看得津津有味,画完以后更是赞赏不已。

在整个这段时间里,他几乎没有扭头看一眼那位王后,而是专心致志地画啊,画啊。终于,走到她面前躬了躬身,示意他已经完成了她交给的使命;她呢,却把骨灰罐举到他面前,意思是要求他再把它加画到墓碑顶上。建筑师只是勉强照办了,因为这玩意儿和他整个设计的性质配不上。露娴妮终于变得不耐烦起来,因为她的意图绝不是要他认认真真画一张图出来。他要是能草草几笔,大概描出个墓碑的样子,把剩下的时间用去和她周旋,就会更合她的心愿,也达到了最终的目的。相反,他现在这个搞法使她尴尬到了极点:她只得一会儿表示悲伤,一会儿做出发指示的样子,一会儿又装作对渐渐成形的画稿表示称赞,如此反反复复,甚至还不止一次几乎想去拖他,让他和她做表演上的交流;他呢,仍然跟木头似的毫无反应,迫使她只好求助于骨灰罐,把它紧紧抱在胸前,眼睛呆望着天空,是的,由于这样的情况愈演愈烈,她最后的形象变得与其说是加里亚国王的遗孀,倒不如说更像以弗所城的那个风流寡妇。②表演因此也拖得很长;那

---

① 伦巴德族指6世纪时征服意大利、建立伦巴德王国的日耳曼部族。
② 以弗所是3世纪毁于战火的小亚细亚古城。以弗所城的风流寡妇相传在丈夫死后曾发誓在丈夫墓畔绝食殉情,结果却很快违背誓言跟情人跑了,其形象正好是忠于亡夫的阿忒米茜娅的鲜明对照。

位钢琴手原本够耐心的，现在也不再知道该弹到什么样的音符才换调。谢天谢地，他终于看见骨灰罐立在了墓碑顶上，便情不自禁地赶在王后准备表示感谢的同时转入了欢快的主题，虽然这一来破坏了表演应有的气氛，却使观众的精神为之一振，立刻高高兴兴地三五成群，要么去祝贺露娴妮的表演异常成功，要么去对建筑师的精湛画艺表示赞赏。

特别是那位未婚夫，更与建筑师聊了起来。"我很遗憾，"他说，"这画转瞬间就会消失了。请您至少允许我让人把它搬到我房里去，让我和您再谈谈它。"——"要是能使您高兴，"建筑师回答，"我还可以请您看一些这类墓碑和建筑的精致图画，相比之下，这儿这个只能算是随意画出的草稿罢了。"

奥蒂莉站在离他们不远的地方，这时走上前去，对建筑师说："抓紧机会给男爵老爷看看您的收藏吧；他是一位艺术和古代文明的爱好者，我希望二位相互更加了解。"

露娴妮跑过来问："你们在谈什么？"

"谈艺术品收藏，"男爵回答，"谈这位先生拥有的藏品。他乐意找机会给我们欣赏欣赏。"

"请他马上拿来呀！"露娴妮叫道。"您马上去取，对吗？"她媚声媚气地加了一句，同时用双手拉住他。

"现在恐怕不合适吧。"建筑师回答。

"什么！"露娴妮气势汹汹地叫道，"您竟敢违反自己王后的旨意？"接着却语气一变，开始死乞白赖。

"您就别再固执啦！"奥蒂莉压低了嗓音。

建筑师鞠了一躬,走了;他这举动让人看不出到底是同意还是不同意。

他刚一走,露娴妮便在大厅里把自己的小狗追得团团转。"唉!"她在偶然经过母亲身边时大声叹息道,"我真倒霉啊!我没有把我那只猴子带来;他们劝我别带它。完全是我的下人们贪图安逸,才使我失去了这个乐趣。可我要它随后赶到,我要派人去把它给我接来。哪怕只能看见一幅猴子的图画,我也会高兴啊。是的,我肯定要让人给它画张像,叫它时刻不离我的身边。"

"也许我可以给你安慰,"夏绿蒂回答,"我这就派人去图书馆取一册最精彩的猴子图片来。"露娴妮兴奋得大声欢呼,一本大画册马上送到。看着这些本来像人,经过画家一夸张就更加像人的畜生的讨厌嘴脸,露娴妮真是高兴得不得了。可最令她感觉开心的还是,她发现这些猴子中的每一只都像她的某一个熟人。"瞧它不像舅舅吗?"她毫不客气地嚷起来,"这只真像妇女时装店的老板M——,这只像S——牧师,这只呢像丁格斯,这只呢……一模一样。归根到底,猴子也是些Incoyables[①]喽,真不理解怎么能把它们排除在上流社会外边。"

她正是在上流社会口出此言,然而却没有任何人认为有失身份。大家看她漂亮迷人,总是迁就她,到头来便连所有的坏作风也通通容忍。

---

① 法文,指1795至1799年五人执政内阁时期,在巴黎出现的一批追求时髦、奇装异服的年轻人。

在此期间，奥蒂莉一直与露娴妮的未婚夫闲谈。她盼着建筑师回来，希望他那些更严肃和富于艺术趣味的藏品能把大伙儿从这猴子扯淡中解救出来。她把自己的希望告诉了男爵，并请他对某几幅画特别留意。谁料建筑师迟迟不露面；他终于来了吧，又立刻混进人群里，但什么也没带来，什么也不表示，好像有啥问题似的。奥蒂莉有那么一会儿——怎么讲好呢？——又懊恼，又气愤，又惊讶；她刚才可是好言劝他的呀。她本希望满足露娴妮未婚夫的心愿，让他也高兴高兴；看得出来，他太爱露娴妮啦，可尽管如此也为她的言谈举止十分难过。

猴子扯淡不得不让位给了进晚餐。随后又做游戏，甚至还跳了跳舞，临了儿只得索然寡味地围坐着，直至再次硬提起兴致，如此这般，就跟经常一样，一直闹到了后半夜。要知道，早上不起身，夜里不上床，在露娴妮本已成为习惯。

在这一段时间，奥蒂莉的日记里难得记述发生的事件，相反却记录了不少与生活有关和出自生活的警句格言。可是，这类东西多数显然都不会产生于她本人的思索反省，多半可能是人家给了她一本什么小册子，她只是从中抄录了一些合她心意的而已。至于某些流露着她个人内心的语句，则可以依据贯穿她整个日记的红线加以分辨。

奥蒂莉日记摘抄

我们如此喜欢展望未来，因为那在未来摇摇摆摆的捉摸不定的事物，我们总想通过静静的希望使其早日成为现实，以有利于我们的方式成为现实。

我们置身于大的交际场中很难不暗自思忖，在这偶然聚集起来的人群里边，该也有我们的朋友吧。

不管你如何深居简出，还是会不知不觉变成负债人，或者债主。

我们邂逅一个应该感激我们的人，立刻就会想起此事。我们常常碰见我们应该感激的人，却压根儿不想什么事！

倾诉内心乃人之天性；原原本本听取倾诉，必须有教养才行。

只要意识到自己多么经常误解他人的话，就没谁愿在大庭广众中多讲话。

在重复别人的话时之所以远离原意，主要原因多半还是没有理解。

谁在人前独自长篇大论而不照顾听众的口味，他肯定引起反感。

每说出一句话必然引起相反的想法。

争执与附和，都同样只能破坏交谈。

最令人愉快的团体，其成员之间总是开诚相见，彼此尊重。

人们认为可笑的事情，恰恰最能表现他们自己的个性。

可笑之感产生于伦理的矛盾对照，而且是以对感官无害的方式摆在一起进行对照。

感性的人常常在没啥可笑的时候发笑。不管受了什么刺激，他内心的快感都得发泄出来。

聪明的人几乎觉得什么都可笑，理性的人几乎觉得没任何事可笑。

世人看不惯一个上了年纪的男子追求年轻姑娘。可他却回答:"这是返老还童的唯一办法呢,而返老还童谁都乐意。"

世人能容忍指责他的缺点,能忍受对他缺点的惩罚,能为此默默地受难吃苦;但要他克服缺点,他立刻忍无可忍。

某些缺点乃是个人生存所必需。就像老朋友丧失了某些个性,我们便会感到不舒服。

一个人言行反常,别人就讲:"他快死了。"

哪些缺点可以保留,甚至有意在自己身上培养呢?那些讨人喜欢,而不是令人反感的缺点。

激情是缺点抑或优点,只不过提高了层次。

我们的激情是真正的凤凰。老的焚化了,新的立刻从灰烬中飞起。

过火的激情是无望痊愈的疾病。本来可以治病的药,反倒使它更危险。

爱情经过表白不是更热烈,就会变冷却。信赖我们所爱的人并保持缄默,也许是最好不过的居中之策。

第五章

就这样,露娴妮挥动魔鞭,在社交应酬的旋涡中驱赶着声色犬马之车不断狂奔向前。她的侍从队伍日渐壮大,一部分是受了她搞的那些名堂的激励和吸引,一部分是她通过献殷勤讨好儿笼络来的。她极度慷慨；姨婆和未婚夫的宠爱，使漂亮的东西、值钱的东西源源不断地流向她，她似乎根本无须刻意拥有什么，也不知道身边成堆的物品的价值。因此，她可以毫不犹豫地摘下脖子上昂贵的纱巾，把它给一位在她看来穿戴比其他太太小姐寒碜的女人围上；她做起这种事来俏皮又巧妙，没有谁好拒绝她的赠送。她随从中的一位总是带着钱包，任务是不论她上哪儿，都打听谁最年迈，谁最多病，为的是缓解他们的困难，哪怕只是那么短短的时间。如此一来，在整个领地，她都有了乐善好施的美名；然而，名声在外有时候也麻烦，找上门来缠着她的贫苦人实在太多。

不过，使得露娴妮名声大振的，最主要的还是她帮助一位不幸青年的引人注目的发善心表现和锲而不舍精神。小伙子相貌堂堂，身材魁梧，却逃避社交，原因是在战争中失去了——尽管是光荣地失去了——自己的右臂。这点残疾造成了他的烦恼，他讨厌每一个新相识总要打听他不幸负伤的经过，害得他宁肯躲起来读书或潜心搞研究，和社交界一刀两断，永不发生瓜葛。

露娴妮了解了这个青年的处境，要他一定去她那儿，先只参加小范围的聚会，随后逐渐扩大交际圈子，最后才置身大庭广众之中。她对他比其他任何一个人都更加温柔；特别是她还千方百计地照顾、体贴他，以此弥补他的身体缺陷，让他明白自己残疾的价值。进餐时她硬要他坐在自己身边，抢先替他切面包，使他只需动动叉子就行了。倘使有长者、尊者占去了她旁边的座位，她对他的关照就会飞越整个餐桌，用人们就得赶紧代她照顾他，使他不至于因远离露娴妮而蒙受损失。最后她还鼓励他用左手写字；他得把写的所有东西都给她送去，如此一来，不管离得远还是近，她始终与他保持着联系。年轻人自己也不知怎么搞的，他真的从此开始了一种新的生活。

旁人也许会想，露娴妮这么干可能叫未婚夫心里不痛快；事实刚好相反。他把她的辛苦操劳视为功德无量；特别是他了解她那几乎是过分突出的个性，知道她善于拒绝哪怕会引起一点点瓜葛纠缠的事情，所以更加完全放心。她喜欢对任何人都随随便便；谁都难免被她撞，被她拽，或者以其他方式被她逗着玩儿；可是反过来，谁也不允许对她做同样的事情，不允许随便碰她的身体。她对旁人喜欢随心所欲，人家也想这样对她则万万不行。如此一来，她便把别人对她的言行严格控制在了道德的界线以内，而她对别人呢，却每时每刻都可能越过这条界线。

人们甚至可能相信，她有一个座右铭，叫作：随你夸奖、责难，随你喜欢、讨厌，一样我行我素，仍旧处之泰然。要知道啊，她既可以想方设法地笼络人心，又能够通常都是用她那条谁也不放过的毒舌头，把与人家的才搞好的关系再破坏掉。所以，每次去拜访四邻，她和她的随从们在人家的府第和宅邸尽管都受到了友好款待，可在回家的路上她却少不了大肆指摘人家，让人发现她有一个总是从可笑的方面去看所有人与人的关系的癖好。一会儿取笑这三兄弟就因为老是谦让，谁都不肯第一个结婚，结果全错过了婚龄；一会儿讲那位娇小的少妇嫁了个大个子老头；反过来，别处有个活泼的小男人娶了个大笨婆娘。要不又说，这家每走一步都会绊着个小孩；另一家呢，又完全见不到小孩，即使举行盛大聚会，屋里仍然空荡荡的。还讲，老夫老妻就该马上入土，这样家里至少又能听见谁的笑声，虽然他们没有直接继承人。年轻夫妇则该外出旅行，因为持家根本不适合他们。露娴妮对人是这样，对物、对建筑、对家里的家什和餐具也如此。特别是所有的那些壁饰，都引起了她的嘲笑。从最古老的织锦挂毯到最时新的糊壁纸，从最珍贵的家庭油画肖像到最俗气的新铜版画，无一幸免地遭到了她的嘲讽奚落，通通落得个体无完肤。她这么个德行，真叫人奇怪周围五里之内竟然还有东西存在。

露娴妮这个什么都看不惯的倾向，也许并不含有真正的恶意；刺激她这样做的，通常只是自以为是的任性。不过，在她与奥蒂莉的关系里，却产生了实实在在的怨恨。这可爱的姑娘默默地不断操劳，受到了所有人的注意和称赞，唯有露娴妮一个人居高临下地对其表示鄙夷。当人们谈到奥蒂莉如何精心地管理着那些花园和暖房，她便跑出来进行讥讽，不想想正值深冬季节，却装出一副大惊小怪的样子，说怎么搞的，竟一点见不着花啊果啊的呢！不仅如此，她还马上开始叫人天天采摘大量绿色植物和刚在打苞的枝条，用以装饰餐桌和房间；奥蒂莉和园丁呢，眼睁睁看着自己来年乃至更长时间的希望彻底破灭，心中真是难过极了。

奥蒂莉操持家务原本轻松愉快，露娴妮同样不让她安宁。她硬要人家跟着去乘雪橇兜风，去参加四邻举办的舞会；奥蒂莉可不该怕雪、怕冷，怕夜晚的狂风暴雨，其他那么多人不是也并未因此死掉吗！柔弱的姑娘真是苦不堪言；可露娴妮自己也没有得到什么好处。因为奥蒂莉尽管穿着十分朴素，她仍旧是，或者至少在男人们的眼里看起来是最漂亮的女孩子。在大庭广众中，不管她是第一个落座还是最后一个坐下，一股温柔的力量总是把所有的男士吸引到她的周围；是啊，露娴妮自己的未婚夫就常常和她交谈，特别是当他有什么事征求她的意见，需要她参加帮忙的时候。

他已经进一步认识建筑师，还借观赏他的收藏的机会和他谈了许多历史问题；另一些时候，特别是参观那小侧堂时，他对他的艺术才能也有了了解。男爵年轻、富有，自己搞收藏，也打算建府第；他爱好广泛，却知识贫乏，相信建筑师正是他要找的人，可以一下子帮助他解决几个问题。他把自己的想法告诉未婚妻；露娴妮称赞他考虑得对，尤其是满意他把建筑师请到家里去的建议，不过也许更多是想到可以把年轻人从奥蒂莉身边夺走——因为她自信已发现他爱慕奥蒂莉的蛛丝马迹——而不是考虑要利用人家的才能实现自己的目的。虽然在她那些心血来潮的节庆活动中建筑师也表现积极，并挖空心思想出一些消遣的方法，她仍旧相信自己还是高他一筹；再说她想出的玩意儿通常都很平庸，一个机灵的仆人就足以搞成功，完全用不着一位杰出的艺术家来实现它。例如她想在某人过生日或其他喜庆日时讨讨好儿，她的想象力充其量便只考虑得到是不是在祭坛上摆一些供品，要不就编一顶花冠，也不管是把它戴在石膏像头上还是真人头上。

男爵向奥蒂莉打听建筑师与夏绿蒂家的关系,她给了他最满意的回答。她知道,夏绿蒂早就在四处寻找一个可以安顿年轻人的地方;要是他们没来探亲,他在小侧堂完工后就已离开了,其他工程整个冬天本来就该停下;现在能干的艺术家有了一位新的东家和提携者,实在是求之不得。

奥蒂莉与建筑师的私人关系完全清白和自然。他愉快而充满活力,有他在身边就像有一位兄长在身边一样,可以为她解闷,使她快乐。她对他的感情,只停留在同胞兄妹之间那种平静而无欲念的情感层面上。要知道,她的心房已让对爱德华的爱塞得满满的,再没有位置留给其他人;能与爱德华一块儿占有它,只有无所不在的神。

隆冬到来,雪越下越大,风越刮越冷,道路越加泥泞难行,在这种情况下,能热热闹闹聚在一起熬过日渐变短的白昼,真是再美不过。经过了短暂的低潮,客人们又一批一批地涌进了府第。驻地较远的军官也成群结队来了,有教养的为聚会增光添彩,粗鲁的却引起许多不快;平民百姓同样不少,完全出乎意料的却是有一天,伯爵和男爵夫人也双双驱车来到。

他俩的光临似乎才形成了真正的显贵圈子。有身份、知礼仪的男人们围住了伯爵,太太女士们同样也没有冷落男爵夫人。看见他俩在一块儿这么喜气洋洋,大家很快就不再吃惊;他们得知伯爵的妻子已经死了,一等情况允许就决定实现新的结合。奥蒂莉回忆起了他俩前一次来访的情景,回味着当时关于婚姻和离异、结合与分开、希望与期待以及渴慕、断念等所说过的每一句话。而今,这两个当初完全没有指望的人又站在她的面前,却与自己渴望的幸福近在咫尺,使她不由得打心底里发出一声长叹。

露娴妮一听伯爵是位音乐爱好者,马上想起举办一次音乐会,自己想趁机表演一下吉他弹唱。说办就办了。她吉他弹得挺熟练,嗓音也蛮悦耳,只是那歌词却很少听得懂,就跟随便哪个德意志美人儿在自弹自唱时一样。大伙儿都肯定她的歌声富于表现力,热烈的鼓掌也够令她满意。整个晚会只出了一个意外,那就是有一位诗人在场。露娴妮正好特别想博得这位诗人的青睐,希望他能专门写几首歌词送给她,所以晚会上唱的就多数是他写的歌。他呢,跟大伙儿一样也对她蛮客气,然而她期望的却更多。她三番五次地给他暗示,谁知毫无其他反应;她终于不耐烦了,便支使自己的一名侍从去到诗人身边,问他在听自己美妙的诗歌被美妙地演唱时,是不是异常激动兴奋。"我的诗歌?"诗人惊讶地反问。"对不起,先生,"他补充道,"我除了一些练声的元音什么也没听到,而且还不是全部元音。尽管如此,我得感谢小姐的一番美意呢。"侍从听罢哑口无言,也没把话转告给露娴妮。诗人企图说几句漂亮的恭维话了事。露娴妮却硬要给他挑明,自己就是想有几首特意为她写的诗。如果不想太不客气,他完全可以给她送去一张字母表,让她自己随便挑支现存的曲调来配一首赞美诗。事情的结果当然是她的自尊心受到了伤害。而且事过不久,她又知道就在当天晚上,他已用奥蒂莉最心爱的曲调配了一首诗给她,还不只是一首纯粹表示礼貌的诗。

跟所有与她个性相同的人一样,露娴妮也总是混淆自己的长处和短处，于是又想在朗诵上头碰碰运气。她的记忆力不错，可是要直话直说，她的朗诵既乏味又急促，完全缺乏感情。她念了叙事诗念小说，念了在朗诵会上通常总要拿出来的那些东西。她在念的时候还养成了一个背时习惯，就是不管是啥都辅之以手势，结果令人讨厌地把抒情诗和叙事诗的朗诵与戏剧表演，不是结合，而是搅混在了一起。

伯爵是个目光敏锐的人，很快就把握了聚会的全局，看出了与会者的爱好、热情和兴趣所在，于是便幸与不幸地促使露娴妮转到一种新的挺适合她的表演方式上。"我觉得，"他说，"在场的各位不少身材都很优美，肯定不会没有兴趣模仿模仿画中人物的动作和姿态。各位还没有尝试过模仿真正的名画吧？这样的模仿尽管安排调度起来挺困难，却能产生令人难以置信的艺术魅力。"

露娴妮马上意识到，表演这个她才真叫如鱼得水。她的身段漂亮，体态丰盈，五官端正而富有表现力，脖子修长，浅褐色的秀发富有光泽，整个人已经跟画上的一样；要是她还知道她静静站着比活动起来更美，她一动便会破坏优雅与和谐，那她肯定会更加热衷于投入这一人体造型艺术啦。

大伙儿于是开始搜寻用著名油画为蓝本的铜版画；他们首先选中的是凡·戴克的《贝利萨》[①]。一位身材高大、体魄健壮的中年男士被指定装扮坐着的瞎眼将军，建筑师则模仿关切地站在他

[①] 凡·戴克（1599—1641年）是荷兰17世纪的画家。贝利萨是公元前6世纪的拜占庭名将，不幸被皇帝囚禁并挖掉了双眼，沦为乞丐而死；凡·戴克将其遭遇绘成了油画。

跟前那个忧心忡忡的武士；他与这个画中人确实还有些相像。露娴妮这回倒谦虚了一点，只为自己选了背景上那个年轻妇人的角色。此人正从口袋里掏出大把的施舍摊开在手上来数，旁边一个老太婆正在告诫她，似乎责备她太过分；还有一个女人正准备把施舍递到她手里去。

大伙儿很认真地研究着这样一些绘画场面。伯爵给了建筑师一些场景装置的提示；建筑师跟即就去搭建舞台，并负责解决必要的灯光照明。人们已经排练得很起劲儿了，这时才发现干这样一件事耗费原来够可观的，而在这大冬天的乡下，根本没有某些必需的东西。为了不出现任何停顿，露娴妮几乎让人裁剪了自己的全部成衣，以缝制当时那些画家异想天开地随意画上的各式服装。

夜幕降临，大厅里座无虚席，演出赢得了阵阵掌声。乐队演奏的一首名曲绷紧了人们期待的心弦。《贝利萨》终于开场。人物形象个个毕肖，服装色调搭配得当，灯光效果妙不可言，观众真以为到了另一个世界，只是由于像到了以假乱真的程度，倒使人产生了某种忧惧。

幕落下来，又应观众要求一次次地升起去。为了娱悦观众，奏起了幕间曲；一个更加壮观的场面准叫他们喜出望外，那就是蒲桑的名画《亚哈绥鲁与以斯帖》①。这一次露娴妮为自己花的心思多一些。她不但在模仿那位晕倒在地的王后时展示出自身的所

---

① 蒲桑（1594—1665年）是法国古典主义画家。他的名画《亚哈绥鲁与以斯帖》表现的是古波斯帝国的一段轶事：国王亚哈绥鲁拒绝自己犹太裔王妃以斯帖的恳求，坚持要灭绝国内的犹太种族，以斯帖听后晕倒在宫女们的怀中。

有魅力，而且聪明地净挑一些俊俏、窈窕的女孩儿来扮簇拥和搀扶着她的使女，而这些女孩子呢，又没有哪个哪怕有一点点比得上她。奥蒂莉与这场表演以及其余的所有演出都沾不上边儿。为了演得像模样酷似天神宙斯的国王，宾客中最仪表堂堂和魁梧的那位男士被挑出来坐在金色的宝座上，使整个场面真是完美无比。

第三场演出是台尔堡的《慈父的训诫》①。谁不知道咱们的威勒根据这幅油画制作的精彩铜版画呢！一位高贵的老骑士跷着二郎腿坐着，像是正在谆谆告诫站在自己跟前的女儿。这女孩儿穿着皱褶很多的白缎子长裙，身材十分优美，虽然观众只能从背后看见她，她的整个体态却显示出在专心倾听。从父亲的表情和手势可以看出，他的训诫并不激烈，不致伤害女儿的自尊心；她的妈妈呢，则注视着端在手里欲饮未饮的那杯酒，像是想掩饰自己的一点点尴尬。

在这场表演中，露娴妮的形象该已光辉到了极点。她的发辫，她的头型，她的脖子和颈项，真是美得没法形容；还有她那平素在眼下女士们时兴穿的仿古裙袍里藏而不露的腰身，那么修长，那么纤细，那么轻灵，一用比较老式的服装打扮起来，真叫没得说的。加之建筑师煞费苦心，让白缎子的众多皱襞与完美的躯体配合得无比贴切，毫无疑问，这鲜活的模仿大大超过原画上

---

① 台尔堡（1617—1681年），荷兰画家，旅居巴黎的德国画家威勒（1715—1808年）曾据其油画《慈父的训诫》成功地创作一幅铜版画。

的那个形象，博得了众口一词的欣赏赞叹。观众没完没了地叫再来一次，再来一次。在欣赏够了这样一位绝色美人儿的后背以后，人们要求再看看她的正面模样；这个再自然不过的愿望立刻得到多数人响应，有个性急而又爱开玩笑的老兄，甚至大声喊出"Tournez S'il vous plaît"①这句通常写在一页书结尾处的话来，而且是一呼百应。然而，演员们太清楚自己的优势啦，而且对这些艺术表演的意义也理解得十分透彻，所以观众再喊也不肯予以迁就。那显得有些难为情的女儿静静站着，就是不拿脸给观众看；父亲也保持着训诫的架势；母亲更用透明的酒杯挡住鼻子眼睛，像是在喝，却又不见杯中的酒少掉一点。——还有什么必要再讲后面那些小节目，那些从荷兰的酒馆里和年市上挑选来的场面！

伯爵和男爵夫人走了，答应在他俩很快结婚度蜜月时再来。在熬过了忙碌辛苦的几个月以后，夏绿蒂眼下希望其他客人也能离开。她确信女儿在青春的狂热和做未婚妻的陶醉平息以后，一定会得到幸福；要知道那位未婚夫就自视为世界上最幸福的人啊。他家资富有，性情温和，看样子对能拥有一位讨全世界欢心的女子异常心满意足。他有一个奇怪透顶的脾气，就是把一切都联系到未婚妻身上，并且通过她再来衡量自己；一个新来者如果不马上专心一意与她寒暄，不格外地关心她，而是像某些看重他良好品性的年长者那样，企图先跟他本人套近乎，他就会感到不高兴。关于建筑师的聘用问题很快得到了解决。新年一到他就跟

---

① 法语，意即"请翻页"，此处是叫露娴妮转过身来的意思。

伯爵回去，与他一块儿在城里过狂欢节。露娴妮一想到将再玩儿美妙的人体造型以及其他上百种把戏，心里早已乐不可支；加之只要能使她高兴，姨婆和未婚夫看样子把任何花销都不当一回事。

眼看着就要分别，可是又不能像通常那样分别。大伙儿好好地热闹了一番，弄得夏绿蒂过冬的储备看着看着就吃光了。这时那个扮贝利萨的贵族，自然也是一位富翁，他早已迷上了露娴妮的美貌，对她早已五体投地，这时他就不假思索地大声嚷嚷："那就让咱们轮流做东吧！请到舍下去也把我吃光！然后继续往下转。"说到做到：露娴妮和他击了一下掌。第二天果然打点行装，一行人浩浩荡荡开到了另一个庄园。那儿地方同样足够，只是不怎么舒适方便罢了。由此也造成了一些不快，这却令露娴妮格外高兴。日子过得越来越野，越来越狂。诸如踏着深雪冒险围猎呀，净搞这类原本很令人感到恼火的活动。妇女们都不准不参加，男人更别提啦。大伙儿就这么骑着马，赶着雪橇，狂呼乱叫着从一座庄园冲向另一座庄园，直到最后回到在城里的伯爵府邸。关于宫中和城里人们怎样寻欢作乐的消息和传闻，转移了他们的注意力，使他们顿生遐想，并把露娴妮连同她的全部随从——姨婆已经提前进城——，不快抗拒地吸引进了另外一个生活圈子。

奥蒂莉日记摘抄

我们看待世界上每一个人的依据，都是他自己的表现；而人人也必然有所表现。我们宁可忍受那些令人不快的人，也不容忍那种毫无价值的人。

你可以强求社交场上的人干任何事,只是不能让他们干会引起后果的事。

我们不会了解来我们家的人;我们必须去到他们那儿,才知道他们到底情况怎样。

来访者一走,我们马上对他们挑鼻子挑眼,指出他们身上这样那样的毛病,这在我看来倒也自然;因为我们可以说有权利以自己的尺度来衡量他们。遇到这种情况,就算是明智、厚道的人,也几乎难免吹毛求疵。

反之,如果已去过别人家,看见了他们的环境和习惯,看见了他们在必然和无法回避的状态下如何影响着周围的人,抑或受周围的人影响,在这种情况下,要是我们还把那些本该在多重意义上引起我们尊重的东西当成笑料,那就真得头脑愚蠢和存心不良才行。

以我们所谓的品行和美德,同样可以达到除此只有用暴力才能达到的目的,或者达到用暴力也达不到的目的。

对女士殷勤也是美德。

人的性格,人的个性,怎么才能与生活方式协调呢?

个性必然是通过生活方式得到充分展示。人人都想有所作为,只是别叫人感到不舒服才好。

无论是在社交场中甚或在日常生活里,一个有教养的军人总是大受优待。

粗鲁的军人很难改变自己的个性;但在必要时我们仍能和他

们相处，因为在他们强悍的外表背后，多半藏着一颗善良的心。

没有谁比呆笨的平民更烦人。你可以要求他文雅，因为他与粗鲁无缘。

和那种对礼仪敏感的人生活在一起，我们会在碰见失礼的情况时替他们担心。例如夏绿蒂对坐在椅子上摇摇晃晃讨厌得要死，如果碰见有谁这样，和她在一起我总是会替她担心。

谁也不会鼻梁上架着眼镜去赴幽会的，要是他知道自己这模样立刻会让我们女性没兴趣注视他，与他促膝谈心。

该表示敬意的时候却表示亲热，其结果总是令人好笑。只要明白刚开始问候就放帽子看上去有多滑稽，就谁也不会这样做。

没有任何礼貌的外表不藏着深刻的道德动机。真正的教育就该既教给外表，也教给动机。

品行是面镜子，谁都可以用它照见自己。

有一种出自内心的礼貌，它与爱是亲戚；由它自然滋生出外在言行最喜人的礼貌。

心甘情愿依附某人，是一种再美好不过的状态；设若没有爱，它绝不可能。

一旦我们自以为已拥有希望拥有的东西，我们便会与自己的希望更加远离。

一个并不自由的人自以为自由，他便比奴隶还奴隶。

一个人只要声称自己是自由的，他立刻就会感觉到限制。他要是敢于声称自己受到限制，那他便会感到自由。

面对他人众多的长处，除了爱别无良策。

被那些愚人引以为自豪,对一位杰出的人是件可怕的事。

在贴身仆人眼里据说没有任何英雄。可这只是由于英雄方能承认英雄。贴身仆人呢,多半也懂得尊重自己的同类。

平庸之辈最感欣慰的莫过于,天才同样会死。

最伟大的人物往往通过一个弱点,与他们的时代联系在一起。

傻瓜和聪明人同样无害。最可怕莫过于倒傻不傻、倒精不精的家伙。

逃避世界最可靠的办法是搞艺术;与世界结合最可靠的办法,同样是搞艺术。

艺术总是表现重要的事物,美好的事物。

看见艰难的事情轻轻松松处理掉,我们禁不住去审视不可能的事情。

越接近目标,困难也越多越大。

播种不如收获困难。

第六章

女儿的归来对夏绿蒂造成了巨大的纷扰,但也使她有所收获,那就是全面地了解了露娴妮;在这一点上,处世的经验大大地帮助了她。她并非第一次碰见脾气古怪的人,只是怪到这样程度的还从未有过罢了。不过,根据她的经验,这种由生活环境、由特殊经历、由于父母亲影响造就的怪人,他们一旦减少了自私心理,把狂热的冲动引入了正确的方向,就可能成熟起来,变得十分和蔼可亲，讨人喜爱。作为母亲，夏绿蒂甚至爱她这个对于旁人来说也许是讨厌的女儿，而不仅仅像一般父母那样，在旁人都只考虑寻开心或者至少不想惹麻烦的时候，仍然怀抱着希望。

然而，在女儿离开以后，夏绿蒂的感情却奇特而出乎意料地受到了伤害：不是露娴妮言行中那些本可指责的地方，恰恰是那些值得赞扬的方面，引起了人们对她的事后非议。露娴妮似乎为自己立了一条准则，就是不但要与乐者同乐，也要与悲者同悲；而为显示反抗精神，她有时又故意让高兴的人扫兴，让悲哀的人喜形于色。她不论上谁家里，总要打听那些不能出来参加聚会的病人和衰弱的人。她去病人房里进行探望，充当他们的医生，还从随时带在车里的旅行药箱中取来烈性药物硬要人家服用。这样一种治疗方式，可以猜想，成功与否纯系偶然。

她在这么做好事时简直叫冷酷无情，听不进任何意见，因为她坚信自己行为高尚。然而，她的一次尝试，即使从道义上看也失败了；就是这个尝试，给夏绿蒂带来许多烦恼，因为后果严重，而且成了人人的话柄。她是在露娴妮走后才听说此事；奥蒂莉正好也参加了那次聚会，只好详细向她报告事情的经过。

一个大户人家有好几个姊妹，一位姐姐不幸对自己妹妹之一的死负有责任，并因此一直感到内疚，精神再也振作不起来。她独自关在房间里沉思默想，就连家里人想看她，也只准一个一个地去。要知道人多了一点，她马上会犯疑心，总以为人家是在议论她和她的处境。可是，面对单独一个人，她说起话来挺理智，并且和你一谈就是几小时。

露娴妮听见此事立刻暗下决心，等她有机会去这姑娘家里一定创造个奇迹，不叫她重新出来参加社交活动绝不罢休。她这回行事谨慎一点，知道单独去接近精神病人，并且就我们所知，是通过音乐去赢得人家的信任。可惜她最后粗心大意了。她急欲引起轰动，便突然在一天晚上，把她自认为已完全调理好的病人，把那个秀丽而苍白的女孩，领进了五光十色的社交聚会。看样子事情本来也可能成功，如果与会者自身不是出于好奇和关怀而举止失当，不是先围着患者又赶紧躲开，不是在一旁交头接耳、嘀嘀咕咕，以致搞得她心慌意乱，情绪激动。脆弱敏感的姑娘哪里吃得消啊。她一声声惊叫着躲开人群，就像突然闯进来了恶魔似的。与会者吓得四散逃奔；病人已完全不省人事，奥蒂莉和其他几位把她送回了房间。

这时候，露娴妮却任着性子在严词责怪出席聚会的人们，一点不想想要怪只能怪她自己，也未从这次和别的失败吸取教训，收敛自己的所作所为。

打那时起，姑娘的病情越来越重，是啊，最后闹到了父母亲没法再把可怜的女孩儿留在家里，不得不送进一家公立精神病医院。夏绿蒂别无他法，只能对那家人格外亲切体贴，以多少减轻一点她的女儿给人家造成的痛苦。这件事给奥蒂莉留下了极深的印象。她对夏绿蒂也不隐瞒自己的看法，相信只要坚持治疗，病人本来是可以康复的；而唯其如此，她就更同情那可怜的姑娘。

不愉快的往事通常总是被人津津乐道，愉快的往事却很少成为话题。同样，一个发生在建筑师身上令奥蒂莉大惑不解的小小误会，也一再被提起：那天晚上她恳切地请他把自己的收藏拿出来看一看，他却怎么都不愿意；她对他的固执己见耿耿于怀，始终想不通为何会这样。她的感觉也对；要知道像奥蒂莉这样一位姑娘，她的愿望应该讲是建筑师似的青年没法不满足的。她对此时不时地也抱怨几句；他呢，却做了相当有说服力的解释。

"您要是知道，"他说，"即使某些有教养的人，他们在接触到无比珍贵的艺术品时也表现得多么粗鲁，您就会原谅我不肯把自己的收藏拿到大庭广众中来了。谁都不懂古币只能擎其边缘，而老是去触摸它精美的铸纹和干净的底板，把一枚枚宝贝在拇指和食指之间翻过来转过去，仿佛要检查铸模有没有问题似的。他们想不到大幅的画得用两只手捧，而是伸出一只手去抓堪称无价孤本的铜版画，那样子就像不可一世的政客抓起张报纸，把它揉得皱巴巴的，就算对世界大事已经发表高见和看法。谁也想不到，一件艺术品只要这么经过二十个人的手，第二十一个就没有多少可以欣赏的啦。"

"我是不是也经常让您很难堪呢？"奥蒂莉问，"我有没有在什么时候不知不觉地损坏您那些宝贝呢？"

"绝对没有，"建筑师回答，"绝对不是！这在您完全不可能；您天生机灵。"

"可是，"奥蒂莉回答，"如果将来在行为规范、礼仪指南之类小册子里，于有关社交场合的餐饮注意事项等章节之后，再加进一章详细讲讲欣赏艺术藏品和参观博物馆须知，那无论如何也不是坏事。"

"肯定，"建筑师回答，"到那时，博物馆馆长和业余收藏家都会更乐于展示自己的稀世之宝。"

奥蒂莉早已原谅了建筑师；他呢，却对她的责怪牢牢记在心中，一次又一次地向她保证，他肯定乐意给人观赏他的藏品，肯定乐意为朋友帮忙，这样她就感到她伤害了年轻人敏感的心，觉得自己对不起他。也正因此，在这次谈话之后不久，他对奥蒂莉提出了一个请求，她便没法断然拒绝啦，尽管她凭直觉迅速意识到，她根本不知道怎样满足人家的愿望。

情况是这样的：露娴妮由于妒忌，把奥蒂莉排除在了按照绘画做造型表演之外，对此建筑师深有所感；他还同样遗憾地注意到，夏绿蒂因为身体不适，也只能断断续续地观赏那晚演出的这个精彩部分。现在，在自己离开府第之前，他想组织一台比上次更加精彩得多的表演，既对奥蒂莉表示敬意，也让夏绿蒂得到消遣，以此作为自己对她们的感谢。他下决心这么做，也许还有一个连他自己也未意识到的秘密动机：离开这座宅第，离开这个家庭，使他心里很难过。是啊，他似乎根本离不开奥蒂莉的眼睛，离不开这双安详、和蔼的明眸，最近一段时间，他像仅仅是为了它们而活着似的。

圣诞节快到了，这时他突然明白过来，那些以丰满的人体模仿油画场面的表演，原本发端于圣诞马槽的造型啊。在这神圣的节庆期间，人们虔诚地塑出圣母和圣婴的形象，先是让他们栖身于低贱的环境中，先是受到牧人的朝拜，随即便有君王们来朝。

他想象，用真人模仿这样一个场面也完全是可能的。已经物色到一个漂亮、活泼的婴孩；牧人和牧人的妻子更是好找；但少了奥蒂莉事情就干不成。在年轻人的心目中，她已上升到了圣母的位置；她要是拒绝，对他说来毫无疑问，演出就得泡汤。他这个安排令奥蒂莉颇感尴尬，她便支他去请夏绿蒂决定。夏绿蒂高兴地同意了，这一来奥蒂莉也就顺利克服了自己模仿圣母会被视为僭越的顾虑。建筑师夜以继日地工作，要使圣诞之夜一切圆满。

那确实是真正的夜以继日。他原本就需要不多，有奥蒂莉在面前，在他似乎抵得上所有灵验的补药；为她工作，他简直可以不睡觉，为她操劳，他完全不需要饮食。因此到了庄严神圣的时刻，一切都已准备就绪。他成功地凑齐一支管乐队；乐队奏着序幕曲，营造出他所希望的气氛。当幕布升起来的时候，夏绿蒂着实吃了一惊。那展现在眼前的场景已在世界上重复了千百遍，人们原本不再指望能再获得任何新的印象。然而她现在看见的却是现实的存在，自有许多优点长处。整个舞台空间都处于自然的朦胧中，然而周围没有任何细节模糊不清。建筑师使用一种巧妙的灯光装置，实现自己杰出的构思，让所有光源仿佛都来自圣婴的身上；同时又在台前安排了几个仅仅为侧光照射着的人物，用他们的处于昏暗中的身影挡住那个装置。圣婴周围站着男孩女孩，一张张脸庞都让自下而上的强光映照得红扑扑的。也有不少天使，他们自身的光辉与圣婴的灵光相比显得黯淡；在神和人结合而成的躯体面前，他们的身躯似乎变得渺小而又单薄了。

非常幸运，那婴孩儿睡着了，而且睡态再优雅不过，因此一点不妨碍观众欣赏，使他们可以把目光集中到装扮圣母的奥蒂莉身上，看她如何无比温柔慈爱地揭起一块纱巾，露出藏在下边的宝贝儿。就在这一刹那，画面仿佛静止凝滞了。站在周围的人一个个生理上眼花缭乱，精神上迷惑恍惚，好像也动了一动，移开了被灵光直射的眼睛，但马上又好奇而兴奋地眯缝着眼望去。他们眼里流露出的更多是惊讶和喜悦，而非赞叹和敬畏，虽说也没有忘记表示敬畏，特别是一些个较年长的形象。

奥蒂莉的姿态、手势、表情和目光，可真是超过了任何一位画家所画的。要是有哪位情感丰富的行家见了这个景象，他准害怕有一点什么会移动，准担心此后再不会有如此令他迷醉的杰作。遗憾的是，在场的人没有谁能真正领会全部的意义。唯有建筑师得到了最大的艺术享受，虽然他正扮演一个身材修长的牧人，处的位置并不十分有利，只能越过一些跪着的人从侧面望过去。谁能描述出那新塑造的圣母娘娘的表情啊？她深感自己无功受禄，不配获得如此巨大的荣耀，因此脸上的神气是那样纯洁、谦卑、可爱，同时又洋溢着无比的幸福；这既反映了她本人的真实感受，又符合表演的需要，说明她对自己的角色有了很好的理解。

夏绿蒂很喜欢那迷人的画面，不过影响她心绪的主要是那个婴孩。她流着热泪，再生动不过地想象着自己怀里马上也会抱上一个同样可爱的小生命的情景。

幕落了下来，一则让演员们喘口气，二则也好调动一下场面。建筑艺术家打算把夜间环境寒碜的第一幕，改换成白昼光辉壮丽的下一幕，因此准备让四面射来强光。利用幕间时间，已经把灯光点燃。

到目前为止，奥蒂莉在其近乎戏剧的表演中相当冷静沉着，最大的原因是除了夏绿蒂和少数几个家庭成员，就再无其他人来做这虔诚的艺术模仿的观众。因此在幕间休息时听说来了一位生客，正在大厅里受着夏绿蒂的殷勤接待，她就颇感有几分惶恐。来客究竟是谁呢？别人没法告诉她。为了不干扰表演，她只好豁出去了。所有照明的灯光都亮了起来，她周围一片光明。幕布升起去，场面完全出乎观众意料：整个舞台明亮辉煌，黑影彻底消失，只剩下了经过精心挑选因而和谐悦目的色彩。奥蒂莉透过长长的眼睫毛偷觑台下，看见夏绿蒂身旁坐着一个男子。她没有认出是谁，但听讲话的声音断定是寄宿学校的那位校长助理。她顿时产生一种奇怪的感觉。自从不再听见这位可敬可亲的教师的声音，她经历了多少事情啊！欢乐和痛苦像无数弯弯扭扭的闪电，依次迅速地从她的心中掠过，她不禁问自己："你可能把一切都坦白告诉他？你哪配以眼下这个圣洁的模样出现在他面前呢？他见惯了你本来的样子，而今看见的却是假面具，会感到多么稀罕啊！"以无可比拟的飞快的速度，感情与理智在奥蒂莉心中进行着碰撞对抗。她心头发紧，眼里噙着泪水，强使自己继续保持凝定不动的形象。当那婴孩开始动起来，建筑师被迫发出了落幕的信号，奥蒂莉是多么高兴啊！

可是，除了其他的感受，奥蒂莉在最后一刻又体验到了不能迅速迎向一位好友的尴尬不快，越发觉得处境难堪。她该以这身陌生的穿戴打扮向他跑去，还是先去换衣服呢？她来不及细加选择；她去换衣服，同时试图打起精神，镇静镇静。她直到穿上日常服装欢迎客人，心情才终于平静下来。

第七章

建筑师诚心希望他的两位女主人生活得美满幸福，加之自己终究是要走的，所以得知她们现在有了校长助理这个难得的人来做伴，心中颇感宽慰。然而，一想到她俩对他那样好，他自己却眼看很快就要被人取代，而且以禀性谦逊的他想来是完美无缺地取代，他又感到有几分伤心。在此之前他还一直犹豫不决，现在却急着要离开了；要知道在他走后必然会发生一些事，他希望至少不要亲身经历。

他这悲凉怅惘的情绪得到了很多疏解，两位女士临别赠给他一件礼物，一件他亲眼看见她俩织了很长时间的毛线背心；当时他还以为这件背心将属于新来的幸运儿，曾对他暗暗怀着嫉妒。对于一个心存爱慕和崇敬的男子来说，这临别的赠品真是再令他欣慰不过啦。一想到那美丽灵巧的手指不倦地活动，他将禁不住暗自得意：在这坚持不懈的劳作中，绝不至于不蕴含着关怀体贴之情。

而今太太们要招待另一位自己喜欢的男人；在她们这儿，得让人家感到舒心才是。女性都自有其内在的、独特的、不可变易的喜好，世界上没有什么能使她们将它背离；相反，在表面的社会关系中，她们乐于也易于为正在打交道的男子所左右；可实际上呢，她们正是通过拒绝和接受、坚持和退让，来实现自己的统治，文明社会中任何男性也不敢逃避的统治。

如果说建筑师为了娱悦两位女友，完成她们交给的任务，曾经按照自己的喜好随心所欲地施展和证明了自己的天才，如果说当时的工作和娱乐活动都是本着这种精神，按照这样的初衷来安排的话，那么在校长助理来到以后的短时间里，她们的生活方式就已变了一个样。他的一大长处在于谈吐，谈人类的状况，尤其是有关青年教育培养的问题；因此与迄今为止的生活方式形成了相当鲜明的对照，特别是校长助理并不完全赞成她们过去孜孜不倦地干的那些事情。

对他刚到时碰见的人体造型表演，他只字不提。相反，对她们志得意满地领他参观了的大教堂、小侧堂以及相关的建筑，他却没能保留自己的意见和看法。"至于说到我，"他道，"我不喜欢像这样把神圣的事物和感官的东西摆在一起，混杂在一起；不喜欢这样专门辟出一些地方来，加以神圣化，加以装饰，然后才去那儿表示虔诚，维护信仰。应该讲，任何环境，即使是最卑贱的地方，都不能破坏我们内心对神的情感；我们去到哪儿，它就陪伴我们到那儿，能把任何场所都变成神圣的殿堂。我喜欢的是在家里做礼拜，在我们进餐集会、跳舞玩乐的厅堂里做礼拜。人身上至高、至善的东西原本无形，行事高尚足矣，切忌以任何其他方式蓄意表现自身。"

夏绿蒂本已大体了解他的想法，最近一段时间又对他做了进一步研究，便立刻安排他干起老本行来。建筑师走以前挑选了些管园林的男孩，她让他们列队来到大厅；孩子们穿着色调明快的、干干净净的制服，动作划一整齐，神情活泼自然，整个给人留下了良好的印象。校长助理按自己的方式考查他们，对他们提出这样那样的问题，很快就弄清了孩子们的个性和能力，虽然并不像在上课的样子，却在短短不到一个小时的时间里真教会了他们不少东西，使小家伙们大有长进。

"您是怎么办到的啊？"夏绿蒂一边打发孩子们离开，一边问，"我很留心地听了，您讲的都是些十分熟悉的事情；可我真不知道该怎么办，才能在这么短的时间里讨论这么多问题，而且有问有答，井然有序。"

"也许该对自己的职业特长保密才好，"助理回答，"不过呢，我可以告诉您一个非常简单的信条；遵循它，不只能上好课，还可以做成功许多别的事情。这就是抓住一个对象、一些材料、一个概念或者其他名目什么的东西，牢牢地把握住它，把它的所有环节弄得清清楚楚，如此一来，你就很容易以讨论的方式了解到一群孩子已经掌握些什么，还需要启发他们什么样的兴趣，传授给他们哪些知识。他们对您问题的回答可以闻所未闻，可以漫无边际，但只要您随后的提问能吸引他们的精神和思想进一步深入，始终不偏离您原来的方向，那么孩子们最终定会顺应施教者的意图，去思考、去理解和吸收他所传授的东西。教师的最大错误，莫过于让学生牵着鼻子跑野马，不知道牢牢抓住他现在正在处理的内容。您很快尝试尝试吧，它会带给您莫大的快乐。"

"这挺有意思，"夏绿蒂说，"良好的教学方法看来与良好的生活方式刚刚相反。在社交场上，谈话不应该拘泥于任何一点；在上课时，最高的准则却是力避精力分散。"

"变化有致而不分散，在课堂上和生活中都是最美的格言，只是要保持好这矛盾的平衡又谈何容易！"助理感叹道。他原准备继续发挥，夏绿蒂却已叫他再去观察观察这时正高高兴兴地列队经过院子的男孩们。对于让他们坚持穿制服这点，他表示满意。"男子汉应该从小穿制服，"他说，"他们必须习惯集体行动，与同伴融为一体，服从集体的意志，为统一的目标奋斗。还有，任何制服都有助于培养军人意识，养成干脆利索的行为作风；所有男孩子原本生来就应该是士兵嘛。您只要看看，他们总爱玩儿打斗和战争游戏，总在那儿冲锋、攻城。"

"如此说来您相反就不会责备我喽，"奥蒂莉接过话头，"我没有让我那些女孩儿们统一着装。要是我让她们来见您，但愿您喜欢她们五花八门的穿着打扮。"

"这我非常赞成，"校长助理回答，"女孩子们就该穿得花样翻新，各人适应各人的身材，各人按照各人的喜好，以便个个都学到一种感觉，就是自己怎么穿戴打扮真正相宜，真正好看。还有一个更重要的原因是，她们注定了一生都要单独亮相，单独行动。"

"这我听来似乎就挺矛盾，"夏绿蒂反驳说，"我们可是几乎从来不只顾自己啊。"

"不错！"助理回答，"肯定也留心着其他的女性。可女性通常是被视为恋人、未婚妻、妻子、家庭主妇和母亲,她们总是相互隔离,离群独处,也乐意独处。是的,爱好虚荣的女人就是这样。每个女性都排斥另一个女性,天生如此;须知,要求每个女人做到的事,也就是要求整个女性做到的事啊。男人们的情形却不如此。男人需要男人;如果第二个男人不存在,他就创造一个。一个女人却可以活一辈子,也想不到要制造一个同自己一样的人出来。"

"人们允许自己把真实的只说成是怪异的,"夏绿蒂道,"这样到了最后,怪异的看起来也就真实了。我们愿意从您的高论中取其精华,但我们作为女性要与其他女性抱成一团,共同努力,不让男人们对我们拥有过于巨大的优势。是的,您想必不会见怪我们的一点点幸灾乐祸,就是当我们发现男人之间也未必特别忍让,我们必将更加觉得有趣儿。"

接下来,聪明的校长助理认真仔细地考察了奥蒂莉教育她那些学生的方式,对她倍加赞赏。"您只培养学生们最实用的本领,"他说,"这样做很正确。爱整洁的习惯使孩子们乐于检点自己;而只要能养成做什么都兴致勃勃、自觉自信的作风,就什么都能够成功。"

而且他发现没有什么是只做表面文章和装装样子,一切都针对着内在的和必需的品格的培养,因此格外满意。"教育这档子事实在用不着多少解释,"他高声叹道,"只要听的人真正有心!"

"您愿不愿试着给我讲讲呢?"奥蒂莉亲切地问。

"非常乐意,"助理回答,"只是您绝不能背叛我。人们应该把男孩都培养成仆人，把女孩都培养成母亲，这样一来就天下太平啦。"

"把女孩培养成母亲嘛，"奥蒂莉接过话茬，"这个妇女们倒通得过，因为她们即使不做母亲，反正还总得操持家务，当管家婆；可是要我们的小伙子们当仆人，他们肯定会认为自己大材小用喽，不管在他们哪一个脸上，您都很容易发现自以为有能力当领袖的神气。"

"正因此对他们我们要秘而不宣，"校长助理说，"人们总是美滋滋地幻想着进入生活，然而生活并不满足我们的幻想。究竟有多少人甘心去做他们最终不得不做的事情呢？就此打住吧，这样的思考可与咱此时此地的问题没有关系！

"我称赞您幸运，能对您的学生使用正确的培养方法。眼下，您的那些小姑娘成天抱着布娃娃跑来跑去，用碎布头为它们缝制衣服；那些大一点的女孩呢，则照看着自己的妹妹，自觉自愿地料理好家务，那么她们将来跨进生活就没有多少困难；这样的女孩子，将在丈夫那儿找回因为离开娘家而失去的东西。

"只不过，在有教养的上等人家，教育的任务却挺复杂。我们必须考虑到更高级、更敏感、更细致的关系，尤其是社会关系。我们局外人因此需要培养学生外在的表现；这是必需的，不可或缺的，只要不超过适当的限度，原本也挺好。要知道，为了培养孩子适应更大范围的生存要求，常常容易无节制地驱赶他们，同时却忽视了他们内心发展的真正需要。这儿所提出的任务，都只或多或少地由教育者要么解决了，要么搞糟了。

"对于我们在寄宿学校里教给女生们的有些东西，我感到忐忑不安。经验告诉我，这些东西将会毫无用处。一旦她们做了家庭主妇，一旦她们当上母亲，有什么不马上像蜕皮一样扔掉，有什么不立刻置之脑后呢！

"而今，既然已经投身教育事业，我就没法放弃这个神圣的心愿，也就是有朝一日，我能和一位忠诚的女助手一起，纯粹把学生们成年后在事业领域和独立处世时真正需要的本领传授给他们，然后我也许就可以对自己讲：在这个意义上，我们对他们的教育已经完成。自然哪，紧接着总会要接受新的教育，在我们的一生中年复一年地都要接受教育，不是出自我们本身的愿望，而是环境使然。"

这一席话奥蒂莉认为真是对极了！过去一年未曾预想到的情感波折，教她懂得了许许多多！展望不久的将来，展望遥远的将来，她眼前已浮现出各式各样的考验！

年轻的助理在讲上面的话时并非没有预先想好一位助手，一位妻子；尽管他很谦逊，仍不会放过婉转迂回地暗示一下自己意图的机会。是的，他是受了某些情况和事件的启发，才在这次拜访中采取一些个达到自己目的的步骤。

寄宿学校的校长年事已高；她早已开始在自己的男女同事中物色人做她的助手，最后终于把任务交给了这位她有一切理由信赖的年轻人，要他和她一起继续领导学校一段时间，先做好自己的助理工作，等她死后就继承她的职位，成为学校的唯一所有者。这以后最重要的事情，在他看来似乎就是找一位志同道合的妻子。在心目中，他暗暗地选上了奥蒂莉；然而也产生了某些疑虑，幸好又在相当程度上让新出现的种种有利情况给打消了。露娴妮离开了寄宿学校，奥蒂莉回来少了些障碍；虽然关于她与爱德华的关系也有所传言，但人们对这类的事都不很在乎，甚至它还有可能促进奥蒂莉返回学校呢。然而，如果不是一对不速之客的到来给了他特别的鼓舞，年轻人也许还没下决心，也不会采取任何行动；一贯如此，重要人物的到访总不会不在某些圈子里留下影响。

伯爵和男爵夫人经常遇见人家来询问不同寄宿学校的办学水平，因为几乎人人都为自己的子女教育问题伤脑筋；他们于是决定去了解一下这所口碑甚好的学校，而在两人确认了新的关系以后，自然就一道去进行这样一次考察。只是男爵夫人还另有打算。上次住在夏绿蒂家里，她与她详细讨论了有关爱德华和奥蒂莉的问题。她一而再、再而三地坚持自己的主张：无论如何得把奥蒂莉送走。夏绿蒂一直担心爱德华的威胁，她试图鼓起夏绿蒂的勇气。她俩谈了种种解决办法；在讲起寄宿学校时，也提到校长助理对奥蒂莉有好感。正因此，男爵夫人更决心参加预想中的访问。

她到了寄宿学校，认识了校长助理，参观了教学设施，随后便谈起奥蒂莉来。伯爵本人在最近一次访问中进一步认识了奥蒂莉，同样乐意谈她的情况。她呢，也愿接近他，是的，甚至为他所吸引；通过他那内容充实的谈吐，她相信窥见了、认识了一个迄今对于她还是完全陌生的世界。就像在与爱德华接触的过程中她忘记了周围的世界一样,与伯爵在一块儿,她似乎才觉得这个世界真正可爱。可吸引总是相互的,伯爵也喜欢上了奥蒂莉,乐意把她当自己女儿看待。这同样使她成了男爵夫人的绊脚石,双重意义上的绊脚石。谁知那随着时间的推移而愈演愈烈的情感会有什么结果呢!够了,她现在必须促成一桩姻缘,以解两位有夫之妇的燃眉之急。

她因此巧妙、有效而又不露声色地鼓动校长助理,使他决心去夏绿蒂的府第走走,以便为实现自己的计划和愿望及时做出努力;对男爵夫人,他没有隐瞒自己的心事。

校长完全支持他做这次旅行,他心中怀着最美好的希望。他清楚,奥蒂莉对他也不无好感。如果说他们之间还存在一点等级差异的话,那么以当今流行的思想观念也并非不能消除。再说男爵夫人也清楚地暗示过他,奥蒂莉始终还是个穷丫头。仅仅与一个富贵之家有亲戚关系,对谁也没多大好处;因为即使有再多的财富,人家也不可能从那些原本有全权继承家产的近亲名下抽出一大笔钱来给你。而且一直很奇怪的是,人们在确定自己死后的财产继承权时,很少照顾到自己生前宠爱的人,而看样子是为了尊重传统吧,总是把好处给予自己的那些继承者,即使立遗嘱的人本心并不愿意。

在旅途中,他感觉自己似乎已与奥蒂莉处于完全同等的地位。殷勤的接待更增加了他的希望。尽管他觉得奥蒂莉对自己已不如从前坦率;但她毕竟长大成人了,更有教养了,而且一般说来,还比他过去所认识的她更加健谈。她们信任他,让他了解府里的一些情况，特别是在有关他本行的问题上。然而他想进一步靠近自己的目标，内心总有某种顾忌令他踟蹰不前。

一次，夏绿蒂却给了他机会，趁奥蒂莉在场对他说："喏，您已把我周围成长起来的所有孩子都考查得差不多了；还有奥蒂莉您觉得怎么样？您不妨当着她讲一讲。"

助理于是既富有见地，又神色冷静地说，奥蒂莉变了，比在学校时有了很大的进步，具体讲她举止更大方自如，谈吐更悦耳中听，观察世事的眼光更高；而且这眼光不只是反映在言辞里，还体现在了办事中。不过尽管如此，他仍旧相信，如果她能回寄宿学校去待一段时间，必定会对她有很大的好处。她可以在那里按部就班地认真学习，一劳永逸地好好掌握一些本领；这些本领，社会只会零零星星地给她，不但满足不了需要，反而只会造成混乱，是啊，常常学是学到了，但为时已晚。他不想扯得太远；奥蒂莉自己最清楚，当时她是怎样从循序渐进的教学中被硬拖了出来。

奥蒂莉没法否认助理的看法，但也不能坦言在听他这些话时自己的真正感受，因为她自己也几乎不知道该怎样解释它。她似乎觉得，一当想到她的爱人，世界便没有什么事情不再是相互联系在一起的；她不理解，没有了他还有什么联系可能存在。

对于助理的提议，夏绿蒂回答得既聪明，又客气。她讲，不管是她还是奥蒂莉，都早已希望姑娘能回寄宿学校去。只是在最近一段时间，她实在少不了一位这么可爱的朋友和助手。不过过一些日子，奥蒂莉要是仍然希望回学校去待些时候，直至把已开始的学业结束，把中断的课程补上，她本人也不会阻拦。

对这安排助理高兴地表示赞同；奥蒂莉也说不出任何反对的意见，虽然一想到要走，心都凉了。夏绿蒂呢，却考虑的是争取时间；她希望爱德华回来时已当上幸福的父亲，随后她确信便万事大吉，可以设法为奥蒂莉做出安排，或者说另做安排啦。

通常在进行完一次引起所有参加者思索的重要谈话，总会出现某种看上去像是人人都感到难堪的静止状态。大伙儿在厅里踱来踱去，助理一本一本地随便翻书，最后翻到了那本还是露娴妮在时放在那儿的对开大画册。他发现里边净是些猿猴画，马上就合上了。这件事却可能引出了新的谈话，我们在奥蒂莉的日记中找到了蛛丝马迹。

奥蒂莉日记摘抄

人们竟有心思如此认真仔细地画这些讨厌的猴子！如果仅仅把它们看成畜生，人类无异于自我贬低；如果禁不住诱惑，在这些丑脸中去寻找自己的熟人，那可就真的是心怀恶意。

画漫画和荒诞画绝对需要某种古怪脾气。我感谢咱们好心的校长助理，他使我免受自然史的折磨；和爬虫、昆虫什么的我永远不可能交朋友。

这次他向我承认，他也有相同的情况。"对于自然，"他道，"我们无须知道什么，除非那些生活在我们近旁的东西。例如在我们周围开花、长叶、结果的绿树，我们从旁边经过的一丛丛灌木，我们散步时跨过的每一棵小草，它们才与我们有实在的关系,是我们真正的伙伴。鸟儿们在我们的枝头上跳来跳去,在我们的凉亭里鸣啭歌唱,是我们生活中的一员,从小就跟我们讲话,我们呢,也懂得了它们的语言。我们不妨自问,哪一种从我们身边赶走了的陌生的动物,没给我们留下某个可怕印象?只是慢慢习惯以后,这可怕的感觉才迟钝了呢。能容忍身边有猴子、鹦鹉和摩尔仆佣的人,必定是本已过着荒唐、喧嚣的生活。"

有时候,我对这类稀罕可怕的东西突然感到好奇,便会羡慕那些目睹过这些怪物与别的怪物活生生地在一起的探险旅行家。不过,这一来他也变成了另一个人。谁也别想去棕榈树底下溜溜达达而不付出代价;在一个大象老虎出没的国度,人的思想肯定也会发生变化。

只有从事自然考察研究的学者值得尊敬。他们总是善于抓住本质特征,结合着介绍它们的生态环境和所有相邻物种,向我们描绘、讲解那些陌生和稀罕的动植物。我真希望听听洪堡①讲演,哪怕只是一次啊!

一间生物标本室给我们的印象就像座埃及古墓,四周陈列着各种动物、植物的尸体,如同一具具木乃伊。那倒明不暗的神秘气氛,挺适合苦行僧们在里边将它们摆弄;但一般的普通教育不应该包含这类东西,特别是考虑到它很可能挤掉新的和更有价值的授课内容。

---

① 与歌德同时代且有交谊的洪堡兄弟都是杰出的学者,这儿指的是哥哥亚历山大·洪堡(1769—1859年)。他一身兼为地理学家、环境生态学的奠基人和探险家,1799至1804年曾到南美洲长期考察,并留下了十分丰富和有价值的成果著述。

一位教师只要能唤起我们对一桩善行或者一首好诗的感受，他的功绩就大过另一个让我们看整套整套的动植物图片，并分纲分目地给我们讲解它们的形状和名称的教员；因为这样做无外乎要证明，人是最高贵的生物，唯有人的模样跟神相像——反正就是这点我们本来已知道的结论。

个别的学生可以听其自由，不妨随他去学对他有吸引力的东西，使他喜欢的东西，他自认为有用的东西；然而，人类真正的研究学习对象，还是人本身。

第八章

世人很少懂得对过去不久的事情进行反省总结。我们要么受到现实的强烈吸引，要么沉湎于往古之中，企图唤回和复活那已完全失去的东西，为此不惜采取一切可能的办法。即使在那些有负于自己先人的大富豪家庭，通常也是如此，对祖父的纪念往往胜于对父亲的纪念。

微露春意的残冬时节，在一个天气晴好的日子，咱们的校长助理漫步在府第宽阔、古老的庭园中，欣赏着一条条由高大的菩提树构成的林荫道和布局严谨的苗圃花坛，读着由爱德华的父亲写下的说明文字，不由得发出了上面的慨叹。花木欣欣向荣，一如当初种植它们的人所希望。而今它们已得到认可，让人赏心悦目，就没有谁再议论它们了；主人家几乎不再来，他们的兴趣和财力已转向其他方面，已投到广阔的原野上。

在归途中,他对夏绿蒂谈了自己的感想,夏绿蒂表示理解。"我们原本是让生活拖着前进,却自以为是主动在行动,"她回答,"我们挑选自己的工作,挑选自己的兴趣爱好,然而只要仔细地一观察,就明白那不过是时代的安排、时代的风尚,我们仅仅被迫参与其中罢了。"

"确实如此,"助理说,"谁能够抗拒周围环境的潮流呢?时代在前进,思想、观念、偏见、爱好也随着前进。儿子的青年时代要是正好处于过渡转折时期,可以肯定,他与自己的父亲就不会有什么共同点。设若父亲生活的时代人们喜欢多少都有点财产,并把这财产加以明确的限定,使之安全保险,并在这与世隔绝的小天地里自得其乐,那么,儿子却极力想扩张、给予、开拓和破除与世隔绝的封闭状态。"

"整个时代都像您所描绘的这父子俩,"夏绿蒂接过话头,"在父亲的时代,任何一座小城都得有自己的围墙和壕沟;贵族庄园还喜欢建在沼泽中央,再小的城堡也只留一座吊桥进出,叫我们今天的人简直弄不明白。现在呢,连大城市也把城垣拆了,甚至王公贵族的宫殿周围也填平了壕沟,城市变得平整、开阔,人们在旅途中纵目四望,会以为和平已永驻人间,黄金时代就要来临。花园如果不富有田野味道,谁待在里边都不觉得惬意;不允许有任何东西引起人为造作和局促强制的联想;我们希望绝对自由自在地呼吸。我的朋友,难道您能想象从这种状态可以回到另一种状态,回到从前的状态?"

"为什么不能呢?"助理回答,"每一种状态,封闭的也好,开放的也好，都有自己的麻烦。开放状态以富足为前提，结果导致浪费。让我们仍然使用您的例子，它够显眼啦。一当出现匮乏，立刻又会自我节制。那些不得不靠土地为生的人，马上又会在自己的园子四周筑起围墙，以保自己劳动成果的安全。由此也会渐渐产生对事物的新观点。实用的考虑重新占了上风，即使是十分富有的人，最终也会认为必须把一切都派上用场才成。相信我，您的儿子将来有可能把所有的园林设施都荒废掉，重新退回到高墙背后，退回到他祖父所种植的挺拔的菩提树下。"

夏绿蒂听说自己将有一个儿子，心中暗暗高兴，就不再计较助理有关她那美丽园林的不怎么吉利的预言。她因此客气地回答："咱俩年纪都还不够大，没有一再经历这样的矛盾反复；可是只要回忆一下自己的青少年时代，想想自己曾经听见长辈们抱怨些什么事情，把农村和城市的情况都考虑进去，那么大概也就不会对您的说法提出任何异议。可是，难道就不该对这一自然进程采取任何防制措施？难道不能让父子之间、双亲与子女之间协调一致？您好心地预言我会生一个男孩；未必他非与自己的父亲矛盾对立不可？非破坏他父母亲建设起来的东西不可，而不可能继续按照同一意图去完成它，提高它？"

"也有一个聪明的办法使其可能，"助理回答，"只可惜人们很少采用。就是父亲提升儿子的地位，让他共同当家做主，共同建造庭园，共同种花植树，允许他像父亲自己一样随心所欲，只要不闹出乱子。一个人干的与另一个人干的要融为一体，而不是让一个去对另一个修修补补。一棵嫩枝十分乐于和容易嫁接到老干上，枝条已经长得粗大结实，就没法再嫁接。"

助理很高兴，能在眼看着非走不可的临别时刻，偶然无心地对夏绿蒂说了一些悦耳的话，重新加深了她对自己的好感。他离开学校已经有些日子；可是，对是否必须等夏绿蒂的分娩期过去了才有望就奥蒂莉的问题做出决定这点，他没有把握，所以仍下不了往回走的决心。现在他完全确信如此了，所以顺应形势，便带着期待和希望，重新回到校长身边去。

夏绿蒂渐渐临近分娩，多数时间都待在自己房里。那些聚集在她周围的妇女都属于她的小圈子。奥蒂莉负责管家，只是做什么并不容她去考虑。她虽然全心全意投入，希望为夏绿蒂、为孩子、为爱德华尽可能地多做些事情，但她却不清楚，怎么才可能做到。她心乱如麻，逃避的办法唯有一天天地尽职尽责。

孩子顺利地出世了，女人们全都担保说，小家伙儿是他爸一个模子铸出来的。只有奥蒂莉在向产妇道贺和热烈欢迎新生儿时，心中暗暗表示异议。还在前些时候准备女儿出嫁那会儿，夏绿蒂已为丈夫不在家深感痛苦；现在儿子出生了，父亲仍然未见露面；该是他来取个名字，人家将来才好叫啊。

所有朋友中第一个跑来贺喜的，是仲裁人米特勒；他早早地安插好了探子，以便及时获得情报。他一露面就喜笑颜开。他在夏绿蒂面前高声吹嘘，几乎掩饰不住自己有多得意；他这个人嘛，就是专替人家排忧解难的，没有任何眼前的障碍克服不了。给孩子洗礼哪里能够拖！要让那一只脚已跨进坟墓的老牧师给孩子祝福，这样才能把他的过去与未来联结在一起。至于名字嘛，就叫奥托好啦；除了他父亲和父亲好友的这个名字，不可能再想别的名字！

就需要米特勒这不容分说的热心劲头儿，否则就不能克服左思右想、迟疑犹豫、众说纷纭、争论不休以及其他千百种的顾虑，因为在这种场合，总是考虑得再周到也不会完全周到，就算面面俱到了，也仍然会有某些人不满意的。

所有通知亲友和请教父教母的事情，通通由米特勒包了下来。他安排马上写信、发通知。他认为喜得贵子对这个家庭关系重大，因此急不可待地要把喜讯传布出去，让世人，包括那些心怀恶意和乱嚼舌根的家伙，也都知道。很显然，在此之前的感情纠葛没能逃脱众人的注意；而这些人原本就坚信，不管发生什么事情，都只是供大家伙儿闲侃的资料罢了。

洗礼要安排得气派庄重，但又节制而简短。客人到齐了，奥蒂莉和米特勒捧着孩子，充当洗礼的证人。老牧师由一名助手搀扶着，步履蹒跚地走了过来。祷告完毕以后，孩子交到了奥蒂莉怀里。可在她俯身看孩子的一刹那，却让他睁着的双眼吓了一大跳：她相信所见到的竟是她自己的眼睛！如此的巧合叫谁碰着都会感到愕然。跟着接过孩子的米特勒，同样也愣住了：他发觉小家伙的模样特别像什么人，也即是像奥托上尉。在此之前，仲裁人还从未遇见过这种怪事。

善良的老牧师身体虚弱，没办法给洗礼增加额外的仪式。米特勒脑子里只有眼前的事情，回忆起以前完成同样使命的情况，对接下来该讲什么和怎么个讲法已经心中有底。这一次他用不着含蓄收敛，围在他四周的净是些亲朋好友。一等洗礼结束，他立刻喜滋滋地取牧师的位置而代之，高高兴兴地大讲他作为教父的义务和希望；他发现夏绿蒂面带满意的表情，相信是在赞赏他的讲话，便讲得越发地带劲儿。

老牧师想坐想得要命，强壮的演说家却没发现，更想不到自己即将酿成一场大祸。他仍在那儿把出席洗礼的亲友与孩子的关系一一细加描述，狠狠地考验了一番奥蒂莉的神经，最后才转过脸来冲着那个老朽，对他道："而您，我可敬的老爷子，您现在就可以引用西缅的话说：'主啊，让你的仆人安宁地去吧；我的眼睛已看见了这个家庭的救星。'"①

可这当口，眼看他就要漂漂亮亮地结束自己的演说，却一下发现那起初似乎还俯过身来准备接他递过去的孩子的老牧师，竟突然仰面倒在了地上。人们赶快扶他起来坐在圈椅里，想方设法进行急救，尽管如此，最后还是不得不说他已经死了。

一生一死紧相连接，灵柩摇篮并排而立，不是仅凭想象力描绘这极端矛盾的情景，而是亲眼看到，并且又是如此突如其来，对于在场的人来说可真是一个艰巨的任务。奥蒂莉独自观察着那业已长眠的老人，见他的样子仍然那么和蔼、安详，不禁有些羡慕。她心灵的生命已经被扼杀，干吗这躯体还要继续活着呢？

日间发生的种种不愉快，已经常引发她这样做世事无常、生

---

① 《圣经·新约·路加福音》第二章第二十九至三十节：耶路撒冷人西缅为人正直、虔诚，知道自己死前会见到耶稣基督，后来果然在进入圣殿时遇见了抱着圣婴的父母，于是赶紧上前祝福，并说了文中所引的话。

命易逝的思考,进而感到怅惘失落;相反,夜里常有一些奇异的梦境令她感到欣慰,因为在梦里,她爱人的生存有了保障,她自己的生存也得到巩固,并且充满了活力。夜里她上床安息,常常还飘浮在似睡非睡的甜美感觉中,好像就看见了一个十分明亮然而光线却异常柔和的房间。在这间房里,她清清楚楚地看到了爱德华,虽然不是穿着她往常见他穿的衣服,而是一身军装,并且每一次都是另一种姿势,或站,或行,或躺卧,或骑马,然而却完全真实自然,一点没有梦幻色彩。他这形象的每一个细小环节都清晰可辨,在她眼前活动自如,根本无须她任何帮助,也无须她提要求,或者花费心思去幻想。有时候她也见他被什么活动的东西围绕着,一些比明亮的背景暗的东西,可却几乎无法辨清这些影影绰绰的形象,只觉得它们有时像一些人,有时像一群马,有时像树林,有时像群山。通常她都是沉醉在这样的景象中安然睡去,第二天早上一觉醒来总感到神清气爽,心情舒畅;她确信爱德华还活着,她与他的心还紧紧联系在一起。

第九章

春天来了,虽比往年迟了一点,却来得更突然,更欢快。眼下奥蒂莉在花园里看见了自己悉心管理的结果:所有花草树木都已如期抽芽、返青、开花;一些在设备良好的暖房和苗圃里提前育成的秧苗,马上移栽到了室外,迎接终于发挥作用的大自然的抚爱。所操的一切心,所做的一切工作,已不像在此之前那样仅仅让人满怀希望，而是已经变成现实的欢乐享受。

不过，奥蒂莉还得安慰那位园丁，为了野性的露娴妮给盆栽花卉造成的一个个缺陷，为了她给一顶顶树冠的对称造成的破坏。她鼓励园丁说，一切都很快会长好的；园丁呢，对自己的劳动成果感情太深，对自己的职业特点理解太纯，奥蒂莉安慰他的种种说法根本不会有结果。就像园丁不能让其他的爱好和打算来分自己的心一样，植物持久或眼前的生长成熟，是一个静静的过程，不容任何中断。植物跟性情倔强的人差不多，你只要顺着它的脾气来，它就可以给你一切。静静地观察，默默地坚持，什么季节干什么事，什么时辰干什么事，对园丁也许比对其他任何人都更加需要。

善良的园丁就极富这样的品格，所以奥蒂莉也很喜欢和他一道工作。然而已有相当长一段时间，他不再能心情舒畅地发挥自己的所长啦。虽说植树种菜他无不十分在行，虽说传统园艺的要求他通通能够满足，并且做这做那都会取得成绩，虽然在培植香橙园、球茎花卉、丁香树和报春花方面，他几乎可以讲巧夺天工，但是，对时兴的观赏植物和花卉，他仍然感觉有些陌生；对于应时开放的大片植物园，对充斥园中令他脑袋发蒙的生僻术语名称，他却怀有一种畏怯心理。至于东家去年开始热衷的那些事情，他更认为是毫无意义的浪费挥霍，特别是当他目睹好些珍贵的植物枯萎了，并且相信他那些帮手干活儿不老实因此和人关系不怎么样的时候。

在经过一些尝试以后，他造了个计划，得到了奥蒂莉的大力支持，因为制订这个计划的前提，原本就是爱德华归来。在这件事和其他一些事情上，爱德华的出走一天比一天更清楚地让人感到了不利影响。

而今，树木的根扎得越深，枝干越是茁壮，奥蒂莉就越是对这些地方觉得依恋。正好是一年前，她来到了这儿，其时自己还是个外人，还是个微不足道的小东西。自从那时以来，她曾得到了多少啊！然而遗憾又将多少得而复失啊！她从未如此富有过，也从未如此贫穷过。富有的感觉和贫穷的感觉在她心灵深处迅速相互交替，相互勾销，叫她无所适从，只好随时抓住身边能抓住的琐事，把自己的注意力乃至情感投入其中。

可以想象，凡是爱德华曾经喜欢的事情，都强烈地引起她的关注；是啊，她怎么能不盼望他早些归来，亲眼看到她为不在身边的爱人尽心竭力所做的事，并为此对她表示感谢呢？

可还有一件性质很不相同的事情，也给她提供了为爱德华效劳的可能。她出色地担负起了照顾婴儿的任务；由于家里人不肯把他交给奶妈带，而是决定自己用牛奶和水喂养，奥蒂莉更是成了孩子的直接养育者。为了让孩子在美好的春天吸收新鲜空气，她特别喜欢亲自抱他出去，带着这酣睡中什么也不知道的小家伙，徜徉在那些笑迎着他的童年的花丛中间，徜徉在那些将与他一同长高，看来肯定将伴他度过青年时代的幼树中间。她纵目四望，不禁发出感叹：这孩子一生下来就多么富有啊！目力所及，几乎一切一切都将属于他。而在这一切之外，要是他还能在父母亲的双双关注下成长，能见证他俩重归于好的喜悦，那才叫求之不得啊!

奥蒂莉此时的情感是如此纯洁,在她的想象中,这样的结局好像已经确定无疑,她完全不再感觉到自己的存在。在蔚蓝的晴空下,在灿烂的阳光中,她一下子恍然大悟:她的爱如果要达到圆满,就必须彻底地无私。是啊,在一些稍纵即逝的短暂时刻,她相信自己的情操已经达到这样的高度。她自己希望自己的爱人幸福,相信自己能够放弃他,甚而至于再也不见他的面,只要知道他幸福就行啦。而且,她还痛下决心独自生活下去,绝不再委身于任何别的人。

为使秋天也像春天一般绚烂美好,已经提早做好安排。一切能在入秋后继续欣欣向荣甚而至于抗寒傲雪的所谓夏季花草,特别是像翠菊什么的,都早已大量播种,而且品种繁多,眼下只待移栽到四处去,把大地变成美丽的星空。

奥蒂莉日记摘抄

在日记里,我们大概会记下从书本里读到的一个好思想,或是耳闻的什么引人注意的事情。可要与此同时,我们还肯花点工夫,从自己朋友们的来信中摘抄那些独到的看法和真知灼见,那些富有智慧的只言片语,那我们的收获就将更加丰硕。书信通常都收藏了起来,以后就再也不读,临了儿还会为了保密而一股脑儿毁掉;结果呢,我们最美、最直接的生命的嘘息就无可挽回地消失了,不仅对我们自己,也对其他人。我决心补救这一损失。

又从头开始了这一年四季的童话。感谢上帝,我们眼下正读到它最可喜的一章！紫罗兰和铃兰宛如书里的标题或者花饰。每当我们在生活之书翻到它们，我们总是感到愉快。

我们常骂那些沿街坐卧和乞讨的穷人，特别是未成年的孩子。我们注意到了吗，一旦有事可做，他们同样也在做？不等大自然完全把宝藏赏赐给人类，她的孩子们便会赶去开辟出一种营生；没有人再乞讨，谁都会给你递上一束鲜花，而且是在你尚未从睡梦里醒来，他已将花采好。对你提请求的人和送给你礼物的人一样和颜悦色，没谁再一副可怜相，人人都感到自己有权提出自己的要求。

只是为什么一年有时候那么短，有时候那么长；为什么在回忆中时而显得短，时而显得长！对于过去了的事情，我的感受就是如此；特别是在花园里，易逝的与持久的搅和在了一起的感觉比在哪儿都更明显。然而，任何稍纵即逝的东西也不会没有痕迹，也不会不留下自己的同类。

冬天同样也令人喜爱。立在眼前的树木稀疏了，透明得像幽灵，我们觉得视野更加开阔，呼吸更加舒畅。它们什么也没有了，也不再遮挡什么。可一当它们长出新叶和花骨朵，我们又会不耐烦起来，直到出现茂密的叶簇，直到风景变得丰满，直到树的形象实实在在地奔来我们眼前。

一切圆满的东西都必然超越自身，都必然变成另一种什么，没法再与其本身相比的什么。在一定的音域内，夜莺仍是鸟儿；随后它会超过自己的音域，似乎想让所有的鸟类明白，歌唱原本该是什么样子。

没有爱情的生活，没有爱人在身旁的生活，只是一出"Comedieatiroir"①，一出蹩脚的抽屉喜剧。人们不断地一幕幕抽出来又推进去，永远匆匆地往后赶。一切一切，即使有点好的、有意义的内容吧，也支离破碎，缺少联系。哪儿你都得从头开始，又哪儿你都巴不得它结尾。

第十章

夏绿蒂方面呢，却感觉到精力旺盛，身心愉快。她庆幸自己生了个健康活泼的儿子，小家伙那将来肯定会长得挺魁梧的身体时刻吸引着她的目光和心思。通过他，夏绿蒂又与世界，又与这份家业多了一重联系。她又来了重操旧业的兴致；不管朝哪个方向望去，她都看见去年完成了许多工作，并为此而感到高兴。一天她心血来潮，又与奥蒂莉抱着孩子去到山上的苔藓小庐。她把孩子放在那张被她看作圣坛似的小桌子上，发现面前还空着两个位子，心中不由得产生出新的希望，既为了她自身，也为了奥蒂莉。

年轻女子也许会虚心地观察身边这个那个青年，暗自斟酌能不能指望他做自己的丈夫；可谁要是为自己的女儿或者养女什么的操心，观察的范围就会更加宽广。眼下夏绿蒂正是如此，在她看来，把上尉和奥蒂莉撮合在一起似乎并非不可能；想当初，他们不就已经一块儿坐在这小屋里了嘛。她终于得知，那门原本很

---

① 法语，意即后文所谓的"抽屉喜剧"。

有利的亲事又没了希望。

夏绿蒂继续往山上爬，奥蒂莉抱着孩子跟在后面。夏绿蒂继续思考。就算在陆地上吧，仍有翻船的时候；能够以最快的速度脱险和恢复元气，是既美又值得称赞的。生活原本只是要么赢，要么输！谁能干什么事完全不受干扰！上了正路又堕入歧途，本是常事！我们的注意力可不是经常从已看准的目标转移开，为了达到更高的目标！半道上破了一个车轮，常常令旅行者叫苦不迭，谁知他却因此意外地结交了一些最值得结交的朋友，从而终生得益。命运总满足我们的愿望，但却以它的方式，这样就使我们的人生能够超越自己的愿望。

就这么观察思考着，夏绿蒂走到了山顶上的新别墅前，使自己的想法得到了完全的证实。要知道纵目四望，一切都美得大大超出原有的想象。所有破坏整体美的小瑕疵都移远了，由自然和时光造就的美景才得以纯净地映入人的眼帘，所有动人之处被人尽收眼底；为了填补空缺，使分割开的单个景致和谐融合所种的不少幼树，这眼下已经是一片新绿。

别墅本身差不多已可住人，从室内，特别是从楼上的房间往外眺望，风光多彩多姿，而越是看得远，越发美不胜收。一天中的不同时辰，旭日高照或是皓月当空，都各有自己的迷人之处！能待在这儿真是好极啦。夏绿蒂心中的建设和创造欲迅速被重新唤醒；因为她发现，所有的粗笨活儿业已完成！还需要一名细木工、一名裱糊工、一位能绘图设计和贴金的油漆匠师傅，就只需这样几个匠人来装修一下，别墅很快便可启用。地窖和厨房也马上会布置好；府第离得相当远，身边必须应有尽有。而今两个女人就带着孩子住在上边；以这儿为新的中心，又发现了一些她们过去不曾料想到的散步路线。这儿地势更高一些，在阳光明媚的日子里，她们便尽情地享受清新的空气。

奥蒂莉要么一个人，要么抱着孩子，最爱的是沿着一条舒适的小路走到山脚下的梧桐树跟前去；小路从树下往前延伸，就到了湖岸边，那儿拴着两艘小渡船中的一艘。她高兴时也游游湖，只是不带孩子，夏绿蒂有些不放心。与此同时，她也没有哪一天不去看望府第的那位园丁，愉快地和他一起精心护理那许多已移栽到空气新鲜的室外的幼苗。

在这春暖花开的季节，一个英国人的来访正中夏绿蒂的下怀。此人在旅途中结识了爱德华，随后又碰过几次面，听爱德华讲过许多夸赞自家园林的好话，现在便满怀好奇地前来见识见识他府上的这些美丽设施。他带有伯爵的一封介绍信，在交出信的同时向主人介绍了他的旅伴，一位沉静却又很能引起人好感的男子。从此他便走遍了整个领地，有时陪伴着夏绿蒂和奥蒂莉，有时由园丁和猎人陪伴，更经常是和他那位旅伴一道，偶尔也独自一个人，如此一来，从他的言谈中就可以发现，他乃是一位园林艺术的爱好者和行家，很可能自己也曾经完成过一些类似的建设。尽管已有点岁数，他仍兴致勃勃地什么都参加，只要能够丰富美化生活，使生活更加有意义。

和这位英国客人在一起，两位女士才从周围的优美环境中得到了充分的享受。他那双训练有素的眼睛能敏锐地发现任何长处；再加上他从前并不了解这个地区，分不出哪些是人工建造，哪些是自然天成，便对眼前的成绩更多了一份欣喜。

通过他的品评，夏绿蒂家的园林在不断成长，不断丰富。他能够预见，茁壮茂盛的新移栽的花木，将来会让人看见怎样的美景。凡是需要突出某种优点或是添加某种点缀的地方，通通逃不过他的眼睛。他指出这儿有一眼泉水，只要疏通干净，就可以成为整片林地的装饰；那儿有一个岩洞，只要清理扩大，就是一处难得的憩息地，如再砍掉不多的几棵树，更可将面前一大片巍然峭拔的山岩一览无余。他祝愿主人家有幸去做余下的工作，并请她们别操之过急，而要为今后的岁月保留下一些创造与兴建的乐趣。

除了愉快地共同度过的钟头，他绝不再给主人添麻烦。一天的绝大部分时间，他都在一个可携带的暗室里捕捉园林的如画风景，或者把它们绘成草图，以便让他的旅行给自己和他人带回一个美丽的果实。多少年如一日，他每到重要的地区都坚持这样做，因此已搜集起大量美不胜收和极为有趣的图片资料。他让两位女士观看他随身携带的一个大相册；图片也好，他的讲解也好，都使她俩觉得很有趣味。她们庆幸能在自己正感孤寂之时如此舒舒服服地"周游世界"：一处处的海岸和港口，群山、湖泊和江河，城市和要塞以及其他的历史名胜，都一一展现在了她俩眼前。

两个女人各有自己的所好。夏绿蒂的兴趣广泛一些，只要有历史意义的地方都看；奥蒂莉呢，却主要流连在爱德华经常讲、喜欢待和反复去的那些地区；要知道无论何人，都或者由于个性，或者由于第一印象，或者由于习惯，或者由于某些特殊情况，总是会在近旁和远处有这个那个地方特别令他喜欢向往，特别令他兴奋激动。

正因此，奥蒂莉问英国绅士他到底最喜欢哪儿，准备在哪儿安家落户，如果他可以选择。他于是举出了不止一个环境优美的地区，然后又操着他那音调很特别的法语，慢条斯理地一一讲了这些地方对他来说还存在的缺陷。

问他现在通常住在哪里，最喜欢去的是什么地方，他的回答倒也直截了当，但却令两位女士深感意外。他说：

"眼下我已习惯四海为家；我最终发现最舒服莫过于由别人替我造房子，替我栽花植树，替我操持家务。我不愿意返回自己的家园，部分出于政治原因，但主要还是因为我的儿子。我所做的一切，建造的一切，原本都是为了他，我希望把它们全移交给他，和一起分享；可他呢，毫不领情，跑到印度去了，说是要在那儿实现生命的更大价值，或者毋宁说，把生命糟蹋浪费掉。

"是啊，我们预先消耗了太多太多的生命。我们不肯一开始就知足地享受眼前还算可以的舒适生活，而是一个劲儿地扩大自己的产业，结果搞得自己越来越不舒服。现在谁在享用我的宅第、我的林苑、我的花园？不是我，甚至不是我的亲属；是不速之客，是猎奇的家伙，是不安的旅行者！

"就算投入了巨大财力，我们始终享受不到完全的居家之乐，特别是在乡下；在乡下我们缺少许多在城里习惯了的东西。不是急于读到的书不在手边,就是正好忘了带最需用的什么。我们总是把家布置得挺舒适,然后又搬出去;如果我们不是有意识地,或随心所欲地这样干,也总会出现一些形势,一些情感考虑,一些偶然或者必然的情况,以及诸如此类的各种原因,来促使我们这样行事。"

英国爵士万万没想到,他这一席话怎样深深地刺伤了两位女主人。而谁都经常有犯这种错误的危险啊,哪怕他只是在一个本来还挺了解的圈子里发表点一般的看法!对于夏绿蒂来说,如此被无意地伤害,甚至被好心人和朋友伤害,已不是什么新鲜事;再说世界反正已清清楚楚呈现在她眼前,即使有谁无意或不小心迫使她把目光转向了某个令人不快的局部,她也不再会感到特别难过。奥蒂莉则相反,她还处于倒开窍不开窍的青年时期,见识少,猜测多,可以甚至必须把目光从她不乐意或者不应该看的地方挪开,因此,爵士开诚布公的谈话,把她推到了一个极其可怕的境地。它猛地撕开了她眼前那温情脉脉的纱幕,使她突然感到似乎过去所做的一切,修建府第庄园也罢,开辟林苑花园也罢,改善周围环境也罢,通通都不再有任何意义,因为那位拥有这一切的人却不能享受它们,还与眼前这位客人一样被迫浪迹天涯,而且处境危险至极,而且逼得他去流浪的是他自己最亲爱和最知己的人。她虽然已经习惯了默默无言地倾听,可这一次却发现自己的处境尴尬到了极点,而客人接下来讲的话不是减轻,反倒增加了她的尴尬难堪。但听英国爵士以其特有的旷达,不紧不慢地继续说道:

"而今我自信已经上了正路，因为我将始终视自己为一个浪游者，为了享受许多而放弃了许多。我已习惯了变迁，变迁甚至成了我的需要，就像歌剧演出中总希望不断地换新布景一样，原因正好是见过的布景已经很多很多。从最豪华的宾馆和最蹩脚的客栈能得到什么，我全心中有数；它可以好得不能再好，坏得无以复加，就是哪儿也找不到我已习惯的东西。最后结果只有一个，一切都取决于身不由己的习惯，取决于最无从把握的偶然。至少现在我少了许多烦恼，例如什么东西放得不是地方或者弄丢了啊，一间日常起居室因为必须维修而不能用了啊，一只心爱的杯子被人摔破了，很长一段时间只能用另一只喝咖啡啊。这等等一切我都得以幸免，即使是头顶上的屋子着了火，我的用人也可以从从容容收拾行李，然后我们就离开失火的院子和城镇，一走了之。享受了这么许许多多便利，到了年终仔细一结算，支出却不比我住在家里更多些。"

听着他的讲述，奥蒂莉在眼前看见的只是爱德华的形象，看见他如何忍饥挨饿，跋涉在崎岖不平的道路上；看见他冒着生命危险，含辛茹苦地露宿战地；看见他漂泊无定，铤而走险，习惯了过无家可归和没有亲友的日子，甘愿抛弃一切，只是为了不再有什么东西可以失去。幸好这时候聚会散了。奥蒂莉找了一个房间去独自痛痛快快地哭泣。现在使她痛苦难当的不是隐隐约约的哀伤，而是突然间的清醒；跟这种情况下通常那样，她在清醒后越是巴不得更清醒，既已走在被折磨的路上，就干脆自己折磨起自己来。

在她看来，爱德华的处境是这么可怜，这么可悲，于是决心不管将付出多大的代价，她都要设法使他与夏绿蒂重归于好，至于她自己的痛苦，她自己的爱情，则可以找一个安安静静的所在藏匿起来，然后再通过某种活动使之慢慢变得麻木。

爵士的旅伴是个聪明、沉静而善于察言观色的人，这段时间已发现他的言谈失当，揭着了主人家遭遇的类似伤疤。爵士对这个家庭的情况一无所知；相反，他的旅伴在旅行中最感兴趣的原本就是那种奇闻逸事，不管是自然现象或是人为事件，不管是法理与强暴的冲突，或是理性、理智与激情、偏见的矛盾，因此，他早先已对主人家的情形有所了解，来做客以后就更加弄清楚了已经发生和正在发生的一切一切。

爵士感到遗憾，但并不显得尴尬。谁都时不时地会出这样的岔子哦，除非他在人前完全缄默不言；要知道，不光是郑重其事地发表谈话有开罪在座诸君的可能，就连随便闲聊也同样难免。"咱们今晚上进行补救吧，"爵士说，"咱们不再做任何一般的谈话。您在旅途上给您的笔记本和脑袋瓜新装了那么多东西，有意思的逸闻也罢，精彩的故事也罢，今晚上就挑些出来给大伙儿讲讲好啦！"

然而，尽管煞费苦心，两位客人还是没能以无拘无束的交谈使主人家高兴起来。要知道那位旅伴讲了一个又一个故事，有奇异怪诞的，含义深刻的，滑稽可笑的，令人感动的，阴森恐怖的，等等等等，都只是引起了她们的注意，使她们极度紧张罢了。最后，他想以一个虽也稀罕但却温和的故事作为结束，却万万没有料到，故事内容竟与听众有着异常密切的关系。

一对奇怪的小邻居

Novelle
传奇故事

两个小邻居，一男一女，都出身大户人家，年龄也相当，很可能有朝一日结成一对儿好夫妻。两人在一块儿渐渐长大起来，双方的家长都为日后的结合而满心欢喜。谁知道，没过多久，做父母的便发现自己的希望看来要落空了，因为在两个可爱的小人儿之间，产生了某种特殊的敌意。也许是两人的天性太接近了吧。他俩都有着内向的性格，意志倔强而自信，各自都受着小伙伴的喜爱和尊敬。对待其他人，他们总是和和气气，温柔可爱；可只要两个碰到一块儿，就老成为对头，老互相捣蛋，互相竞争，说不出来是为了什么目的，却又老是这么争来斗去，因此谁对谁都没好气儿，恰似一对天生的冤家。

这种奇怪的关系在做游戏时就已表现出来，随着年龄增加而越来越严重。记得有一回，孩子们玩打仗游戏，分成了敌对的双方，倔强勇敢的小姑娘当一方的首领，向另一方发起了猛烈无情的攻击。眼看另一方已给打得落花流水，狼狈逃窜，若不是她那小对头一个人奋力抵抗，反败为胜，最后解除了敌人武装，并使她成了俘虏的话。可就这样，她仍拼命挣扎，使他不得不解下自己的绸围巾来反缚住她的手，既保护自己的眼睛不被她抓着，也免得他的俘虏受到伤害。

然而,这却使小姑娘永远也不能原谅他,是的,她甚至做出各种努力,想要给他伤害。双方父母注意到了这种反常的情绪,便商量决定把两个小冤家分开,就此打消了那个美好的希望。

男孩到了一个新的环境里,立刻显得出类拔萃,门门功课都一学便会。根据保护人的意愿和他自身的爱好,他成了一名军人。无论去到哪儿,他都受到人们的喜爱与敬重。他那落落大方的风度,似乎使与他相处的人无不感到心情舒畅、愉快。离开了大自然安排给他的那个唯一的仇敌,他心里觉得非常幸福,虽说并不清楚知道原因在哪里。

小女孩却相反,对情况的改变颇觉突然。她年岁大了,受的教育也有所增长,内心渐渐萌生出来某种新的情绪,过去常和一般男孩玩的那种激烈游戏也不再参加了。总之,她有一种怅然若失的感觉。在她的周围,似乎再没有任何东西值得她去仇视,更别提有什么人能使她觉得可爱了。

这当儿,来了一位年轻人,年龄比她过去那个邻居和对头稍长一些,颇有地位、钱财和权势,是社交场中的风头人物,女士们崇拜的偶像,可对她却一片痴情。有生以来,姑娘这是第一次受到一个男朋友、一个情人、一个奴仆的侍奉。年轻人撇开那许多年纪比她大、教养比她高、容貌更娇艳、要求也更多的女人而单单钟情于她,使她心中很得意。他对姑娘既一往情深,又不冒昧唐突。在她每次遇到这样那样的讨厌事儿时,他总是忠心耿耿,挺身相助。他虽已明白地向姑娘的父母提出求婚,却又只是满怀希望地安安静静等着,他说:姑娘还很年轻。——所有这一切,都使姑娘对他产生好感,加之习惯成自然,他与她经常待在一块儿,一来二去,他俩的结合便被大伙儿看成了心照不宣的事。别人常常称她为年轻人的未婚妻,她久而久之也觉得自己就是了。因此,等到后来她与这个早已被当成她未婚夫的人交换戒指时,她自己也好,其他人也好,谁都想不到对这件事还需要做什么考虑。

订婚后,事情也并未加快发展,双方仍一如既往,快快活活地相处在一起,以便在开始日后的严肃生活之前,尽情享受这春天一般的婚前的光阴。

这期间,在外乡的男孩已长成一位十分英俊的青年,并晋升到了一个荣耀的职位,目下也休假还乡,看望父母来了。他重新出现在自己美丽的邻女面前,态度泰然自若,却又有一些异样。最近一段时期,姑娘怀着一个做未婚妻的女子的喜悦和恬静心情,变得似乎与周围的一切都融洽无间了;她相信自己是幸福的,而在一定意义上讲也确实如此。可是这会儿呢,在过了很久以后她面前又出现这么一个人,这个人她曾经恨过,现在却再也恨不起来;而且,过去那孩子气的仇恨,原不过是对对方价值的暗中承认罢了,它如今已表现为重逢的惊喜,愉快的注视,友善的问候,以及相互间既情愿又不情愿的必然的接近。所有这些感情在双方同样存在。而长久的分别又促成长久的倾谈,就连儿时那些淘气的事儿,如今也已成了愉快的回忆。如今,他俩似乎都感到有必要友好相处,殷勤相待,以抵消昔日的彼此仇恨;有必要相互表示倾慕,以代替过去的敌意。

在男孩方面,一切尚还理智而有分寸。他的地位,他的处境,他的抱负,他的自尊心,这一切都时时提醒他,让他只以一种欣慰的心情,去接受别人美丽未婚妻的友谊,把这友谊只看成一种值得感谢的馈赠,而不因此存任何把自己牵连进去的非分之想,也不对姑娘有了未婚夫表示惋惜,何况他和她的未婚夫还相处得非常融洽哩。

说到姑娘方面,情况就完全不同了。她恍如大梦初醒。当初,她跟自己的小邻居作对,正是自己初衷的流露;就说那些激烈的争斗吧,也不过是以对抗形式出现的、同样激烈的倾慕之情而已。细细回忆起来,她只能承认自己从来就是爱他的。想到自己手执武器四处搜寻他的那副神气,她微笑了;回味着自己被他解除武装时的感受,她心里不无快意;她想象着,在他把她的手反缚起来的当儿,她是何等幸福啊;在她现在看来,她当初想伤害他和令他难堪的一切举动,都不过是要引起他注意自己的稚气手段罢啦。如今,她惋惜他俩的分离,她恼恨自己的懵懂,她诅咒那使人如在梦中一般失却自主能力的习惯;由于这种习惯,她才会有那么一个不足道的未婚夫啊。她变了,在双重意义上变了,既向前变得成熟,又向后变成了过去的她,谁爱怎么看都可以。

谁要是能洞悉和体验她这些讳莫如深的感情,他是绝不会责怪她的;要知道,她那未婚夫只要和她这邻居站在一起,就自然而然地相形见绌了啊。如果说前者也还能引起你某种好感的话,后者就会使你一见倾心;如果说你愿意前者做你朋友的话,你就希望后者成为你的伴侣；设若出现意外不幸，需要他们为你做出牺牲，那么，你对前者可能还有所怀疑，对后者却可以一百个放心。妇女们判别这类的差异，天生有一种特殊的禀赋，而且，她们也确有必要和机会去锻炼这种禀赋。

美丽的未婚妻一直暗暗进行着这种种考虑，加之又没有人为她未婚夫说几句好话，开导开导她，劝她遵守礼法，履行职责，没有人对她讲生米已经煮成熟饭，想挽回是挽回不了的，她那一颗美丽的心便愈加偏激起来。在她这方面，深感自己受到了社会、家庭、未婚夫以及自己诺言的束缚；那个积极上进的青年，则坦然地把自己的想法、计划、抱负都告诉她，待她恰如一位真诚的兄长，连亲切也说不上。这当儿，他已提到即将动身离开的事，姑娘小时候的倔脾气似乎一下子便发作起来，而且来得更乖张、更狂暴，因此也更危险、更可怕；好像是她人长了脾气也长了似的。她决心一死了之，以惩罚这个从前她恨过、如今又热恋着的人，惩罚他的无动于衷；即便自己占有不了他，她也要与他的惆怅悔恨相伴终生，让他永远忘不掉她死时的情景，永远感到内疚，当初竟没有了解她的心思，洞悉她的心思，并且珍视它们。

这样一个狂乱的念头到处追逐着她。她千方百计地掩饰着，虽然也有人发觉她显得异常，却没有谁细心而且聪明，能够揭示出她心中的真正原因。

在那段时间，亲戚朋友们都正为欢度几个节日而忙得不亦乐乎，差不多没有一天不安排异想天开的新奇娱乐。周围一带地方都装饰起来，准备迎候快乐的宾客。我们年轻的游子也想在离家前请一次客,便邀请年轻的未婚夫妇和不多的几个自家人一起,去做一次水上旅行。众人登上一艘打扮得漂漂亮亮的大游船,船上有一个小客厅和几间舱房,舒适方便真可与陆上相比。

在一片悠扬乐声中,游船顺流驶去。由于中午天热,大伙儿都退进舱房,在房里以猜谜和斗牌自娱。年轻的主人却闲不住,便去代替老船家把舵。不多一会儿,老船家已在他旁边进入了梦乡。恰巧这时船行到了一处地方:两座小岛使河面变得很窄,平缓的卵石滩又不规则地突出在江心,水势险急,舵手必须十分小心才行。青年聚精会神,两眼直视前方,有几次已打算唤醒船家,但到底还是鼓起勇气,向峡口驶去。正好这当儿,他美丽的女友发间戴着一个花环出现在了船面上。她取下花环,抛给把舵青年。

"留下做个纪念吧!"她喊道。

"快别打扰我!"青年回答,却也接住了花环,"我必须全神贯注,把所有力气都使上啊。"

"我不会再来打扰你啦!"说毕,姑娘便快步走向船头,纵身跳入水中。

"救人啊!救人啊!她跳水了!"几个人同时叫起来。

青年左右为难。喊声惊醒了船家,他准备去接青年手中的舵。可这会儿哪是换舵手的时候,结果船搁浅了。青年急忙扔掉碍事的衣服,一头栽进江中,追着他美丽的女友游去。

水这种元素,对于熟悉和掌握它的习性的人来说,是非常温和的。它托负着你,听凭你的摆布。不一会儿,青年便游到了已冲得老远的美女身边，抓住她，把她托出了水面。急流将两人猛地向前冲去，把小岛和搁浅的人远远丢在了后边。到了河面又开阔起来的地方，水流也变得平缓了。至此，青年才控制住自己，从慌乱中镇定下来，不再是机械地、无意识地行动。他抬头环顾四周，然后便拼命划动手臂，向一处长着小树丛的平坦幽静的河岸游去。到了岸边，他把美人儿抱上去；她可是一点儿生气也没有了啊。在绝望之际，他眼前一亮，发现有一条小径穿过树丛。他又抱起那高贵的躯体来，顺路走去，很快便看见了一所孤零零的小屋。到了屋前，他找着两个好心的人，一对年轻夫妇。他们遭到的不幸和眼下的困境，不说就已清楚。所以他想怎么要求，人家便都有求必应。生起了火堆，床上铺了垫褥，皮袄、毛毯和一切保暖的东西统统搬了出来。因为救人心切，一切其他的考虑全被置之度外。凡能使用的方法无不用上了，以使那几乎冻僵了的裸露着的美丽躯体复苏转来。成功了！她睁开眼睛，一见自己的情人，便伸出仙女般的手臂来搂住他的脖子。她久久地搂着他，泪水从眼眶里簌簌落下，完全清醒过来了。

"我又找到了你，可你还离开我吗？"她大声问。

"不，永不离开！"他响亮地回答，"永不离开！"可他并不清楚自己在说什么和做什么。"好好保重吧！"他继续说，"好好保重，为了你自己，也为了我！"

这一讲，她才想到了自己，发觉她目前的狼狈处境。在自己的心上人和救命星面前，她不用害羞；但尽管如此，她还是打发他离开，以便他也去关照关照自己，他到这时周身的衣服还是湿淋淋的哩。

年轻夫妇商量了几句,便把自己原样挂着的结婚服装取了下来,丈夫的借给青年,妻子的借给美人,让他俩从头到脚、里里外外穿戴一新。不一会儿工夫,两位脱险者便穿戴齐楚,而且打扮好了。他们再聚到一块儿时,容貌都更加动人,不禁相互呆视着,为对方变成了现在的模样而微微一笑,便热烈地紧紧拥抱。片刻,他们已充分恢复了青春的活力和爱情的欢愉,只可惜没有音乐,不然他俩真要跳起舞来了。

从水中回到陆地上,从死神手里回到生活的怀抱中,从家庭的圈子来到野外,从绝望变为欣喜,从冷漠变成倾慕、热恋——这一切一切,都发生在转瞬之间,突然一下塞进他们的脑子,使脑子几乎炸开,或者说,他们完全晕头转向了。要承受如此突如其来的剧变,就只能求助于健全的心灵。

两人完全沉湎在相互的爱慕之中。过了好半天才想起留在船上的人,想到他们会是怎样地担惊受怕,同时也想到还要和他们见面,心中不免顾虑重重。

"我们该逃走呢,还是藏起来呢?"青年问。

"咱们就一块儿待着。"姑娘搂着他脖子说。

农民听他们讲了船搁浅的情况后,也没多问,便跑到岸边去了。幸好船已经开得动了,虽然大伙儿花了老大力气才把它从滩上拉下水来。船上的人盲目地往前行驶,希望找到落水者。农民朝他们又是叫,又是招手,并且先跑到了一个适合停船的地方,终于引起了他们的注意,便将船驶了过来。大伙儿一上岸,接下去便出现了精彩场面!男女双方的父母争先恐后奔过去,那位一心爱着姑娘的未婚夫差点儿精神没失常。农民正在讲,他们心爱的孩子还活着,穿着一身奇特的服装。一直等他俩走到跟前,大伙儿才认出他们来。

"我说这是谁呀?"母亲们惊呼。

"怎么回事?怎么回事?"两位父亲喊着。

两个死里逃生者双双跪到他们面前。

"你们的孩子!一对爱人!"他俩同声回答。

"原谅我们!"姑娘高声请求。

"给我们祝福吧!"青年喊道。

"给我们祝福吧!"两人又一起喊,因为在场的所有人都吃惊得发不出一点声音。

"祝福我们啊!"两人第三次恳求;在这种情况下,谁又能拒绝他们呢?

第十一章

讲故事的人停了下来,或者说已经结束讲述,想必是这时他突然发现,夏绿蒂情绪激动到了极点。是的,她站起身来,默默地表示了一下歉意,就离开了房间。因为她知道故事里讲的事情。事实上,它就发生在奥托上尉和一位女邻人之间,尽管不完全像英国客人讲的那样,但主要情节却未失本来面目,只是有些细节经过了渲染和修饰罢了。这种现象在类似的故事可谓司空见惯；它们总是先经过民众口口相传，然后又为某个富有才气和鉴赏力的讲述者进一步想象加工。弄到最后，多数已变得千篇一律，面目全非，毫无价值。

奥蒂莉跟着夏绿蒂去了，两位客人也希望她去。这一下，就轮到爵士来指出，他们看样子又犯了个错误，讲了什么主人家熟知甚或亲身经历过的事情。"咱们必须小心谨慎，"他继续说，"别再捅娄子才是。我们受到主人家的款待，日子过得挺惬意，却似乎没给人家带来多少快活；我看咱们还是设法礼貌得体地告辞算啦。"

"我必须承认，"他的旅伴回答，"我流连在此地还另外有点事情；这件事情不弄清楚，不对它有进一步的了解，我是不乐意离开这所房子的。昨天我们带着便携式的暗室穿过园林，您当时忙着挑选真正可以入画的景点去了，没能注意到旁边发生的事情。您离开大路去到湖滨一个人迹罕至的地方，湖对岸的景色在您看来十分迷人。陪伴我俩的奥蒂莉则踟蹰不前，不想跟您去，而是请求允许她划船去对岸。我跟着她上小艇，对这位漂亮的女桨手的矫健灵敏十分欣赏。我向您起誓，自从离开以俏丽迷人的船娘取代了船夫的瑞士，我就再没有如此心旷神怡地在水上摇摇荡荡，但忍不住问她到底为什么拒绝走您走的那条小路；因为在她的踟蹰回避中，确确实实含有某种困窘畏怯。'您要是不笑话我，'她和蔼地回答，'我也可以给您解释解释，尽管这对我本身都还是一个谜。我每次踏上那条小路，都总会突然感到一阵奇怪的寒栗，这种情况在其他地方从未有过，自己也不知道如何解释。为了不再忍受这种感觉,我宁可回避,特别是每次去过那里我左边脑袋马上会痛;这样的偏头痛我本来有时就犯。'我们上了岸,奥蒂莉陪着您谈话,我便趁机去考察了一下她在远处给我指清楚了的那个所在。我可真是大吃一惊,竟在那里发现一些石煤痕迹!它们使我确信,只要稍微挖一挖,也许就会探明一座藏在地层深处的储量可观的煤矿。

"对不起,爵士,我看见您微微一笑,知道您并不相信这件事,而只是作为一位智者和朋友,对我的热衷于此抱着宽容的态度。然而,不先让那美丽的姑娘也做一下振荡试验,我不可能离开这个地方。"

每次一接触这个话题,爵士都免不了反复重申自己的不同意见,他的旅伴也谦逊而耐心地听着,可最后还是坚持自己的想法和打算。他并且再一次解释,正因为这种试验不是任何人都做得成功,所以才不能放弃,相反倒该做得更加认真,更加彻底,以便揭示那些我们至今尚不了解的种种奥秘,例如无机物相互之间,无机物和有机物之间,以及有机物相互之间肯定存在的某些关系与亲和力。

他从一只漂亮匣子里取出总是随身携带的器械,一些个金环、白铁矿石和其他金属物体什么什么的,把它们一一摆好了,接着就开始做试验,将一个用线吊着的金属摆锤悬垂到平放着的金属物上。"您尽管幸灾乐祸好了,爵士,"他边试验边讲,"我从您的表情已经看出,您希望我这玩意儿会纹丝不动。不过我的试验只是个借口。女士们回来会感到好奇,不知咱们在这儿搞什么怪名堂。"

两位女士回来了。夏绿蒂立刻明白他们在做什么。"我常听说这种试验,"她道,"可却从来没见真正做过。你们既然全都准备好了,那就让我来试试看对我灵不灵吧。"

她接过了丝线。由于她挺认真,把线稳稳当当地拎着,而且心情毫不激动,所以也就看不出丝毫的振荡来。接着大伙儿劝奥蒂莉试试。她显得更加平静,更加自然,更加无所谓;可是一当她把摆锤拎在平放着的金属物上方,摆锤就像受到了一个湍急的漩涡的吸引,开始转动起来,并随着下面平放着的金属物的变换而一会儿摆向这边,一会儿摆向那边,一会儿转出圆形,一会儿转出椭圆,或者直着来回摆动,正像爵士的旅伴盼望的那样,不,甚至超出了他的希望。

爵士本身也有几分愕然,但那一位却来了劲儿,巴不得永远别停止才好,他请奥蒂莉反复地试验,还不断变换花样。奥蒂莉呢,也挺随和地满足他的要求,搞了好久才终于友好地求他让自己休息,因为她又开始感到头痛。对此客人大吃一惊,不,大为惊喜,热情地向她保证,她只要照他的方子治疗,这点毛病肯定痊愈。一时间谁都不知该说啥。可夏绿蒂很快明白他指的是什么,便谢绝了他的好意;她可不想让自己身边出什么一直叫她担惊受怕的事。

客人终于走了,虽然曾以一种稀罕的方式给主人添了困扰,临行时仍表示希望将来在什么地方能够再见。接下来的美好日子,夏绿蒂就用去没完没了地回访自己那些乡邻;整个地区的邻里在此之前都来探望过她,一些人真正出于关怀,一些人仅仅顺应风俗礼仪。在家则看着孩子她就高兴;小家伙也确实值得人百般疼爱。家里人把他看作一个奇迹,一个神童;不但模样儿极其逗人喜欢,身体也高大、匀称、健康、强壮。可是更加令人惊讶的,是他的长相越来越像两个人:他的面貌和脸型一天天更像奥托上尉,他的眼睛与奥蒂莉的眼睛越来越没法分辨。

这一奇特发现,也许还有女性的美好情感,即那种对于自己心上人的孩子——哪怕是另一个女人生的孩子——也同样怀有的温柔感情,使得奥蒂莉差不多成了这个一天天长大的小东西的生母,或者毋宁说另一种性质的母亲。每当夏绿蒂外出,总是奥蒂莉留下来单独跟孩子和保姆在一起。一些时候以来,南妮觉得女主人似乎把心思全放在了孩子身上,便对他嫉妒起来,一使性子离开了奥蒂莉,回到自己父母那儿去了。奥蒂莉仍然常抱孩子去野外呼吸新鲜空气,渐渐习惯了越走越远。她随身带着奶瓶,好一需要就喂他。她散步时难得不带上一本书;她总是一条胳臂抱着孩子,一边漫步一边阅读,活脱脱地构成了一幅优美的《沉思女》。

第十二章

战事的主要目的已经达到,爱德华佩戴着勋章,光荣地退了役。他立刻回到那座小庄园,好在那儿得到亲人们的确切消息;在她们全然不知不觉的情况下,他派了人密切关注着她们的动向。看见这隐居之所倍感亲切;他不在的时候,下人根据他的指示添置了某些设备,进行了一些修缮、装修,以内部设施的实用舒适,弥补了房舍和环境都有些狭小局促的不足。

过了一段匆忙急促的战地生活,而今爱德华更习惯了果断行事,于是决心实现他已经考虑了很长一段时间的步骤。他首先请来少校。重逢的喜悦难以言表。青年时代的友谊和血缘相同的亲情一样,都有一个突出的优点,就是不管出现了什么性质的隔阂和误解,都绝不至于伤及根本,随着时光的流逝总会重归于好,和睦亲密。

在兴冲冲地表示过欢迎之后,爱德华立刻打听朋友的近况;奥托少校告诉他,一切如意,真正交上了好运。接着,爱德华又半开玩笑地问,他是不是正准备缔结一桩美满姻缘。少校一本正经地表示了否认。

"我不能够,也不应该对你藏藏掖掖的,"爱德华继续说,"我得马上对你摆出我的想法和打算。你知道我热恋着奥蒂莉,早已了解是因为她,我才投身于这场战争。我不否认,我曾渴望一死了之,因为失去她而继续活着对我已毫无意义。可与此同时,我也向你承认,我还不忍心完全放弃希望。和她在一块儿的幸福,是如此甜美,如此值得向往,我没有可能完完全全放弃它。一个个令人欣慰的预感,一个个吉祥喜庆的征兆,都增强了我的信念,增强了我的妄想,奥蒂莉会成为我的。在新别墅的奠基礼上,一只刻着我俩名字的缩写花体字母的玻璃杯被抛到了空中,结果落下来时并未摔碎,而是被接住了,而今又回到了我手里。'现在我要将我自己,'在这孤寂的隐居所度过了许多绝望的日子以后,我大声对我说,'将我自己当成一只玻璃杯去试一试,看我俩的结合是可能呢,还是不可能。我奔赴战场,去寻找死亡,但并非疯子,而是一个渴望生活的人。奥蒂莉应该成为我的战斗奖赏,应该是我每一次冲锋陷阵、每一次攻城略塞所要争夺的目标,所希望征服的对象。我要创造一个奇迹,希望安然无恙地得到奥蒂莉,而不是将她失去。'这样的感觉指引着我,帮助我经受住了所有危险的考验。而今我觉得自己已经是一个胜利者,已经克服了所有的障碍,在前进的路上再不会遇到任何阻拦。奥蒂莉是我的;在这个想法与它的实现之间就算还有什么的话,那我认为已经微不足道。"

"你几笔勾销掉了人家可能和本该提出的责难,"少校接过话头,"可它们会反复提出的啊。如何充分估量你与你妻子关系的价值,我让你自己考虑;在这点上你可不能含含糊糊,因为你不但对她有责任,对你自己也有责任。只要想到你们已经有一个儿子,我就不能不同时说,你俩将永远彼此拥有,为了这个小生命的缘故,你俩有责任共同生活,以便共同操心他的教育,操心他未来的幸福。"

"如果做父母的以为自己的存在真的对子女必不可少,那只是他们的痴妄,"爱德华反驳说,"一切有生命的东西,都会找到自己的食物,都能自助天助。父亲早早死了,儿子的青少年时代不会那么舒服,那么条件优越,可他也许正因此而更快地通达世故人情,更及时地认识到必须适应他人,学会我们所有人迟早都得学的东西，获益匪浅哪。还更不用说：我们本来就够富有，养几个孩子不成问题；根本不存在这样的义务，也不必做这样的善事，把如许多的财产通通聚集在一个人的名下。"

少校打算轻描淡写地提一提夏绿蒂的价值以及爱德华与她久已存在的关系，爱德华却急不可待地打断了他："我俩干了一件蠢事，我看得太清楚啦。谁上了几分年纪还想实现青年时代的梦想和愿望，结果总是自欺欺人；要知道，人每隔十年都会有不同的幸福，不同的希望和前景。谁要是受环境抑或妄念的驱使而抓住过去或者未来不放，谁就活该倒霉！我们干了一件蠢事，难道就该蠢一辈子不成？难道出于某种顾虑，我们就应放弃时代风尚尚且不拒绝给我们的东西？有多少事情人们都可以放弃初衷，改弦易辙，难道刚好在这关系着全局而不是局部的问题上，关系着一生的整个幸福而不是这方面那方面条件的问题上，却不允许更改吗？"

少校抓住时机，用既婉转又有力的语气措辞，从多方面给爱德华分析了他与妻子、与家庭、与社会以及与自己财产的种种关系，却一点没能引起他的同感。

"所有这一切，我的朋友，"爱德华回答，"我都在心灵深处一一考虑过啦，在紧张激烈的战斗过程中考虑过啦，不怕当时大地正在持续的炮火下震颤，不怕子弹正嗖嗖地打耳旁飞过，左右两边的战友一个接一个倒下，不管我自己的坐骑也中弹了，帽子被打穿了一个个窟窿；还有在繁星闪烁的苍穹下，在深夜静静的篝火旁，我眼前同样会浮现出这些问题。这时候，我心中会将方方面面都联系起来做通盘的思考、透彻的体会；我取得了一个认识，我心满意足了，在多次反复以后永远心满意足了。

"在那样的时刻，——我怎么好对你隐瞒呢？——你也总是在我的心里，你也是我圈子中的一员；咱俩不是早就难分彼此了么？要是我曾欠你什么情，那我现在已经能够连本带利地偿还给你；要是你曾欠了我什么，我看你现在也可以还给我啦。我知道，你爱夏绿蒂，她也值得你爱；我知道，她对你也有意思，她怎么会认识不到你的价值呢！把她从我身边领走，把奥蒂莉带给我吧！这样咱俩都成了世界上最幸福的人。"

"正因为你用这么崇高的奖赏来笼络我，我更得小心，更得谨慎，"少校回答，"你这建议我心里虽然赞赏，却没有使事情变得容易，相反倒更难了。现在就不只牵涉到了你，也牵涉到了我；而且不只是与两个男人命运攸关，还关系到了他们的名誉和荣誉。在此之前，咱们可都是无可指责的啊，现在却要以这样荒唐的行径——咱们暂且不说它别的——冒在世人面前出乖露丑的风险。"

"正是咱们以前无可指责，"爱德华反驳，"给了咱们也让人指责一次的权利。谁一生都证明自己是个可信的人，那他原本可疑的举动也会使人觉得可信。至于说到我，我觉得通过那一次次自己加给自己的考验，那一个个为了他人而完成的艰苦卓绝、出生入死的行动，已经有权也替自己做点事情。至于你和夏绿蒂，那就让未来替你们决策好了；我呢，决心已定，不论是你或是任何别的人都没法改变。人家要是愿意助我一臂之力，我也什么都乐意替他做；人家要是不管我，或者甚至还与我作对，那我就只好不顾一切地走极端。"

少校认为自己有责任尽可能地劝阻爱德华，只是现在他准备对他这位朋友耍点手腕，表面上装出让步了的样子，甚至与他继续探讨如何达到离婚和结婚这个目的的具体做法和步骤问题。这一下就出来了许许多多的困难、麻烦和尴尬，叫爱德华情绪沮丧到了极点。

"我明白了，"他临了儿大呼，"想要做成什么事，不只敌人会拼命反对，朋友也一样。可我紧紧盯住我希望的东西，我生命中不可缺少的东西；我将抓住它，迅速而果断地抓住它。我知道，这类关系不会自行消失，也不会自己建立，除非现存的不再存在，顽固坚持的已经退避开。这类事情，光考虑不会有结果；在理性面前所有权利都平等；总有新的砝码放到天平往上翘的一边。下决心吧，朋友，为了我也为了你自己而采取行动，为了我也为了你自己而厘清这团乱麻，解开这个死结！别再东想西想，畏缩不前；咱们反正已经让世人说三道四啦。人家还会再说咱们的，可随后却会像忘记任何失去了新鲜感的东西一样把咱们忘记，会让咱们想干啥干啥，会对咱们再也不感兴趣。"

少校别无他法，最后只得认输：爱德华已经干脆把自己的打算当成尽人皆知的事，当成探讨问题的前提，还深入细致地讲起如何做到这一切的细节来啦，而在谈到未来时更是喜形于色，甚而至于有说有笑。

随后，他又神色严肃和若有所思地继续道："如果我们只是希望，只是等待一切重新自行变得美好，只是希望和等待有偶然的事情来引导我们，为我们创造有利的环境，那我们就是自己欺骗自己，活该倒霉。用这个办法我们不可能自救，不可能恢复所有各方的安宁。叫我怎么能够心安理得啊，对所有事情我都无辜，然而却成了罪人！是我纠缠不休，使夏绿蒂终于同意把你请到了我家里；因为这一变故，奥蒂莉也就紧跟着跨进了家门。由此造成的局面，我们是已主宰不了；可我们却可以采取主动，使之变得无害，使之促成我们的幸福啊。就算我们决心恢复以前的状态，甘愿承受种种责难、不快和烦恼，就会有什么好结果，有什么快乐吗？你设想一下可能出现的情况，想想是否真可能如此吧。在这种情况下，你还会闭眼不看我为咱们展示的美好和可喜前景，还会主张我们大家都痛苦地将它放弃不成？你所谓的幸福真能使你快乐吗，如果你没法再来看我，与我生活在一起？在出现了上述情况以后，总会让人感觉尴尬的。夏绿蒂和我尽管财产很多，处境却只会凄惨可悲。你和其他老于世故的先生也许认为，时光流逝、天各一方会使情感渐渐变得淡漠，会把心中深深的伤痕弥合；可问题就在这些时光，我们可并不情愿在痛苦和饥渴中消磨掉，而希望过得欢乐而又舒心啊。最后，还有一点比什么都重要的必须说出来：就算根据我们外在和内心的境况，我们可以耐心地等待下去，可奥蒂莉会怎么样呢？她必然离开我们的家，必然生活在失去了我们关照的社会上，必然在这个堕落的、冷酷的人世间四处漂泊！你要能给我描绘一个没有我、没有我们奥蒂莉就能过得幸福的情况，那就算你有了一个比什么都更有说服力的论据；对这个论据，我尽管还不承认，还不服输，却十分乐意重新加以斟酌考虑。"

这个任务可不容易完成，至少少校是马上想不出有足够说服力的答案，因此他没有别的办法，只好反复强调爱德华的做法影响重大，后果堪虑，从某种意义上讲甚至有危险，说什么至少也得再认认真真考虑一下方式方法。爱德华接受了这个建议，但少校必须答应一个条件，就是在他俩意见完全一致并商定了开始的步骤之前，他不得离开自己的朋友。

第十三章

一些完全陌生和彼此无所谓的人在长时间相处以后，往往会向对方掏出自己的心里话，由此也必然会在一定程度上变得亲近起来。我们的两位朋友久别重逢，朝夕相处，相互间无话不谈，可以设想就会更加亲密。他俩一次次回忆自己早年的友谊；少校不隐讳在爱德华远游归来之时，夏绿蒂曾经考虑把奥蒂莉介绍给他，随后让这个美丽的女孩做他的妻子。爱德华得知了这段隐情兴奋得晕头转向，也马上毫无保留地道出了夏绿蒂与少校相互间的恋情，并且大肆加以渲染，因为这正好方便了他，正好对他有利呢。

少校既不能完全否认，也不能完全承认；爱德华呢，却越发肯定，越发坚定了信心。在他的想象中，一切不仅仅可能，而已是既成事实。所有各方只需表个态，赞成自己原本希望的事情就行啦。离婚肯定成功,随后马上结婚;爱德华打算的是带着奥蒂莉去做蜜月旅行。

人的想象力可以描绘出各式各样的美妙情景;然而其中最最令人心醉的,莫过于一对爱人,一对新婚夫妇,在一个新鲜而清纯的环境里,享受着彼此间同样是新鲜而清纯的关系,希望用那变化多端的世态来考验和证实他俩的永结同心。在爱德华他俩旅行期间,少校和夏绿蒂则可以全权处理一切,不管是庄园、府第、财物或是其他有价值的设施,他们都可以做出适当的安排,进行公平合理的分配,让所有各方都感到满意。只不过,爱德华看来最坚持也希望占到最大便宜的是:孩子要留在妈妈身边,让少校负责按照自己的想法教育培养,发展他的才能天赋。人家并非无缘无故地在孩子受洗时用他俩的名字奥托命名喽。

所有这一切在爱德华想来都已经定了,他一天也不肯拖延,决心马上行动。在前往府第时他们途经一座小城,爱德华在城里有幢房子,便打算住下等着独自前去的少校返回来。然而他又狠不下心马上停在那里,于是又送朋友穿过城市。他们双双骑在马上,谈起一个重要话题来就没完,又并辔往前走了一程。

走着走着,他们在远远的山头上看见了新别墅;别墅的红色砖墙第一次映进了他们的眼帘。一股难以抗拒的渴慕之情突然攫住了爱德华;所有一切都要在今晚了结。他打算藏在附近的一个村子里;少校则要抓紧对夏绿蒂摊牌,给她来个突然袭击,让她来不及对他们的提议思前想后,迫使她自然而然地掏出心里的真正想法。因为爱德华以己度人,认为自己的愿望也是她的愿望,便坚信自己的提议正中她的下怀。他巴望着马上取得她的同意；他除此别无他求啊。

他似乎看见眼前已出现圆满结局的欢乐场面：为了及时向藏匿在附近的他报告喜讯，按约定响起了礼炮；如果天色已晚，还放了一点礼花。

少校驱马向府第奔去。他没有找到夏绿蒂，听人讲她如今常住在山上的新别墅里，可眼下却拜访一位邻居去了，看样子今天多半不会很快回来。他于是回到了存放坐骑的客栈里。

这期间，爱德华实在急不可耐，便从藏匿的地方跑了出来，顺着一条只有猎人和渔夫知道的寂静小路向自己的园林偷偷溜去，在傍晚时分到达了一片临湖的灌木林中，第一次看见那平明如镜的大湖的全貌。

那天下午奥蒂莉也散步到了湖边。她一只手抱着孩子，按照老习惯边走边读书。她这么走到了渡口旁的橡树下。孩子睡着了，她便坐下来，把他放在身旁，自己继续阅读。她读的是一本能紧紧吸引和深深打动温柔的心灵的那种书。她读得完全忘记了时间，忘记了回到新别墅去还有老长一段路要走。她坐在树下，完全沉湎在了书里，沉湎在了自己的精神世界里，模样儿是那样可爱，周围的大小树木只恨不能活动，只恨没有眼睛，不然都会感到赏心悦目。这时正好有一抹落日的红光映照在她身上，把她的脸颊和肩膀变成了金红色。

在此之前，爱德华成功地潜行了很远而未被发现，这时看见自己的园林和领地空无一人，便大起胆子继续往前走。终于，他钻出了橡树旁边的灌木丛,一眼看见了奥蒂莉,奥蒂莉也看见了他。他飞快冲到奥蒂莉跟前,扑倒在她脚下。接着是长时间的沉默,两人都极力控制住自己的情绪;随后,他三言两语地向她解释清楚,他干吗和怎样来到了这里。他说他让少校找夏绿蒂去了,这会儿也许已经决定了他俩共同的命运。他从未怀疑过她对他的爱情,她肯定也一样不怀疑他。他求她做他的妻子。她犹豫不决,他继续恳求;他企图重温旧梦,把她搂在了怀中;她呢,却指了指身边的孩子。

爱德华一见大惊。"伟大的主啊!"他叫出声来,"要是我有理由怀疑我的妻子,怀疑我的朋友,那这孩子就是指控他俩的可怕证据!他不就跟少校一模一样吗?我从未见过两个人如此相像。"

"才不呢!"奥蒂莉回答,"所有人都说孩子像我。"

"这怎么可能!"爱德华抢着说。就在这当口儿,小家伙睁开了眼睛,一双又大又黑的、炯炯有神的眼睛,目光深沉而和悦。他已经挺懂事地望着周围的世界,像是认识站在面前的这两个人。爱德华跪倒在他跟前,然后再次在奥蒂莉脚边下跪。"这是你!"他嚷道,"这是你的眼睛。天哪!可让我再好好看看你。让我给赋予这小东西生命的那个不祥的夜晚,罩上一层纱幕吧!想想已觉得不幸,丈夫与妻子同床异梦,却硬是紧紧搂在一起,各自以对意中人的热烈渴慕亵渎了原本合法的婚姻,难道还要我用此事来惊吓你纯洁的心灵吗?或者说要,因为我们曾经远远地分开过,因为我与夏绿蒂必须断绝关系,因为你将成为我的,干吗我不该告诉你真相呢?这孩子是夫妻双方互相不忠的产物——

干吗我不该说出这残酷的话来呢?正像他该把我俩结合在一起,他使我离开了我的妻子,使我的妻子离开了我。如果他将成为对我不利的证据,那这双漂亮的眼睛就会告诉你的眼睛,我在另一个女人的怀中仍旧是你的人。你会感觉到,奥蒂莉,清清楚楚地感觉到,只有在你的怀抱里,我才能弥补我的过失,补赎我的罪孽!"

"听!"他蓦然跳起来喊道;他听见了一声枪响,以为是少校发的信号。事实上是一个猎人在邻近的山里放枪。接着便无声无息;爱德华开始不耐烦。

现在奥蒂莉才看见,太阳已经沉落到了山后。最后只是山头上别墅的窗户还反射来一点夕阳的余晖。"快走吧,爱德华!"奥蒂莉大声说,"我们已经分别得够久了,忍耐得够久了。想想咱俩欠了夏绿蒂多少情。必须由她来决定咱们的命运,不要赶在她之前轻举妄动。我会成为你的,如果她同意;反之,我只得放弃你的爱。你既然相信很快就会见分晓,那就让咱们等着吧。回少校估计你藏着的村里去。很可能发生一些需要解释的事情。没准儿那一声炮响,就是要向你宣告谈判成功哩?也许少校此刻正在找你呢。他在家没找到夏绿蒂,我知道;他可能迎接她去了,因为家里人了解她在何处。存在多少可能的情况啊!放开我!现在他肯定回来了。现在她肯定在上边的别墅里盼我带孩子回去呢。"

奥蒂莉言语急促。她同时设想了各种存在的可能性。在爱德华身边她很幸福,但也感到现在必须打发他离开。"我请你,我恳求你,亲爱的!"她喊道,"求你回去等着少校!"

"谨遵吩咐!"爱德华大声回答,同时满怀深情地注视着她,然后把她紧紧搂在了怀里。她也搂住了他,把他温柔地抱在胸前。希望之星从天而降,掠过了他俩的头顶。他们幻想,他们确信会相互属于对方;他俩第一次相互热烈而大胆地亲吻,最后好不容易才忍痛分别。

太阳已完全落山,四周暮色苍茫,湖滨散发出潮湿的气息。奥蒂莉激动而慌乱地站起来,抬头向山上的别墅望去,仿佛觉得已在阳台上看见夏绿蒂白色的衣裙。沿着湖滨步行得绕老大一圈,她知道夏绿蒂已在着急地等她儿子。她看见梧桐树近在眼前,在它们与对岸那条直通山上的别墅之间,只隔着一片湖水。她已着急地随着自己的目光和思想到了对岸。如此情绪一冲动,带着孩子划船的顾虑便烟消云散了。她急忙奔向小艇,没感觉到自己的心怦怦直跳,两条腿晃晃悠悠,差点儿没晕过去。

她跳上小艇,抓起船桨,用桨撑了撑湖岸。她得使上猛劲儿,她再撑了一下,船才摇摇晃晃地滑向湖心。她左臂弯夹着孩子,手里捏着书,右手操着桨,她身子随着船一晃,就摔进了船舱。这一来,桨滑出了船舷,她伸手去抓,孩子和书就一股脑儿从另一边落进了水里。她仍然抓着了孩子的衣服;可她眼下姿势挺别扭,想站起来困难极了,光右手也不足以支持她翻身站起。终于,她好不容易把孩子从水里拽了起来,然而已经闭上他的眼睛,停止了呼吸。

在这节骨眼儿上,她完全清醒了过来,可正因此更加悲痛。小艇几乎漂到了湖心,桨远远地浮动着,湖岸上见不到一个人影;就算见到了谁,又有什么用啊!奥蒂莉就这么孤立无援地漂荡在这冰冷、无情的水面上。

　　她设法自助。她常常听人家讲急救溺水者的情况。就在她过生日那天傍晚，她还有过亲身经历。她脱掉孩子的衣服，用自己麦斯林纱裙将他揩干。她撕开上衣，有生以来第一次在蓝天下裸露出了自己的胸脯，第一次将一个有生命的物体紧紧贴在自己纯洁、赤裸的胸脯上，唉，他已经没有了生命！遇难者冰凉的肢体使她胸脯感到寒冷，冷得钻心。她泪如泉涌，热泪洒落在僵硬的尸体上，使其有了一些儿温暖和生气的假象。她仍不甘心，又用自己的纱巾裹住他，对他又是搓，又是按，又是哈气，又是亲吻，还让泪水浇洒他，以为这些就代替得了在此与世隔绝的环境中没法采取的急救手段。

　　一切全都枉然！孩子一动不动地躺在她的怀里，小艇一动不动地浮在水面上。然而就在这样的情况下，她美丽的心灵也没有抛弃他。她仰望苍穹，跪倒在船舱里，两手把僵死的孩子高高捧在纯洁的胸脯上；这胸脯洁白如玉，可惜也如玉一般冰凉。她泪眼汪汪地望着天空，呼唤着天上的救主；在走投无路之时，一颗柔弱的心在他那儿会得到最大的满足。

　　这时夜空中已是疏星点点，她也祈求它们，同样没有白费。一阵微风吹来，把小艇刮向了对岸的梧桐树。

第十四章

　　奥蒂莉急忙赶回新别墅，叫来大夫，把孩子交给他抢救。这位先生见惯不惊的样子，按照常规对娇小的尸体一步一步地进行着救治。奥蒂莉始终守在他旁边，不停地找这个，取那个，忙着张罗一切，然而却神不守舍，因为极度的不幸一如极度的幸福，已改变了周围一切的模样。在试过所有的办法以后，那干练的大夫摇了摇脑袋，对她满怀希望的询问先是默不作声，最后才低声回答"没救了"。奥蒂莉一听便跑出整个抢救都在里边进行的夏绿蒂卧室，一踏进起居室就扑倒在地，连走到沙发边上的力气都没有了。

正在这时，门前已传来夏绿蒂的马车声。大夫恳请周围的人留在房里，他要单独去迎接她，让她思想上有所准备；然而夏绿蒂已经走进房来。她发现奥蒂莉倒在地上，府里的一个使女同时哭喊着奔到了她跟前。大夫接着也进了起居室，她一下全明白了。可叫她又怎能一下放弃所有的希望啊！富有经验而又高明、机灵的大夫请她千万别去看孩子，自己却回她卧室去，装着想其他办法抢救的模样。夏绿蒂坐到自己的沙发上，奥蒂莉仍在地上躺着，只不过已被抬到了女主人的脚边，美丽的脑袋靠在她的膝头。友好的大夫走来走去，像是还在想办法救孩子，实际上却是为安抚两个女人。这样就到了午夜，叫人越来越感到四周一片死寂。孩子永远也活不过来了，夏绿蒂不想再欺骗自己，因此要求去看看他。他这时已经裹在干净、温暖的羊毛毯里，睡在一只摇篮中；人们把摇篮搬来放在了挨着她的沙发上。只有孩子的小脸儿露了出来；他安安静静地躺在那里，模样儿挺可爱。

噩耗很快惊动了整个村子，跟即也传到了少校下榻的客栈。

他沿着熟悉的道路摸到了山上，在新别墅四周转来转去，终于挡住一个跑去旁边的附属建筑取什么东西的仆人，从他那儿了解到进一步的情况，并让他把大夫叫出来。大夫来了，一见眼前是自己过去的东家，不禁吃了一惊，接着向他报告了目前的情况，答应帮助夏绿蒂做好见少校的精神准备。大夫进去了，先岔开了话题，把她的想象力一会儿引到这件事情上，一会儿引到那件事情上，最后才提起夏绿蒂的这位朋友，说少校肯定对她十分同情，说少校与她在精神和思想上本来就亲密无间，而他呢，将很快使他俩真正走到一起。够了，她已知道，她的朋友就站在门外，已经了解一切，只等她同意他进来。

少校跨进屋，夏绿蒂用以迎接他的是脸上的苦笑。他站到她跟前。她掀开盖在尸体上的绿色纱巾。借着一支蜡烛的黯淡光线，他看见一张毕肖自己的僵硬的小脸，不禁暗暗一惊。夏绿蒂指了指一把椅子，于是二人相对坐着，默默地一起坐了个通宵。奥蒂莉仍然静静地靠在夏绿蒂的膝头；她呼吸平缓；她睡着了，或者像是睡着了。

晨光熹微，蜡烛熄灭了，朋友俩恍若大梦初醒。夏绿蒂凝视着少校，情绪冷静地说："讲讲吧，我的朋友，命运怎么安排你来到这里，与我一道承受这份凄惨？"

"此时此地，"少校跟她问话时一样声音低沉地回答——好像不愿意吵醒奥蒂莉似的——，"此时此地，我不好含蓄矜持、转弯抹角、闪烁其词了。您现在的处境是这样严重，相比之下，那件我来找您谈的事本身固然也重要，却已失去了它的价值。

接着，他不慌不忙而又简短地向她承认了自己此行的使命，告诉她爱德华派他来的目的，以及他本人此行的打算和希望所在。他把两件事情都讲得很委婉，然而十分诚恳。夏绿蒂平静地听着，既不显得惊讶，也未表现出不高兴的样子。

少校讲完了，夏绿蒂声音很低很低地回答，他不得不把椅子移过去听。她说："我还从未经历过这样的事情，可在类似的情况下，我总是问自己：'明天情况会怎样呢？'我清楚地感觉到，现在大家的命运都掌握在我手里；至于我该怎么办，在我心里已不存在疑问，马上就可以说出来。我同意离婚。我本该早一些下决心这样做；我犹豫、抗拒，结果害死了孩子。有些事情命运固执地做好了安排。理性和道德也好，义务和所有神圣的誓言也好，都休想阻止它：命运觉得是合理的事情就得发生，尽管在我们看来好像不合理；临了儿命运会强行贯彻自己的意志，不管我们怎么反抗都没有用。

"瞧我说些什么呀！命运原本是在实现我自己的愿望，我自己的意图，我只不过是一时粗心，反其道而行之罢了。我自己难道不早就认为奥蒂莉与爱德华是天生的一对儿？我自己难道不曾企图把他俩撮合在一起？您自己，我的朋友，不也知道我这个计划吗？可我怎么会对一个男人的执拗与真正的爱情不加区分？我本可以作为朋友促成他与另一位女子的美满姻缘，又怎么会接受他的求婚呢？您只瞧瞧这个睡梦中的可怜虫吧！一想到她将从昏睡中苏醒转来，我立刻不寒而栗。她夺去了爱德华的孩子，夺去了一个奇异的偶然的造物，如果她没有希望以自己的爱情去偿还他,叫她怎么活得下去?怎么能不抱憾终生啊?她是那么倾慕他,热烈爱着他,因此也能把一切偿还给他。爱情既然能忍受一切,那就更能将一切替代。在这样的时刻,不容再考虑我怎么样。

"您悄悄地离开吧,亲爱的少校。告诉爱德华,我同意离婚,我听凭他、您、米特勒去安排处理这整个事情,我对自己未来的处境毫不担忧,无论如何都不担忧。我愿意签署你们给我签的任何文件;只是别要求我参与其事,别要求我为此伤脑筋,别要求我想办法出主意。"

少校站起身。她越过奥蒂莉把手伸给他。他吻了吻这只可爱的手。"还有我呢?我希望如何?"他低声喃喃道。

"让我以后给您答复吧,"夏绿蒂回答,"我们虽没有什么过错该当遭到不幸,但也未干什么事情,配幸福地在一起生活。"

少校走了,心里虽为夏绿蒂深感悲痛,却对那丧了命的可怜虫惋惜不起来。在他看来,为了他们大家的幸福,这点牺牲是必需的。他想象奥蒂莉的手上已抱着一个亲生的孩子,完全补偿了爱德华因为她而蒙受的损失;他想象自己怀中也坐着个儿子,长相也和他一模一样,却比夭折的那孩子更加有此权利。

在返回客栈的途中,他心里充满美好的希望,脑海浮想联翩,不期然碰到了爱德华。他在野外等了少校一整夜,因为老没有礼花和礼炮向他报告喜讯。他已听到出事的消息,也没有为那可怜虫感到难过,虽然不愿完全对自己承认,却把此事看成命运的安排,这一下子,他幸福之路上的所有障碍可不都通通清除啦。也正因为如此,少校在迅速向他宣布他妻子的决定以后,就能够轻而易举地说服他先回到村里，然后再返回那座小城去做下一步的考虑，并且开始行动。

少校离开以后，夏绿蒂只是继续坐着沉思了几分钟；奥蒂莉已经苏醒，眼睛张得大大地凝视着她。她先从夏绿蒂怀里抬起头，随后从地上爬起来站在她面前。

"我这是第二次，"可爱的少女极其严肃而又温柔无比地开始了诉说，"第二次经历这样的事情。你曾经给我讲，人一生中常常以同样的方式碰上同样的情况，而且总是在重要的关头。现在我发现你的话很对，忍不住向你坦白一件事。我母亲刚去世不久，我还是个小姑娘，有一次就曾把小板凳移到你跟前；你也像现在似的坐在沙发上，我便脑袋靠着你的膝头，我似睡非睡，只是有些迷迷糊糊。周围发生的一切我都听得清清楚楚，特别是人们的谈话；可我却动弹不得，也说不出话，尽管我很想说，我甚至也没法暗示一下还能意识到自我。当时你和一位女朋友在谈论我，对我孤苦一人留在人世的命运深表同情；你描绘我寄人篱下的处境，说若无特别的幸运之星照临头上，那我的前途将十分可悲。我曾认真仔细地，也许还过分严格地，领会你看样子是替我希望和要求我的一切；我以自己有限的见识，由此制定出了行为的规范。在你爱我，关怀我，把我收养在家的那段时间，以及后来还有一个时期，我都一直遵照它们生活，用它们指导我的所作所为。

"然而我偏离了自己的轨道，破坏了自己的准则，甚至丧失了对它们的敏感。在这个可怕的事件之后，你重新使我看清了自己的处境，比以前更加可悲的处境。头枕在你怀里，处于半麻木状态，我在耳畔再次听见了你像是从另一个世界里传来的轻柔的嗓音。我听见我自己是个什么样子，为自己感到不寒而栗；但就像上次一样，这次在半昏迷状态中，我又我自己画定了新的生活轨道。

"我又一次下定了决心；你得马上知道我决心做什么。我绝不会成为爱德华的人！上帝以可怕的方式让我睁开眼睛，我看见自己陷入了怎样的罪孽之中。我决心补赎自己的罪孽；谁也别想使我放弃自己的打算！亲爱的，好朋友，你快想办法吧。让少校回来；写信给他，叫他别采取任何行动。在他走的时候，我一点动弹不得，真是太可怕啦。我真恨不得跳起来，大声喊叫：你不该让他带着如此罪恶的希望离去啊。"

面对奥蒂莉这个状况，夏绿蒂感到了它的严重性；但她希望随着时间的过去，再加以劝说，能使她回心转意。然而，她才讲了几句话，暗示未来会慢慢变好，痛苦会渐渐减弱，希望仍然存在，奥蒂莉便马上大声抗议："不！别想再说服我！别想再欺骗我！一旦我知道你同意了离婚，我就跳进同一片湖水补赎我的过失，我的罪孽！"

第十五章

亲戚、朋友和家人幸福、和睦地相处，总爱闲侃一些个正在发生的事情或者往事，常常是不厌其烦；他们一次次相互陈述自己的计划、活动和工作，尽管并不需要相互出主意、想办法，却一辈子总在那儿相互出谋划策。反之，在看来正好最需要其他人帮助、其他人支持的紧要关头，他们却一个个退避开了，都一个个拼命只顾自己，一个个拼命各行其是，对自己的做法和手段都相互秘而不宣，只有最后的结局、收获和成果才重新为大家共同拥有。

在经历了如许多的怪事和不幸之后，两位女士也变得有些沉默和严肃了，其表现是她俩都相互体谅，客客气气。夏绿蒂不声不响地把孩子送去了小礼拜堂。如今他安息在那儿，成了一场已有种种不祥之兆的灾难的第一个牺牲品。

夏绿蒂尽可能使生活恢复正常，在此她发现奥蒂莉第一个需要她的帮助。她精心照顾奥蒂莉，却又不让她察觉。她知道，这天使般的少女多么爱爱德华。渐渐地，她了解了在悲剧发生前所上演的那一幕，连每一个细节都清清楚楚；一部分听奥蒂莉自己讲，一部分从少校的来信中得知。

奥蒂莉呢，也大大减轻了夏绿蒂眼下生活的负担。她变得坦诚开朗，甚至爱讲话了；只是从来不提眼前的事情，或者新近发生的事情。她时时保持着警觉，时时在进行观察，知道的事情挺多；现在，这一切都表现了出来。她陪夏绿蒂聊天，替夏绿蒂解闷；夏绿蒂呢，仍然暗暗怀着希望，要亲眼见到自己所钟爱的人结为一对儿。

可是，在奥蒂莉方面情况却两样。她向女友公开了自己过去那一段生活的秘密；她已摆脱自己早些时候所受到的局限，不再任人摆布。她感到,通过自己的忏悔,通过自己所下的决心,她已从那个过失、那桩惨祸的负罪感中解脱出来。她不需要再强制自己。在内心深处,只是在完全无所欲求的条件下,她已将自己原谅;而无所欲求这个条件,是将来任何时候都必须坚持的。

如此又过了一些时候,夏绿蒂深感一天天面对着这些房子、园林、湖泊、山石和树木,只能触发她们心中的隐痛伤感。显然必须换换环境,但具体怎么办,却不容易决定。

两个女人应该继续生活在一起吗?爱德华此前的意愿是要求这样;他的声明,他的威胁,似乎表面非这样不可。然而又怎么能忽视眼前的事实呢:两个女人不管多么用心良苦,不管多么理智,多么尽心竭力,处在一起还是挺尴尬啊!她俩交谈起来总是躲躲闪闪,有时候还巴不得不完全能明白对方的意思;更经常地,却是有的话遭到了曲解,尽管这并非理性思考的结果,而是感情使然。她俩总担心会伤害对方;可恰恰是这样的担心首先易受伤害,也首先造成了伤害。

她俩想换换环境,同时相互分开哪怕只是一段时间,都立刻又出现那个老问题,就是把奥蒂莉安排到何处去。那个富豪之家已做过多次尝试,都没能给自己前途无量的女继承人找到合适的女伴,以便为她解闷,成为刺激她上进的竞争对手。男爵夫人上次来访和最近来信,都要求夏绿蒂把奥蒂莉送到这个家庭里去;现在她再一次提起了这件事情。然而奥蒂莉断然拒绝前往,虽然据说在那里她会所谓大开眼界什么的。

"不要勉强我,亲爱的阿姨,"她说,"免得我显得狭隘和固执，说出那种换个场合本不该说的、有义务隐瞒的话来。一个惨遭不幸的人，即使完全无辜，也会被描绘成十分可怕的样子。在见到他的人和将要见到他的人心中，他的出现总会引起某种惊恐。谁都想在他身上发现那个怪物，其实这只是强加于他的；谁都既感到好奇，同时又心怀畏惧。这就好像一幢房子、一座城市曾经发生过可怕的事情，以后谁再进去都会战战兢兢。在那里白昼不再阳光灿烂，夜晚星星似乎失去了光辉。

"对于这样的不幸者，人们的轻率、唐突和不得体的关怀也许可以原谅，却后果严重！原谅我这么讲话；对那个神经脆弱的可怜女孩，我真是同情得要命。当时露娴妮把她从藏身的屋子中弄出来，和蔼可亲地开导她，劝她和大伙儿一起玩儿，一起跳舞，可谓用心良苦。可怜的女孩却感到害怕，越来越害怕，终于逃走并且晕倒了，被我搂在了怀里，参加聚会的人却大惊小怪，一个个都对这不幸的人更加好奇起来，当时我真没有想到，有朝一日自己也会面临同样的命运；可现在我还记忆犹新，当时我对她的同情是那样热烈，那样真诚。现在我可以同情同情自己啦，千万不能给人家提供机会，让人家也像对待她那样对待我。"

"可是你不可能，亲爱的孩子，"夏绿蒂回答，"在哪儿也不可能逃脱世人的注目。我们没有修道院；在修道院里，原本可以找到这类情感的避难所。"

"孤寂构不成避难所，亲爱的阿姨，"奥蒂莉反驳说，"最可靠的避难所，只能在我们从事劳作的地方去寻找。一旦狡黠的命运下决心追逐我们，任何赎罪，任何苦行，都不足以使我们幸免于难。只有我无所事事地供世人观赏，世人才会令我反感，令我恐惧。要是他们发现我在高高兴兴地劳作，在不倦地履行自己的职责，我便可以忍受任何人的目光，因为连神的注视我都不再畏惧。"

"我想必大错特错了，"夏绿蒂接过话头，"你看来已不肯回寄宿学校去喽。"

"是的，"奥蒂莉回答，"我不否认；我为自己设想了另一条通向幸福之路：我们这些以罕见的方式培养出来的人，可以用正常的方式去教育他人。在历史上，我们不是见过一些有重大伦理道德失误的人逃进了沙漠，希望隐姓埋名，结果却大失所望吗？结果他们又被召唤回尘世上，去引导迷途者走上正道；这些在生活的迷津中接受过洗礼的人啊，他们比谁都能更好地完成这一使命！他们奉命扶助不幸者；这事谁也不可能比他们做得更好，因为他们再也不会遭遇任何尘世的不幸！"

"你挑选了一项奇特的使命，"夏绿蒂说，"我不想阻拦你；事已至此，只是希望时间别长了。"

"很感激你同意给予我这个尝试和体验的机会，"奥蒂莉回答，"如果不自视过高，我想我会成功的。我乐意回忆那个我曾经受住了许多考验的地方；可这些考验和我事后不得不经历的那些比较起来，是何等微不足道啊。在那儿，我将兴致勃勃地观察成长中的幼苗所遭遇的困窘，我将对他们童稚的痛苦微微含笑，并轻轻地用手搀着他们，领他们走出所有的小小迷误。幸福的人不适合指导幸福的人；人性注定了，你得到的越多，对己对人要求的还更多。只有脱离了不幸的不幸者，才懂得培养自己和他人的知足感：即便拥有的不多，也该快快乐乐地享用啊。"

"对于你的打算，"夏绿蒂在稍作沉吟之后最后说，"我还想谈一点在我看来是最重要的意见。不是讲你，而是讲一位第三者。那位善良、聪明而诚恳的校长助理，他的想法你了解；你在真正上路以后，将对他变得一天天更加可贵，更加不可缺少。现在他在感情上没有你已不能活下去，将来一旦习惯了你的扶助，没有了你同样没法再管理寄宿学校。你一开始将有助于他的事业，随后却会坏他的事的。"

"命运待我实在严酷，"奥蒂莉回答，"而爱上了我的人，也许也好不到哪儿去。作为朋友，助理是那样善良，那样通情达理，同样，我希望，在他心里也能对我滋生出一种纯洁的同事之情。他将发现我已是一个超凡脱俗的人，也许能为自己和他人消弭大灾大难，但为此这人必须献身于无形地围绕着我们的神灵，只有神灵能保佑我们不受巨大而无孔不入的恶势力的侵害。"

夏绿蒂倾听完可爱的少女一番推心置腹的陈述，默默地堕入了沉思。虽然是小心翼翼地，她仍做了各式各样的试探，看想不想得出办法让奥蒂莉与爱德华接近。然而，事与愿违，哪怕只稍稍提及，哪怕只表示一星希望，哪怕只显露一点儿蛛丝马迹，都会叫奥蒂莉大为激动，是的，有一次她实在无法回避了，更直截了当地说出了自己的意见。

"如果你放弃爱德华的决心已经坚定，已经不可更改，"夏绿蒂说，"那么你就当心再别与他见面。只要远离自己钟爱的对象，我们似乎情感越热烈越能够自制，因为可以把向外扩展的激情的强大能量完全转向内心；可是，一旦我们自信可以缺少的东西又出现在眼前，又显得不可缺少，我们便会迅速地认识到那只是一个错觉。现在做你自以为最适合自己的事吧；审视一下自己的内心，是的，最好改变你目前的决定：可要出自内心，完全心甘情愿。切不可让偶然和意外事件拉回原来的状态，否则真会出现难以承受的情感分裂。我说过了，你在跨出这一步之前，在离开我开始新生活之前——谁知它将把你领到什么路上去啊——，你得再考虑考虑，是不是将来真的在任何情况下都可以没有爱德华。你要坚决这样，那咱俩就约定了，你再也不跟他发生关系，哪怕只是谈谈也不行，不管他来找你也罢，追你也罢。"奥蒂莉未加任何思考便答应了夏绿蒂；她自己早已决心这样。

可眼下，夏绿蒂仍然心里不踏实，仍然感到有爱德华的警告威胁：只有在奥蒂莉不离开夏绿蒂的情况下，他才能放弃她。自那时以来，尽管情况起了变化，尽管发生了许多事情，尽管由于后来的这些变故，可以视他那一时不得已而说的话已经无效，可夏绿蒂还是一点儿不敢冒险，一点儿不愿采取任何可能伤害他的行动。如此一来，又只好劳驾米特勒去了解爱德华目前的想法。

自从孩子死后，米特勒就常来看夏绿蒂，虽然只待短短的时间。孩子之死令他感到夫妇二人破镜重圆的希望渺茫，给了他很沉重的打击；不过他生性积极、乐观，一知道奥蒂莉的决定，马上心里又暗暗高兴起来。他相信流逝的时光会缓和矛盾，仍考虑如何把夫妻二人捏拢在一块儿，认为这样的感情动荡仅仅是对夫妻恩爱与忠诚的考验罢了。

夏绿蒂一开始就把奥蒂莉最初的声明写信告诉了少校，恳求他稳住爱德华，让爱德华暂时千万别采取进一步行动，静静地待着，等待姑娘的芳心恢复调理过来。对随后发生的事和奥蒂莉的新想法，她也做了必要的通报；现在让爱德华对情况的变化有所思想准备，自然就成了米特勒的艰巨任务啦。然而，这位老先生深知世人总是比较容易接受既成事实，而难得认同尚待发生的事情，便劝导夏绿蒂说，立刻送奥蒂莉回寄宿学校去才是上策。

所以仲裁人一离开，已开始做奥蒂莉的动身准备。她收拾着行李；夏绿蒂注意到她既不打算把那只精美的礼品匣带走，也未从中取出什么东西。夏绿蒂没有说什么，让同样一言不发的少女爱怎么办怎么办。动身的日子到了；夏绿蒂的马车准备第一天送奥蒂莉到一家熟悉的旅店，第二天送她到寄宿学校。安排好南妮陪伴她，留在身边做她的使女。孩子一死，热情的女孩立刻回到了奥蒂莉那里，由于性情和爱好相投，又跟从前一样与她形影不离，是啊，她高兴得成天叽叽喳喳地讲个不停，像是要弥补在此之前耽误了的时光，把自己完全献给她心爱的主子。听说将陪主人旅行，去外边见见世面，南妮更是喜出望外，要知道她有生以来还未离开过村子。她从府第奔回村里，去向父母和亲戚报告喜讯，同时与他们道别。不幸这时她误入了一些麻疹病人的房间，很快也染病倒下了。府里不想推迟行期，奥蒂莉本人也催着动身；她走过这条路，认识准备下榻的旅店店主，又是府里的车夫送她去，确实一点没有问题。

夏绿蒂没有反对，只是希望把奥蒂莉在府里住过的房间再重新布置一下，使其完全恢复奥托上尉到来之前的老样子。在人的心中啊，总会一次次燃起恢复旧日幸福的希望之火；夏绿蒂有理由产生同样的希望，不能不产生同样的希望。

第十六章

米特勒去找爱德华谈事情的时候，发现他正好一个人待着，右手托着脑袋，胳膊肘撑在桌子上，很痛苦的样子。"您头又疼了吗？"米特勒问。

"头痛得要命，"爱德华回答，"可我并不怨恨，因为它使我回忆起奥蒂莉。没准儿她现在也在头痛呢，我想，用左手支着脑袋，多半比我还要难受。为什么我不能像她一样忍受痛苦呢？这样的痛苦对于我有治疗的效果，对于我，我甚至可以讲，叫作求之不得；因为只有这样，在我心灵里才更加强烈、更加清晰、更加生动地浮现出她的形象，一个由众多美德烘托着的忍辱负重者的形象，因为只有在痛苦中，我们才能充分地体会那些为了忍受住痛苦所必需的伟大品格。"

尽管米特勒发现他这位朋友如此心灰意懒，仍然没有放弃对他的说服，只不过是按照事情发展的顺序，一步一步地告诉他两个女人如何产生了那样的想法，这想法又怎样进一步变成了决心。爱德华几乎没有表示异议。从他说的不多几句话中似乎可以看出，他一切都听任她们；眼下的痛苦似乎使他对什么都无所谓了。

米特勒刚刚离开，他立刻站起身来，开始绕室狂走。他不再感到头痛，情绪完全失去了控制。还在听着米特勒的讲述，他这个相思病患者的想象力已活跃起来。他看见奥蒂莉独自，或者几乎是独自行进在熟悉的道路上，走进一家他经常光顾和住惯了的旅店；他想象着，思考着，或者说他仅仅想象而没有进行思考；他只是在期待，在希望。他必须见到她，必须和她谈谈。为什么，目的何在，结果将怎样，这些通通不在话下。他没法抗拒，他非这样做不可。

贴身仆人得到他的信赖，奉命立刻去打听奥蒂莉哪天和几时启程。到了那天早上，爱德华没带任何随从，骑着马急急忙忙赶往奥蒂莉准备下榻的旅馆。他到得十分及时；老板娘喜出望外地迎接着他，因为她家里欠了爱德华一个很大的情。他曾帮助她的儿子，一名作战勇敢的士兵，获得了一枚勋章；当时仅只他一个人目睹了小伙子的英勇表现，事后热心地为他请功，把报告一直打到了最高指挥官处，并且排除了一些心怀叵测者设置的障碍。老板娘真不知怎么感激他才好。她赶紧收拾自己的梳妆间，自然还连带着把更衣室和储藏室也一块儿腾出来；然而客人告诉她还要来一位女士，请女士住进这个套间吧，至于他自己，在走廊后边马马虎虎弄间小屋子就够啦。老板娘一听觉得怪神秘；但是，自己这位恩人既然对事情如此重视，如此积极，她也乐得讨讨他的欢心。瞧啊，他是怀着何等心情在消磨傍晚到来之前的长长一段时间哪！他在将要见到她的那个房间里察看来，察看去；他似乎觉得里边的陈设布置都很别致，简直就像是在天堂。他思前想后，不知是让她感到意外好呢，还是先有个思想准备好！后一种考虑终于占了上风，他坐下来开始写信。他要用这封信迎接她。

爱德华致奥蒂莉

当你读此信时，我最亲爱的，我就在你近旁。你别害怕，别惊慌；我没有什么可怕的。我不会唐突地来到你身边。在你允许之前，我不会露面。

请先考虑考虑你的处境，我的处境。你要是不准备跨出这至关紧要的一步，我将会多么感激呀；它可是够重要的。求你别走这一步！此地好似在岔路口上，再考虑考虑：你能否成为我的，愿不愿成为我的？哦，对于我们大家，你将完成一个伟大的善举，对我更是功德无量！

让我再见到你吧，高高兴兴地见到你吧！让我向你口头提出那个美妙的问题，请你用你甜蜜的小嘴给我回答。投入我的怀抱吧，奥蒂莉！在我的怀里，你曾静静地偎倚过多少次，这儿是你永远的归宿啊！

他正写着，突然感到自己朝思暮想的事情已经临近，马上就会成为现实。她将走进这道房门，她将读到这封信，将像从前一样活生生地站在他面前；这可正是他魂牵梦萦的呀。她还会是原来那样吗？她的神态、她的想法改变了没有？他手里还握着笔，想要写下自己的想法，可这时马车已经驶进院子。他匆匆几笔加上了："我听见你来了。待会儿见！"

他叠好信，写上封皮；已经来不及盖印了。他冲进自己靠走廊的房间，突然想起把表和印章忘在了桌子上，可能被奥蒂莉先发现。他奔回去，顺利地把它们取了出来。这时他已听见老板娘领着客人朝他所在的地方走来。他急忙跑向自己的小房间，谁知房门却关上了。他刚才冲进去时把拔下来的钥匙留在了房里，锁一碰就锁上了；他呢，站在门前傻了眼。他猛力推门，门纹丝不动。哦，他真恨不得变成一个幽灵，从门缝里钻过去！没有办法！他把脸藏在门框后面。奥蒂莉走进来，老板娘一眼看见他，便退了回去。同样，他也完全躲不过奥蒂莉的眼睛，只好转过脸去，这一来，一对恋人又一次在极其稀罕的情况下，突然面对面地站在一起。她沉静而庄重地望着他，既不前进，也不后退；他动了一动，想朝她靠近，她便几步退到了桌子边上。"奥蒂莉，"他喊出声来，"让我打破这可怕的沉默吧！难道我们只是两个面对面站着的影子不成？不过首先听我告诉你！你现在就见到我纯属偶然。在你旁边有一封我准备给你的信。念念吧，我求你啦，念念吧！然后你再下结论你能做什么。"

　　奥蒂莉低头看着信，思考片刻后把它拿起来，撕开了开始阅读。她面无表情地把信读完了，然后又轻轻放回桌上。她再把举着的两手合起掌来，收回到胸脯前，身子微微有点儿前倾，两眼望着那急切地期待着的男人。可她那目光啊，真叫爱德华不能不放弃他原本怀有的所有欲求，所有希望。她这举动撕碎了他的心。他受不了她这副模样，受不了她这个姿态。如果他再坚持自己的要求，看来她完全可能跪下。他绝望地冲出房门，打发老板娘去照顾那个孤独的女人。

　　他在前厅里走来走去。夜色已经降临，房里仍了无声息。老板娘终于走出来，顺手拔掉了房门钥匙。善良的女人受了感动，处境挺尴尬，不知如何是好。最后，她在离开时把钥匙递给爱德华，爱德华不肯要。她留下灯走了。

　　爱德华悲痛欲绝，扑倒在奥蒂莉的门前，眼泪把门槛都浇洒湿了。谁听说过，一对近在咫尺的爱人竟如此凄惨地度过漫漫长夜！

　　天亮了，车夫催着上路，老板娘打开门锁，走进房中。她发现奥蒂莉和衣睡着了，便退出来冲爱德华微笑了笑。他跟她走到熟睡的姑娘床前，眼前的景象仍叫爱德华受不了。老板娘不敢唤醒安睡的少女，便坐在了对面。终于，奥蒂莉睁开美丽的双眼，站起了身来。她拒绝进早餐，于是爱德华走上前去。他恳求她，要她哪怕只说一句话，只讲清楚她想怎么样。他发誓，他尊重她所有的愿望；然而她缄默无言。他再一次亲切而又急迫地问，她到底愿不愿属于他。她呢，目光低垂，脑瓜儿轻轻地一摇表示"不"，整个神态真是再爱人不过哟！他问她是否想回寄宿学校。她淡漠地表示不想。可当他问，他可否送她回夏绿蒂身边去，她如释重负地点了点头，表示赞同。他急忙奔到床前，给车夫下了命令；可在他的背后，奥蒂莉已闪电般迅速冲出房门，跑下楼梯，钻进车中。车夫把车驶上了返回府第的大路；爱德华骑着马，远远地跟在后面。

第十七章

奥蒂莉的马车驶进了府第的院子,爱德华驱马随后赶到,夏绿蒂想不到会见到这样的情景,真是惊讶到了极点!她急忙走到门口。奥蒂莉下了车,随着爱德华一起向她走来。奥蒂莉急切而有力地把夫妇俩的手拽到一块儿,便跑回自己房间去了。爱德华搂住妻子的脖子,热泪纵横。他没法解释自己为什么这样,只是求她宽恕自己,并且去关心奥蒂莉,帮助奥蒂莉。夏绿蒂赶往奥蒂莉的房间,一跨进门便吓了一跳:房中徒存四壁,家具什物全部已经腾空,不只显得空荡荡的,简直就叫人感到凄凉。什么都搬走了,仅在房间中央蹲着只箱子;用人不知究竟该把它放在何处,只好如此。奥蒂莉倒在地板上,手臂和头倚靠着箱子。夏绿蒂搀扶起她,问她出了什么事,可得不到回答。

使女送饮料进来,夏绿蒂让她留下照顾小姐,自己赶去找爱德华。她在大厅里找到了他;他同样说不清楚是怎么回事。爱德华跪倒在她面前,泪水沾湿了她的双手,随后他逃进了自己的房间。夏绿蒂想去追他,半路上碰见他的贴身仆人,从他嘴里了解了大致情况。剩下的她完全可以想象,于是便果断地处理眼前最急迫的事情。奥蒂莉的房间马上又重新布置起来。爱德华发现自己的一切也恢复了原样,包括他最后留在桌上的那张条子。

表面上看,三人重新聚在了一起;可奥蒂莉仍然闷声不响,爱德华也毫无办法，只好请求妻子耐心，其实他自己似乎就缺乏耐心。夏绿蒂派人去请米特勒和奥托少校；米特勒没碰着，少校来了。爱德华向少校吐露了心声，对任何微小的细节都未加保留，这一来，夏绿蒂才知道是什么使形势发生了如此离奇的变化，使两人的情绪异常激动。

她与丈夫进行了一次温柔体贴的谈话。她没有别的要求，只请他目前别去逼那个女孩。爱德华感觉到了妻子的高贵、理智和对他的厚爱；可尽管如此，他仍完全受着自己激情的左右。夏绿蒂给予他希望，答应他同意离婚。他却不信；他神经如此虚弱，一会儿失去了希望，一会儿失去了信念，已处于一种精神失常状态。夏绿蒂照看着他，使他保持冷静，对他有求必应。她答应嫁给少校，如果奥蒂莉同意与爱德华结合的话，但有个先决条件，两位先生暂时得一块儿去旅行。少校正好要去完成一件宫里的外事任务，爱德华答应做陪同。大家开始准备行装，情绪也稳定了一些，毕竟有了些事情好干嘛。

这期间，人们发现奥蒂莉几乎不吃不喝，同时继续保持沉默。大伙儿一去劝她，她反而紧张害怕，所以只好作罢。要知道，我们多半都心肠太软，不会去折磨人家，即使对她一片好心，是吧？夏绿蒂绞尽脑汁，最后终于想到去把校长助理请来；他对奥蒂莉很有影响力，已来信客气地询问奥蒂莉怎么说去又未去，但却没得到答复。

为了不使奥蒂莉感到突然，大伙儿当着她的面提起这个打算。她看样子不赞成；她堕入了沉思；终于，她似乎思考成熟，决心已定,一溜烟儿跑回自己房间,还在当晚就给大伙儿送来一封信。

奥蒂莉致朋友们

亲爱的朋友们,事情明明摆着,干吗还要我讲出来呢?我已经偏离自己生活的正道,没法再回去啦。看来有个恶魔控制了我,从外部阻碍着我恢复内心的和谐,即使我自己想努力也不能够。

我的想法很明确,就是放弃爱德华的爱,并且离他而去。我不希望再见到他。情况却发生了变化;他站到了我的面前,违背了自己的意愿。我答应过不再与他谈话,我也许太拘泥于谈话二字的字面意义啦。遵照眼下感情和良知的指引,我沉默不语,在他的面前变成哑巴;现在我已没有什么好再说了。我一时感情冲动,为自己立下了一个教团式的严格誓言,现在认真想想不禁感到后怕。可尽管这样,只要我的心还有此要求,就让我坚持履行它吧。别请任何调解人来!别逼我讲话,别勉强我增加饮食,就这样已经足够了。用宽容和耐心帮助我度过这段时间。我年轻;年轻自然会恢复健康,不会出问题。容我留在你们身边,用你们的爱安慰我,以你们的交谈启迪我;但让我自己调理自己的内心!

两位男士早准备好的动身停了下来,少校的外交使命已经推迟。爱德华才叫巴不得啊!读了奥蒂莉的字条,他重新激动起来;她那些给人希望和安慰的话语,又鼓起了他的勇气,使他觉得有理由顽强地坚持下去,于是断然宣布他不再离开。"真叫愚蠢哪，"他喊道，"预先就急忙抛弃最必需的、不可或缺的东西，就算有失去它的危险吧，但也许还能保住啊！这到底表明什么？只不过表明，人似乎具有渴望和选择的能力。就是受此愚妄的支配，我常常提前几个钟头，甚至是几天，忍痛离开自己的朋友，仅仅为了免受那无从逃避的最后的分别期限所迫。这一次我可要留下来啦。我为什么得离开？她不是已离开我了吗？我不会异想天开去拉住她的手，把她搂在我胸前；我甚至连想都不敢想，我感到寒栗。她没有离我而去，她对我已高不可及。"

这样，爱德华就如他所希望地留了下来，不得不留了下来。而且每当他和奥蒂莉待在一起，都感觉再惬意不过。她呢，也同样有此感觉，同样逃脱不了对这种幸福之感的需要。一如既往地，他俩相互仍有着一种无法描述的、近乎魔法的吸引力。他们生活在同一座屋顶下，哪怕并不直接想着对方，哪怕各干各的事情，哪怕让其他同伴拖到了不同地方，他俩照样会彼此靠近。如果是在大厅里，那过不了多一会儿，他俩便已站在或坐在一起。只有近在咫尺他们才心安，才感到宁贴；而这样待在一起也就够了，无须再看上一眼，无须再说一句话，无须再有任何举动和接触，仅仅只需待在一起。这时候，他们不再是两个人，而是在无意识和完全彻底的心满意足中变成了一个，既满意自身，也对世界感到满意。是的，如果二人中的一个让谁拖住在了府第的一隅，另一个便会身不由己地自行慢慢移动过来。对于他们来讲，生命已是一个谜，谜底只有两人一起才找得出来。

奥蒂莉已变得心情舒畅，神态自若，大伙儿因此完全放了心。她很少离开朋友们,只是要求单独用膳。只有南妮一个人服侍她。

不管谁日常有过什么遭遇,总会叫人难以置信地反反复复碰上,因为此乃他的天性使然。个性、气质、爱好、志向、地域、环境和习惯等,一块儿构成一个整体,人生活其中就像鱼儿游在水里一样,是他唯一感觉舒适和惬意的境界和氛围。正因此,许多人尽管大肆抱怨自己今不如昔,可我们在许多年后却惊讶地发现他们依然如故,虽经受过外界和内心的无数刺激,仍不见有什么变化。

同样,在我们那几位朋友的日常相处中,几乎一切又走上了原来的轨道。奥蒂莉仍旧默默地帮大家做这做那,显示出自己待人殷勤的个性;其他人也都依然故我。正是以这种方式,他们的生活圈子便呈现出一个和好如初的假象;一切仍是老样子的妄想,应该说情有可原。

秋天的白昼,长度一如那些已逝去的春日,把朋友们在同一时刻从野外唤回了家中。这个季节繁花似锦,硕果累累,让人相信它好像是紧接在那个春天之后的秋天;在它们之间的时光,早已让人给忘却了。要知道在头一些个春日播下的种子,而今正好开花;当时看见正开花的果树,眼下果实已经成熟。

少校去而复来,米特勒也经常露面。晚上的聚会大多如期进行。爱德华照常朗诵,只不过比当初更生动、更精彩、更富有情感,是的,甚至可以说更活泼愉快。看样子,他似乎想通过快乐的情绪感染奥蒂莉,使她冰冷的心重新融化,使她重新打破沉默。和从前一样,他有意坐在能让她看到书里的位置上;是的,如果她不看着他念的书,如果他摸不准她的目光是否在跟着移动,他就会焦躁不安,就会分散注意力。

前一些时候的所有不快、所有难堪都已烟消云散。谁也不再对谁心存隔阂;任何怨恨、不满全消除了。少校拉着提琴,替弹钢琴的夏绿蒂伴奏;爱德华的长笛与奥蒂莉的弦乐器配合默契,一如当初。这样慢慢地到了爱德华的生日,去年它却未能庆祝。这一次也决定不隆重操办,而是要以宁静、亲切和惬意的方式将它度过。大伙儿就此达成了一致意见,一半是心照不宣,一半也是经过了商量。然而佳期越是临近,奥蒂莉的神态越是流露出喜气,让人不只像前些时日似的感觉得到,而已经看得出来。她似乎常在花园中瞅来瞅去;她已指示园丁,要他照料好所有夏季的花卉;对那些今年开放得格外茂盛的翠菊,她特别留神。

第十八章

朋友们暗中留心观察,最重大的发现是奥蒂莉第一次把行李箱又打开了,从箱里取出来各式各样的衣物,还剪下了一段够做一整套衣服的料子。在南妮的帮助下,她准备把剩余的东西再装进箱里去,可是却难上加难;东西多得快要满出来,尽管已经取走了一部分。贪婪的小使女看得眼馋死了,特别是当她发现各种小件衣物应有尽有。还有一些鞋子、袜子、绣着格言的吊袜带和手套之类的东西都塞不进去。她请求奥蒂莉送一点给她。奥蒂莉没有同意,却拉开衣柜的抽屉,让南妮随便挑选。小姑娘急急忙忙地翻腾一气,随即抱着战利品跑回村子去了,以便向家里的人报喜和炫耀。

终于,奥蒂莉仔仔细细地叠好了所有衣物,随后拉开了箱盖里边的一个暗袋。在袋里,她藏着爱德华的便条和书信,一些个从前多次散步时采下来做纪念的干花,一缕爱德华的卷发,等等。她又加进去了一件纪念品——一帧她亡父的袖珍画像,锁好箱子,然后把用一条金项链吊着的小小钥匙重新挂上脖子,垂在胸前。

在此期间,朋友们的心中重新燃起了某些希望。夏绿蒂坚信,奥蒂莉总有一天会开口讲话;因为在此之前她已暗暗在做这做那,显得心满意足,脸上还不时浮现出神秘的微笑,就像谁暗中准备好了什么准会叫心上人感到惊喜的礼物时一样。朋友们全都不知道,奥蒂莉有相当多的时间是在极度虚弱的状态下熬过的,只是要露面了,她才拼命地振作起精神。

这些日子米特勒频繁光临,待的时间也比往常久一些。这顽固老头太清楚了,打铁总得等到一定的火候。奥蒂莉的沉默和拒绝在他看来是好事。到目前为止,没有采取任何离婚的步骤;他希望能以另外某种有利的方式决定这个好姑娘的命运。他耐心地倾听着,不固执己见,对人晓之以理,行事老练机灵。

然而,一旦他找到对他认为重大的问题做出判断的机会,他又总是忘乎所以。他多数时间都生活在自己的空想中,与旁人打交道时只想着影响支配人家;在朋友熟人中话匣子一打开,常常就啥也不顾地滔滔不绝往下讲啊，讲啊，至于是有益或是有害，是伤害了人或是给了人抚慰，全只好碰运气喽。"

爱德华在过生日的头一天骑着马出去了；傍晚，夏绿蒂和少校坐在一起等他，米特勒则在客厅中走来走去。奥蒂莉待在自己的房间里，把准备明天戴的首饰在面前摆开，同时给使女这样那样的指示；南妮对她无声的安排完全心领神会，执行得挺麻利。

米特勒正好逮住了一个他得意的话题。他总是津津乐道什么，不管是教育孩子还是统治民众，最最笨拙和粗野的办法莫过于颁布种种禁令，制定一些个不可干这不得干那的法律和规章啦。"人都生性好动，"他说，"因此只要善于指导，他就会从善如流，做好让他做的事情。在我的活动范围中，我宁可容忍我当事人的缺点和错误，直到我可以拿出相应的美德来给他学习，而不愿看着他丢弃错误却没有正确的东西加以取代。只要可能，人都愿意做好事，做有益的事；他这样做只是为了有事可做，并不会有多少其他考虑，就像对那些由于无所事事和百无聊赖而干的那些傻事，他也不多加考虑一样。

"常常听见有人主张在儿童启蒙读本中增加十诫的内容，我真是烦透了。那第四诫倒也蛮不错，蛮有道理：'你要尊敬父母。'孩子们要是记在了脑子里，就会变成日常的行动。可是那第五诫，又叫我怎么讲好呢？'你不可杀人！'就像谁真有那么一点点兴趣去杀死别人似的！是的，人偶尔也会杀人，可那都是仇恨、恼怒、急躁妄动以及诸如此类的原因造成的结果。明令禁止儿童不可谋杀和杀人，可不就是野蛮的表现吗？设若改作：

'关心他人的生命,不做任何危害他人生命的事情,为拯救他人甘冒风险;想想吧,危害他人即是危害你自身。'——这些才成为文明和理性的民族的戒条,才可以凑合着放进儿童教义问答的'这是什么?'附录里。

"特别是那个第六诫,我简直觉得太可恶啦!算什么哟?完全是挑逗懵懵懂懂的儿童对危险、神秘的事物的好奇心,在激发他们对怪诞、荒唐的行径的想象力,把这些原本该讳莫如深的话题强拉到孩子们面前来!把这类事情交给一个秘密法庭随便怎么发落,难道不也比由教会和信徒们在那儿说三道四好得多吗?"

就在这个当口儿,奥蒂莉走了进来。"你不得奸淫,"米特勒继续说,"多么粗鲁!多么不雅啊!如果改作:'你要尊重婚姻;看见别人夫妻恩爱,你该感到高兴,并且像分享晴朗的日子似的分享他们的幸福!设若发现他们的关系中出现了什么暧昧情况,你要努力使之澄清;你要设法劝导他们,安抚他们,向他们指出相互的优点;你要忘我无私地促进他人的幸福,让他们感觉到,幸福总是产生于义务,特别是这种将男人和女人牢不可破地结合在一起的义务。'这听起来不就完全两样了吗?"

夏绿蒂如坐针毡;特别是她断定米特勒自己也不知道他在说什么,在什么场合这样说,就更加感到情况危急。可不,她还没来得及打断米特勒,就看见已经面目全非的奥蒂莉离开了房间。

"您就免了咱们那第七诫吧。"夏绿蒂强作笑颜道。

"余下的各条通通免了,"米特勒回答,"只要我能挽救其他戒条的基础。"

南妮惊恐万状地喊叫着冲进来房来:"她要死啦!小姐要死啦!快去,请快去!"

适才奥蒂莉踉踉跄跄地回到自己房中,看见准备明天戴的首饰分别摊放在好几把椅子上,小姑娘在面前走来走去地一边观赏,一边大声赞叹欢呼:"您瞧瞧啊,亲爱的小姐,就像是给新娘子戴的,完全配得上你喽!"

奥蒂莉听罢这句话便倒在了沙发上。南妮发现自己的主人脸色惨白,手脚僵硬,立刻跑去喊夏绿蒂。大伙儿来了,与府里很友好的大夫也赶了来;他以为只是虚脱而已。大夫吩咐送来一碗肉汤,奥蒂莉厌恶地示意端走;是的,当人家把碗凑近她嘴边,她差点儿痉挛起来。面对这个情况,大夫严肃而着急地问奥蒂莉今天吃了什么。使女吞吞吐吐;大夫再问,小姑娘才不得不承认,她什么也没吃。

大夫觉得南妮神色慌张异常,便拉她去隔壁房间。夏绿蒂跟了过去,小姑娘猛然跪倒在地,坦白了奥蒂莉已有老长一段时间几乎可以说压根儿没有进食。由于奥蒂莉坚持要求,食物都让她代为受用了;她没有报告,是因为小姐又是请求,又是威胁,再说呢,她天真无邪地补充道,那些饮食她也觉得怪好吃呢。

少校和米特勒也走过来,看见夏绿蒂正和大夫一起忙乎着。面色苍白的天使坐在沙发的角落里,看样子神志还清醒。大伙儿劝她躺下;她不愿意,却示意把小箱子给她搬过去。她把脚搁在箱子上,半坐半躺地感觉舒服了一点。她似乎想与周围的人诀别;她的手势表情,流露出对他们无比温柔的依恋、眷爱、感激和歉疚，以及临别时最衷心的祝福。

爱德华刚下马就听到情况，立刻冲进房来，扑向奥蒂莉身边，抓住她的一只手，让无声的泪水将它淹没。他这样待了很久，最后终于高声喊道："难道就不能让我再听听你的声音吗？就不能活过来再对我讲句话吗？好，好！我这就跟你去，到了那边我俩再用其他语言谈吧！"

奥蒂莉紧紧地握着他的手，深情而又依恋地注视着他，先长长吸了一口气，嘴唇无声地、可爱至极地翕动着，终于使劲儿却又温情脉脉地说出一句话来，道："答应我活下去！"说完便头一仰倒下了。

"我答应你！"爱德华大声冲她喊，可是已经晚了；她已然离开人世。

熬过了一个浸透泪水的夜晚，夏绿蒂又操心起安葬那香躯的问题来。少校和米特勒充当她的助手，爱德华的情况令人担忧。他刚脱离悲痛欲绝的状态，头脑稍稍清醒了一点，便坚决要求别把奥蒂莉的遗体运出府第，而是要像一个活人似的好好加以服侍，加以照料；因为他说她没有死，她不可能死。大伙儿顺从他的心愿，至少是没做他不准做的任何事。他没有要求去看奥蒂莉。

又出了一件令大伙儿震惊的意外，一个够他们麻烦的乱子！南妮让大夫又是骂、又是唬，才承认了事实真相；在承认后再劈头劈脑遭到一通责备，临了儿就逃跑了。大家找了很久才找到她，看样子精神已失常。她父母把她领了回去，情况看来不很妙。她一次次地企图再跑，家里不得不把她关起来。

一步一步地，朋友们终于帮助爱德华脱离了痛不欲生的境地，然而这只是使他更加不幸；他心里明白，心里笃定，他一生的幸福已经永远地失去了。大伙儿鼓起勇气向他提议：把奥蒂莉安葬在小侧堂中，这样她就仍然留在活着的亲人中间，有了一个宁静、可爱的居所。然而要得到他的同意却非常困难；最后，他似乎是认可了，对一切不再反对，但只是有个条件：奥蒂莉的灵柩抬出去时要揭下盖子，在穹顶小侧堂中只能盖上个玻璃罩，并且得点上一盏长明灯。

人们用奥蒂莉自己准备好的衣物把她姣美的遗体穿戴起来，并用翠菊编了一个花环戴在她头上；一朵朵小花儿看上去宛如在夜空中忧伤地闪闪烁烁的繁星。灵柩、教堂和小侧堂也都装饰起来了，为此一座座花园全遭到了浩劫，呈现出一派荒凉景象，仿佛严冬已提前到来，夺走了所有花畦的全部生趣。拂晓时分，死者安卧在敞开的灵柩中被抬出府第，初升的朝阳再一次映红了她天使般的脸庞。送葬的人们拥挤在抬灵柩的杠夫周围，谁也不愿意驱前，谁也不愿意落后，人人都想待在她近旁，人人都想最后再感受感受她的存在。男女老幼无不为之悲恸。女孩子们受到了直接的损失，更是悲痛欲绝。

南妮没有露面。家里人不准她来，或者更确切地说，没让她知道出殡的日子和时间。她被关在家里一间朝着园子的斗室里，可是一听见教堂的钟响，立刻就明白发生了什么事情。看守她的女人也很好奇，出门看送葬的队伍去了。南妮趁机爬出窗户，逃到了过道上，见所有的门都关着，又从过道爬上了阁楼。

这时队伍正沿着撒满了花叶的洁净大道蜿蜒曲折地穿村而过。南妮清清楚楚地看见自己的主人近在脚下，模样比所有送葬的人还更清晰、更丰满、更美丽。她是那样超凡脱俗，就像由云朵或者浪花托负着一般，仿佛正在召唤她的这个使女似的，南妮呢便头脑昏昏，跟跟跄跄，一跟斗摔下了楼来。

人们惊叫着四散逃奔。杠夫们经不住拥挤冲撞，只得把灵柩放下。小姑娘就躺在近旁，看样子已摔断了手脚。有谁把她抱起来，不知是出于偶然或是特别安排，让她靠在了奥蒂莉的遗体旁边，是啊，她自己好像也希望以她的伤残之躯再亲近亲近自己爱戴的女主人。谁知她那哆哆嗦嗦的肢体一碰着奥蒂莉的衣服，她那无力的手指一触着奥蒂莉叠在胸前的双手，这小姑娘就一跃而起，先是高举臂膀，两眼朝天，随后又扑通一声跪倒在灵柩前，仰望着自己的女主人，一副痴迷而又虔诚的模样。

她终于疯了似的跳起来，发出狂喜的呼喊："真的，她宽恕我啦！没谁会宽恕我的罪孽，连我自己也不会原谅自己，上帝却通过她的目光、她的手势和她的嘴唇，给了我宽恕！现在她又安安静静躺着啦；可你们亲眼看见来着，看见她怎么坐起来，怎么合起双手给我祝福，怎么目光亲切地望着我哟！你们大家都听见了的，你们可以作证，她真的对我说：'你已得到宽恕！'眼下我在你们当中不再是个杀人凶手，她宽恕了我，上帝宽恕了我；谁也不能再把我怎么样。"

众人挤在她四周；他们惊诧莫名，他们静听着她胡诌的同时东瞅西望，谁也不知如何是好。"现在抬她睡觉去吧！"精神失常的女孩说，"她已做完自己的事，已受够了苦，不好再住在我们中间。"灵柩开始移动，南妮紧跟在后面，送葬的队伍总算抵达教堂，进入小侧堂里面。

眼下奥蒂莉的灵柩便存在那里，头顶上是那孩子的棺木，脚底下是锁在一只厚橡木柜里的小箱子。找了一个女人来当看守，负责在开始一段时间照料可爱地安卧在玻璃罩下的奥蒂莉的遗体。可是南妮怎么也不肯把这差事让给别人，也不希望任何人陪伴，而要独自守在那里，勤快地维护那盏头一次点亮了的长明灯。她顽固坚持自己的要求，人们只得由着她，怕的是弄不好她的精神病会更加严重。

然而南妮没能独自待多久。随着夜幕降临，摇曳不定的长明灯充分显示威力，给四周散布了更多的光明，这时小侧堂的门突然开了，年轻的建筑师跨了进来。此刻，在柔和的灯光中，那以虔诚的宗教画装饰起来的四壁显得越发古老、越发神秘地闯进他的眼帘，令他深感意外。

南妮坐在灵柩的一侧。她马上认出了建筑师，但只是默默地指了指已经变得苍白的女主人。建筑师于是站到了另一侧，那么年轻力壮，气宇不凡，却忘乎所以地呆呆立着，双臂下垂，同时激动地绞着手指，头和目光都倾向死者，完完全全地陷入了沉思。

曾经有一次，他就这样站在贝利萨的像前，现在他又下意识地采取了同样的姿势；而如此站着，眼下又是多么自然哪！在这儿，也有一件无价之宝从它高高的宝座上摔了下来。如果说，当初随着贝利萨的去世，人们痛惜的是勇敢、智慧、权威和荣华富贵，丧失了一个民族、一位君王在关键时刻不可缺少的、本该珍视而反遭摈弃的品格的话，那么现在就是另外许多沉静的美德，自然刚从其包罗万象的深渊里呼唤出来的美德，又很快遭它轻率地用自己的手给抹掉了。这是一些罕见、美丽而可爱的品格，艰辛的人世受其和缓的影响时刻感到幸福、满足，否则就得忍受愁苦、焦渴。

好长一段时间年轻人都默默无言，小姑娘也是。可她见他一直泪流不止，伤心得几乎无法自持，便开始劝他。她的话说得那么恳切、有力，那么真诚、自信，口齿之流利竟然叫建筑师大为惊讶，使他终于能够控制住自己的感情，好像看见自己美丽的女友飘飘然活在一个更高尚的境界里，在那里继续工作。他的眼泪止住了，悲痛也已减轻。他跪在地上向奥蒂莉道别，又热烈地握着南妮的手和她说再见，然后连夜离开了当地，没有再看见任何别的人。

大夫瞒着南妮在教堂里藏了一整夜，第二天一早去看她，发现小姑娘心情愉快，无忧无虑。他本来估计她会精神错乱来着，想象她会告诉他夜里曾经与奥蒂莉交谈，或者诸如此类的荒唐事；谁知现在她竟神态自然、平静，神志完全清楚。从前的事情她全部都记得，甚至所有细节也准确无误，说起话来没有任何离谱和糊涂反常的地方；唯一的例外是送葬时她出的那件事。一说起此事她便没完没了，兴高采烈，反复告诉人家奥蒂莉如何突然坐了起来，如何祝福她、宽恕她，使她永远得到了良心的安宁。

奥蒂莉的遗骸久久地保持完好，处于一种与其说是死亡不如说是睡眠的状态，因此吸引来了不少的人。当地和邻近地区的居民都想再来看一看她，谁都巴不得听南妮亲口讲讲那件难以置信的奇迹，一些人不过寻寻开心，多数则表示怀疑，也有少数硬是相信真有那么回事。

任何需要得不到实际的满足必然衍生出狂信。既然众人眼睁睁看着南妮摔断了胳膊腿儿，让那虔诚的遗体一挨上就得以康复，为什么其他人又不可能在这儿碰着同样的运气呢？起初，一些慈爱的母亲把自己身患疾病的孩子偷偷带了来，并且自以为真的发现病一下就好多了。于是人们愈加迷信，以致后来谁都想到这里寻求健康和抚慰，不管多么衰老，多么病弱。最后眼看着来的人实在太多了，不得不将小侧堂甚至整个教堂都关闭起来，只在做弥撒的几个小时才予以开放。

爱德华没有勇气再去死者面前。他行尸走肉般地活着，似乎已没有眼泪，不再能够感觉悲痛。他对聚会的兴趣，对饮食的胃口，都一天比一天减少。唯一能令他提起精神来的，看样子是用那只玻璃杯喝酒；自然哪，它之于他并不是一个真正的预言家。他仍然经常喜欢凝视杯上那纠结在一起的花体字母，目光严峻而又兴奋，看样子现在仍旧希望会有某种美满的结合啊。正如任何无关紧要的小事都会使幸福的人更感到幸福，任何偶然的巧合都会令他飘飘然一样，一些个再细微不过的意外凑在一起，也能把一个不幸的人给完全毁掉。一天，爱德华刚把自己心爱的酒杯端到嘴边，突然惊叫一声把杯子拿开了；它既像是那只酒杯，却又不是；他发现少了一点记号。经过逼问，贴身仆人只好承认原来的那只玻璃杯早就打破了，现在也是从爱德华年轻时用过的杯子中找了只差不多的来冒充。爱德华没法再生气，他的命运已由事实做了宣判；这个征兆哪里还能让他激动呢？然而他仍因此心情极度抑郁。从这时起，他似乎讨厌喝酒了；他看样子是存心不再吃东西，不再与人交谈。

可时过境迁，爱德华又突然变得焦躁不安了。他重新要求吃喝，重新开始与人谈话。"唉！"他对很少离开他左右的少校说，"我多么不幸哦，我的全部努力一直不过是模仿，毫无意义！对她来说是幸福，对我却是痛苦；为了这幸福的缘故，我却被迫忍受痛苦。我不得不跟着她，跟着她走这条路；然而我的天性拖我的后腿，不让我实现自己的诺言。模仿没法子模仿的东西，真是一桩可怕的任务。我体会到了，好朋友，做成任何事情都需要天赋，殉情同样如此。"

面对爱德华如此毫无希望的情况，一些时候以来，他的亲属、好友和医生寝食不安，都在竭尽全力地想法进行挽救，叫我们还有什么好说的呢？终于，他被发现死了。第一个见到这可悲场面的是米特勒。他叫来大夫，并按照惯例对发现死者的现场做了仔细观察。夏绿蒂匆匆赶到，她疑心是自杀而死，因此怨自己也责怪其他人粗心大意，犯了不可原谅的错误。然而大夫举出生理学的论据，米特勒从伦理方面进行分析，很快就使夏绿蒂确信事实恰恰相反。显而易见，爱德华是突然死去的。在一个宁静的时刻，他把在此之前一直秘不示人的奥蒂莉的遗物，从一个小匣子和一只钱包里取了出来——摆在了面前：一缕卷发，一些在幸福时日采摘的花朵，她写给他的所有书信——包括他妻子满怀狐疑地偶然传递给他的那头一封在内。所有这一切他不可能有意让人发现喽。由此可见，这颗刚刚还激动不已的心已处于不受干扰的宁静状态；他在思念那圣女时安然睡去了，简直可以说是一种福气。夏绿蒂让他安卧在奥蒂莉旁边，指示穹顶的小侧堂里不得再葬任何人。以此为条件，她给了教堂和学校，给了神父和教师几笔很可观的捐赠。

而今一对情侣就这么并肩长眠。静穆的气氛笼罩着他俩的安息地，欢乐的天使从穹顶上亲切地俯瞰着他们；而将来，假使他俩一旦双双苏醒转来，那又将是何等美妙动人的一瞬啊。

译余漫笔

《亲和力》——一部内涵深沉丰富的杰作

1774年，年仅25岁的歌德以小说《少年维特的烦恼》震动了德国乃至整个欧洲文坛。事隔35载，在年满60而进入老境的时候，他又出版了长篇小说《亲和力》(1809年)，再一次于德国读者和评论界中搅起了轩然大波。也可以说，在歌德生前，《亲和力》所受到的注意和引起的争论超过了除《维特》以外的其他所有作品。小说问世的次年，一位友人写信给他说："我从来没有听人谈起什么像谈您这部小说一样地感情激动，一样地恐惧不安，一样地愚蠢荒谬。书店门前也从来没有过这么热闹拥挤，那情形简直就跟灾荒年间的面包铺一样……"①

一方面，《亲和力》获得了一些富有鉴别力和洞察力的作家和评论家的高度赞赏。卡·威·弗·左尔格说："这是一件含义无穷的艺术杰作"；威廉·格林认为："它只有歌德才能写出来"；福凯则断定："这样的杰作，我认为，年迈的大师还从来没有写

---

① 见《歌德选集》德文汉堡版第6卷，第690页。

过。艺术如此精湛、深刻，感情如此热烈、真挚，信仰如此神圣、宁静！我现在比以往任何时候都更加倾心于他。"[1]

可是，另一方面，《亲和力》这部书却为当时的多数读者所不理解，一些个卫道士甚至骂它是"一部不道德的书"，"有伤风化"，而它的作者歌德，也就被斥为"异教徒"，因为据说他在书里竟然为违犯基督教所谓"十诫"第六诫[2]的人做辩护。相传在一次社交聚会中，一位夫人告诉歌德，她认为《亲和力》这本小说是极不道德的。歌德听罢沉默了好一会儿，然后才冷冷地回答："很遗憾，它却是我最好的作品。"[3]

时至今日，人们对《亲和力》的评价虽然都已趋于肯定，但是，具体谈到它的主题和思想内涵，仍旧众说纷纭，莫衷一是。就题材和主题思想而言，《亲和力》可以讲与《维特》确有相似之处；但是老年的歌德毕竟不同于青年歌德，《亲和力》的思想内涵事实上要深沉得多。

*

歌德在晚年曾经说，他的所有作品"仅只是一部巨大的自白的一个个片段"。《亲和力》也不例外，同样反映了他一个时期的生活经历和思想情感。

1807年12月，歌德在老友耶拿出版商弗洛曼家中做客。弗洛

---

[1] 见《歌德选集》德文汉堡版第6卷，第652、660、661页。
[2] 第六诫的内容为"不可奸淫"。
[3] 见"Zeit-Bibliothek der 100 Bücher"，Suhrkamp 1980年版，第153页。

译余漫笔 《亲和力》——一部内涵深沉丰富的杰作

曼有一个养女名叫米娜·赫尔茨丽卜。她年方一十六岁，总是穿着一身洁白的连衣裙，娇嫩白皙的脸上长着一双顾盼撩人的黑色大眼睛，眼神中总是含着忧郁、智慧和幻想，后脑勺上盘着乌黑的发辫，整个人看上去就像初绽的花蕾一般地美丽。在冬日的寂寥中，歌德和随后到来的一位当时算是才华横溢的青年诗人察哈里阿斯·维尔纳尔比赛写诗，可爱的少女米娜自然成了他们崇拜和讴歌的对象。在两个礼拜里，歌德颇为她写了些自己本不喜欢写的十四行诗，不知不觉间，他已忘记这是逢场作戏，而真的爱上了米娜。这是歌德二十多年来又一次产生了强烈的爱欲，内心激动不已，似乎恢复了青春。然而，这却是一次无望的爱情，只能给他带来痛苦：歌德已经58岁，与姑娘的年龄太过悬殊，而且他和克里斯蒂娜于1788年开始同居，第二年便生下儿子奥古斯特，在来耶拿之前不久刚好和妻子正式举行了婚礼。没有别的办法，歌德只能努力克制自己勃发的情感，强忍着痛苦，像以往多次从自己的爱人身边逃走一样，未经告辞便离开了弗洛曼家。

《亲和力》就是在这短暂的冬日爱火中产生的。它的篇幅是《维特》的两倍多，但第一稿仅用7周便完成了。可以想象，59岁的歌德仍和25岁的歌德一样，也是在按捺不住的狂热状态和创作冲动中写成了《亲和力》。

不过，尽管如此，这部小说并非他与米娜那段短短的恋情的直接和简单的记载。在弗洛曼家的经历和感受，只提供了契机和刺激，迫使歌德去思考他曾经为之长期苦恼的一些问题。诚如同时代的著名作家亨利·胡斯所说："在这部书中，歌德把自己丰富的阅历和对人生的观察思考全都写了下来。"①为了证明这个论断,只需举出一个最明显的事实,那就是小说的四位主人公全都在现实生活中有着自己的原型:美丽、善良、谦逊、乐于助人的奥蒂莉十分像歌德热爱的米娜·赫尔茨丽卜;聪明、冷漠、有决断力而人到中年仍丰韵犹存的夏绿蒂,也酷肖魏玛宫中那位既给了歌德爱和鼓舞,又长期在精神上折磨他的封·施泰因夫人——她的名字并非巧合也叫夏绿蒂;至于爱德华和奥托上尉,他们两人身上同样都具有作者本人的某些特征,只不过前者热情奔放,主要像创作《维特》时的青年歌德,后者富于理智,更似写《亲和力》时的歌德罢了。

*

《亲和力》这部小说篇幅不算长,情节也说不上复杂,歌德原本只计划写一个中篇,嵌进他已着手创作的长篇小说《威廉·迈斯特的漫游时代》中去。

说的是一对情侣——爱德华与夏绿蒂历尽波折,到了中年终成眷属。婚后,两人在美丽的乡间过着宁静而幸福的生活。一天,丈夫提出是否邀请他俩年轻时的朋友奥托——一位刚从军队退职回来尚无工作的上尉来家,协助管理他们巨大的庄园。妻子坚决反对这个提议,理由是夫妻间的和谐幸福往往会由于第三者的介入而遭到破坏。然而她终究拗不过丈夫。上尉来了,结果不

---

① 见《歌德选集》德文汉堡版第6卷,第661页。

出妻子所料，两个男子很快找到共同的爱好和工作，把她给冷在了一边。为了排遣夏绿蒂的寂寥，爱德华又主张将她在寄宿学校念书的侄女奥蒂莉接回来。对此夏绿蒂同样心存忧虑，担心年轻的侄女会爱上老单身汉奥托。殊不知情况并非如此，奥蒂莉回家不久，四个人之间便出现了意想不到的重新组合：年青、美丽、温柔的奥蒂莉和热情、豪爽、真诚的爱德华相互吸引，情投意合；贤惠、聪明而余韵犹存的夏绿蒂与干练、稳重而富于理智的奥托上尉彼此爱慕，心心相印。

日子一天天地过去，四人之间的情感变化愈加明显。这不仅表现在日常的大小事情上，而且导致了爱德华和夏绿蒂的婚姻关系事实上的破裂：一天夜里，夫妻二人同床异梦，都下意识地把自己怀抱中的对象当成新的意中人，因而获得了极大的欢娱和幸福。第二天早上醒来，面对着初升的朝阳，两人又一样地内疚，觉得自己已犯下奸淫大罪，既背叛了他们之间的神圣婚约，也玷污了他们对各自的情人的纯洁感情。至此，再也无法保持表面的平静和缄默，情人之间便相互表白了心迹。不同的只是，夏绿蒂和奥托上尉这一对理智而富有节制；爱德华和奥蒂莉，尤其是爱德华，却任凭热情驱使，以致在庆祝奥蒂莉生日时惹出了事端。这时夫妻俩只好摊牌。结果两个男子都离开了家：奥托上尉找到了另外的差事，爱德华却上了战场，以求一死。

夏绿蒂和奥蒂莉开始过着看似平静、实则孤寂的生活。不久，夏绿蒂发现自己有了身孕——这就是她与爱德华同床异梦的那个神秘之夜留下的后果。而且更加奇怪和令人骇异的是，孩子生下来了，模样却不像自己生身父母爱德华和夏绿蒂，而像他们各自的意中人奥蒂莉和奥托。这难道是乖戾的大自然在固执地揭露人们的隐私？或者这只是证明了爱情的神秘力量，也即小说中的所谓"亲和力"，是不可抗拒的呢？

两个女人精心地抚养着这奇怪的孩子，奥蒂莉尤其尽心竭力。她把这当成是对自己的情人爱德华应尽的义务，并以此寄托对他的思念。漫长的冬天过去了，爱德华并没有如其希望的那样战死疆场，而是又回到了他蛰居的别庄。他决心重新安排生活，便说服奥托去请求夏绿蒂同意和他离婚，以便四个人都能按心愿重新合法地结合。不巧夏绿蒂不在家；急不可待的爱德华潜回庄园附近却碰上了奥蒂莉，使她情绪十分激动，于回家途中神思恍惚，将孩子掉进湖里淹死了。面对着孩子的尸体，四个人中最冷静的夏绿蒂才省悟到：

> 有些事情命运固执地做好了安排。理性和道德也好，义务和所有神圣的誓言也好，都休想阻止它：命运觉得是合理的事情就得发生，尽管在我们看来好像不合理；临了儿它会强行贯彻自己的意志，不管我们怎么反抗都没有用。

基于这样的认识，夏绿蒂同意离婚，然而为时已晚。奥蒂莉深感内疚，一是怪自己破坏了自己心爱的人爱德华和夏绿蒂的婚姻和谐，二是怪自己害死了他们的孩子，断然拒绝与爱德华结合。她郁郁终日，瞒着众人不吃不喝，终致衰竭而死。绝望的爱

德华学着她的榜样,不久也离开了人世。两人被合葬在小教堂里。小说在结尾时写道:

而今一对情侣就这么并肩长眠。静穆的气氛笼罩着他俩的安息地,欢乐的天使从穹顶上亲切地俯瞰着他们;而将来,假使他俩一旦双双苏醒转来,那又将是何等美妙动人的一瞬啊。

*

从以上故事梗概,我们得到的第一个印象很可能是:此乃一部爱情小说。

果真如此吗?不,至少不完全如此。

不错,《亲和力》是写了两对男女之间的感情纠葛。但是,爱情仅仅构成了小说的骨架,在这骨架之上还支撑着丰满的血肉,蕴藏着深邃的精神。也即是说,《亲和力》不像一般爱情小说乃至言情小说那样注重情感的抒写,以至于缠绵悱恻,从而感染读者,引起读者的共鸣;相反,倒是对主人公之间激烈的感情矛盾进行冷静的描写和细致的剖析,引导读者思考。因此,整个小说带着强烈的思辨色彩。

至于说《亲和力》是一部"诲淫之作",更与事实相悖,纯属肤浅和虚伪的无稽之谈。不错,小说的两个主人公是已经以上帝的名义结为合法夫妻,后来又各自爱上了其他的人。但是,小说仅仅叙述了,令人信服地叙述了他们在感情上的变化,而没有任何一点点露骨的、庸俗的男女私情的描写。加之四位主要人物都是富有教养、品格高尚而且勇于自我牺牲的人，轻浮、淫荡这样的字眼儿，无论如何也加不到他们身上。其中，尤以奥蒂莉的形象最为可爱：她纯洁、善良、美丽、文静而乐于助人，生前受到众多男子的青睐，死后成了人们心目中的圣女。就连四人中最易受人非议的有妇之夫爱德华，歌德也认为"至少是极其可爱的，因为他无条件地在爱"[①]。在这里，我们不是又听见了维特和青年歌德的声音吗？所不同的只是，在追求个性解放和反对传统束缚——宗教的、法律的、伦理的束缚的道路上，《亲和力》和老年歌德比《维特》和青年歌德似乎更前进了一步，远远地走在了时代的前面。正因此，卫道士们加给小说"诲淫"的罪名，当时的大多数读者不能理解和接受它，也就一点都不奇怪。在谈到这个情况时，德国现代大戏剧家和无产阶级革命作家布莱希特愤慨地说："唯其如此，我才高兴。德国人都是些猪猡。"[②] 布莱希特认为，《亲和力》没有丝毫的小市民气，而同时期的哪怕最成功的德国剧作都是打上了小市民的烙印的，因此《亲和力》算得上一部"伟大的杰作"，他布莱希特可以为这部杰作"唱一支赞歌"。不只布莱希特，还有本雅明等当代的一大批著名理论家，同样给予了《亲和力》以崇高评价。

那么，《亲和力》这部小说究竟有何深义，究竟提出了哪些

---

① 见《歌德选集》德文汉堡版第6卷，第641页。

② 见"Zeit-Bibliothek der 100 Bücher"第153页，"猪猡"一词原文为Scheissvolk，此处系意译。

问题来进行探讨,以至于引起人们如此重视,并在不同时代的不同论者中得到截然相反的评价呢?

歌德自己在给朋友的不止一封信中指出,他在小说中放进了,不,藏进了许许多多的东西;他希望读者反复地进行观察,穿过透明的和不透明的帷幕,最后窥见其中的真义。① 他还说过,要真正把握书中的细节安排和人物关系,必须把它认真读上三遍。我们这样做了,果真发现《亲和力》围绕着四位主人公的感情纠葛,对恋爱、婚姻及其相互关系等重大的人生和社会问题进行了深入的思考和探讨。除了通过主人公的思想、行为和遭遇,形象而又委婉地提出问题和解答问题外,歌德还借其他人物之口,直截了当地让不同的观点针锋相对。例如,关于婚姻的约束力这个问题,小说中那个好心肠干坏事的仲裁人(中间人Mittler)认为,"婚姻是一切文明的起点和顶峰",因此"必须牢不可破"。

反之,小说中的一位伯爵却公然宣称,人都乐意扮演新的角色,"在婚姻关系中,不恰当的也仅仅是要求在这充满变换和动荡的世界上实现绝对的、永久的稳定",因此认为,"每缔结一次婚姻只应生效五年",五年以后夫妻双方都有权考虑和决定是延长婚约呢,或是各奔东西。

这位伯爵所代表的,在当时无疑是一种违反宗教戒条和法律道德准则的惊世骇俗的观点。然而,持这种观点的伯爵,他的一席话不但讲得"得体而又风趣",在"戏言中包含着深刻的伦理

---

① 见《歌德选集》德文汉堡版第6卷,第638—639页。

意义"；而且，他还身体力行，未曾离婚就与一位男爵夫人相爱、同居。在小说中，他们是高雅、端庄、快活的一对儿。反之，那位仲裁人却老迈、迂阔、令人讨厌——作者歌德自己显然就十分厌恶这个貌似与人为善的卫道士，以致让他在夸夸其谈中无意间断送了一老一少两个人的性命。这样，通过直接、间接的方式，歌德明确地表示了自己的态度：他显然同情的是爱德华、奥蒂莉和伯爵式的"无条件地在爱"的人。上面引的小说结尾的那句话，不只可以视为歌德对于他们的赞颂，而且道出了他希望人们能获得更多的婚姻恋爱自由的理想。因此笔者认为，有的学者所谓"宣扬人在恋爱、婚姻问题上须有所节制，有所放弃和断念，乃是《亲和力》这部小说的主旨"的说法，不符合歌德的创作本意，不符合文本的实际情况。

在歌德时代的德国上层社会，离婚已并非罕见的事，常有朋友以可否离婚的问题去征求歌德的意见，他从无表示反对的时候。《亲和力》一出来，也被某些人简单地看作一部为离婚辩护的书。在现代西方社会，婚姻关系变得如此松散，男女相爱结合更加自由，似乎实现了歌德在《亲和力》里提出的理想，于是不少评论者认定，在歌德的所有作品中，《亲和力》是最富现代意义的一部。笔者也认为这种看法不无道理，因为《亲和力》所包含的伦理意识和观念，确实远远超越了产生它的时代。

在这个意义上，《亲和力》称得上是一部伦理小说，但又不仅仅是一部伦理小说。

《亲和力》没有停留在爱情、婚姻、家庭伦理问题的探讨上，而是通过爱情与婚姻时常发生矛盾、婚姻因此不能持久等现象，进一步提出了人性和人生的局限问题，并且企图做出自己的解答。

小说题名作《亲和力》是富有深义的。所谓亲和力，原系瑞典化学家白格曼在1774年创造的一个拉丁文术语（attractiones electivae），译成德文为Wahlverwandtschaft，意即"选择的亲缘关系"。作为科学术语，它指的是在自然界的不同元素和物质之间，相互吸引和聚合的能力和强度是不同的，当不止两种元素在一起，或于两种原来聚合在一起的元素中又掺入别的元素时，它们之间就会相互进行"选择"，结果总是亲和力更强的聚在一起，亲和力较弱的则自然分开。在我们的小说中，通过主人公之一的奥托上尉之口，对这个化学术语做了十分明白的解释。歌德以此词做书名，赋予了它深刻的寓意，把它所表现的自然现象推演到人与人之间，特别是男女两性的关系上，也即恋爱和婚姻上。因为对于人来说，"选择的亲缘关系"，就不是血缘的先天的亲属关系，而是后天经过选择而形成的亲属关系，即通常所谓的"姻亲"。在歌德看来，书中四位主人公之间的感情变化和离散聚合，都是由这带有一定神秘色彩的亲和力的强度差异造成的。

爱德华和夏绿蒂本是一对恩爱夫妻，彼此之间的亲和力当然很强，但在碰上了奥托上尉和奥蒂莉后便各自奔向新的爱人身边，原因是他们与新来者之间的亲和力更强。于是出现了由亲和力强度差异造成的"选择"和重新聚合。

当然，所谓亲和力，在书中只是一种比喻，一种象征。我们和歌德一样，都不会把人与人之间的亲和力做纯自然科学的机械的理解；因为，作为万物之灵长的人，毕竟是有理智的。但是，人与人之间，似乎又确实存在着类似于亲和力的某种神秘的力量；而这种力量所造成的常常是破坏性的、不幸的影响，又不总是能为理智乃至由理智所创造的诸如宗教戒条、法律准则、道德规范等所抑制和克服。

什么是人与人之间的亲和力呢？可不可以说是遗传、生理、心理、种族、年龄、社会环境以及文化素养等内在和外在的因素，在人们身上造成的性格、气质和审美理想的差异，而由于这种差异，又形成了人与人之间感情交流和心灵契合的不同强度？看来可以说是，但又似乎不完全是，因为其中确实包含着某些不可理喻的、神秘的东西，某种人所不能控制和抵抗的宿命的力量。

《亲和力》这部小说的深刻和震撼人心之处，正在于向我们揭示了人生由亲和力所注定的一大局限，就是婚姻的缔结即便并非被动的——爱德华和夏绿蒂在终成眷属前都被迫结过一次婚，也总免不了带有偶然性乃至一定程度的盲目性；第一次的选择很难就是最佳选择，更不可能有绝对的和永远的最佳选择。所以，人的终身大事，实际上是由不受或者不完全受他的意志和感情所支配的偶然性也即"命运"所决定。同时，人受着同样不由他支配的亲和力推动，常常又不能顺从自己的"命运"，于是就生出了无数"千古知音难觅"和"恨不相逢未嫁时"的慨叹，酿成了无数的恋爱、婚姻和家庭的悲剧。

《亲和力》中的四位主人公正是如此，他们两个死了，两个可悲地活了下来，命运都是悲惨的。因此，评论家们又进一步认为，《亲和力》乃是一部如希腊悲剧一样的命运悲剧。当代著名德国评论家瓦尔特·本雅明在其彻底改变了人们对《亲和力》看法的长文《歌德的〈亲和力〉》中，就特别强调小说所表现的婚姻恋爱关系"神秘的"性质。

爱情小说——伦理小说——命运悲剧，至此是否已经穷尽这部佐尔格所谓"含义无穷的艺术杰作"的内涵呢？其实未必。

举个例子来说，倘使请西方现代精神分析学派来评论《亲和力》这部书，来分析一下夏绿蒂生的那个奇怪的男孩，他们多半又会做出新的有趣的解释，并且发现在歌德的"亲和力"和弗洛伊德的"力比多"以及荣格的"类型学说"之间，也存在某种联系吧。

婚姻与爱情发生矛盾，婚姻不能持久，由于婚姻造成不幸和悲剧，这样的问题在人类社会是司空见惯，由来已久，而且仍将长久地存在下去。对于问题的产生根源、解决办法以及避免造成不幸和悲剧的途径，不同时代、不同社会、不同民族和不同宗教信仰的人会有不同的认识。在《亲和力》这部小说中，歌德是以十分严肃的态度，探讨了这些重大的人生和社会问题，表明了自己的认识。我们完全可以不同意歌德那带有宿命色彩的亲和力理论，但他关心人类命运和勇于破除陈腐观念、戒律的精神，却令人钦佩。《亲和力》这部小说也有力地证明了歌德是一位超越自己时代的伟大思想家。

诗人歌德一生多恋。人们常常以他和女性的关系大做文章，颇多微词。就连我国"五四"时期思想解放的先驱者之一的郭沫若，他虽崇拜歌德，自比歌德，却也对这位"西洋贾宝玉""只晓得'吃姑娘嘴上的胭脂'"表示不满。[①]而事实上，在笔者看来，歌德是受了几分委屈。诚然，在其漫长的一生中，歌德是有过一些远比常人为多的"风流韵事"，而且轻率和负心的情况也不止一桩，对此，他在《葛慈》《克拉维歌》以至于《浮士德》中，都做过所谓"诗的忏悔"。可是，综观诗人的整个恋爱、婚姻经历，应该说他并不幸福。他觅到的知音不多，少数真正的知音如夏绿蒂·布甫和玛丽安娜·维勒美尔却又不能结合。有的女友如丽莉·薛纳曼和封·施泰因夫人，还以自己的任性乖僻带给了他痛苦。歌德最终娶的只是一位制花女工，她虽美丽、善良、贤淑，对歌德的生活多所关怀、照顾，但在精神上离大诗人和大思想家的他却相去远矣。歌德的小说《少年维特的烦恼》、剧本《斯苔拉》和诗歌《西东合集》等等，都是不幸的或无望的爱情的产物，《亲和力》也属于这类作品。歌德在小说中借助艺术形象，对恋爱婚姻不和谐的问题，进行了冷静而痛苦的思索。读《亲和力》，我们似乎听见了歌德对自己一生多恋所做的辩解：他是一个"无条件地在爱"的人，年龄和社会地位的差异以及宗教戒条、法律准则、伦理规范等，都不能成为爱的障碍；因为，爱不以人的主观意志为转移，而由人与人之间的亲和力所决定，因此可以讲，爱就是命运。

---

① 参见《三叶集》和《创造十年》。

译余漫笔 《亲和力》——一部内涵深沉丰富的杰作

*

《亲和力》被视为老年歌德的一部杰作，它在艺术表现方面自然也是成功的。前文已指出它那鲜明的思辨色彩。在一部篇幅不长的小说中要做到这一点，就不能没有精练精辟的语言，生动感人的故事，以及巧妙的细节安排。作者歌德只是事件的冷静叙述者和剖析者，书中主人公是循着一个严格而冷酷的逻辑，一步步接近了不幸和死亡。

《亲和力》和《维特》题材和主题近似，艺术风格却迥异。要想真正理解和欣赏《亲和力》，似乎得下更多的功夫（歌德说"至少读三遍"）。在这个意义上，《亲和力》又可以说是一部典型的德国长篇小说。匠心独运的细节安排，逻辑谨严的推理思辨，浪漫主义的神秘色彩和象征性，三者被作者成功地糅合在了一起。

尤其是富于浪漫和神秘色彩的象征手法的使用，可以说是《亲和力》的一个十分独特之处。以化学术语"亲和力"晓喻两性关系的多方面深刻含义，上文已讲得不少，这儿不再赘述。还有歌德给书中四位主人公取的名字也大有讲究，也有深义存焉。两位男主人公原本同名，即都叫奥托（Otto），只是为免混淆，才常常一个仅称其姓爱德华（Eduard），一个仅呼其职上尉；而两位女主人公即夏绿蒂（Charlotte）和奥蒂莉（Ottilie），她们的名字中同样隐含着Otto这个名字的女性形式即Otte。[①]甚至还有，夏绿

[①] 关于《亲和力》中人物的称谓问题，还可参阅刘皓明《启蒙的两难：歌德篇》，《读书》1996年4期。

蒂生下来的那个神秘的孩子也取名为小奥托。于是，整个故事都可以说是在男女奥托之间发生的事情。不过歌德并非在这里玩字谜游戏，而是于这几个同出一源但性别鲜明的名字中，暗藏了深义。就像亚当和夏娃这两个名字具有了象征和隐喻整个人类的意义一样，在小说中的 Otto 和 Otte 也可以被理解为泛指一切男人和女人，泛指被分为男女两性的整个人类。因此，《亲和力》给我们讲的乃是带有普遍意义的人的故事，探讨了形成人类命运悲剧的自然而神秘的原因。

从以上分析不难看出，歌德对作品的艺术形式是何等重视和讲究。大至整个小说的题名，小至主人公们的称谓，无不有助于表现作品深邃的立意和主题。这就是说，即使在一些不起眼的艺术形式中，《亲和力》也如歌德提醒读者的那样，藏进了许许多多的东西，值得反复地进行观察，以便穿过透明的和不透明的帷幕，最后窥见其中的真义。

还值得一提的是，小说的人物塑造十分成功。这不仅指它的四位主人公都个性鲜明，给我们留下了深刻、难忘的印象，就连一些次要人物也形象生动，呼之欲出。作者为此十分纯熟地使用了对比的手法，甚至是多重对比的手法，取得了突出的效果。如小说的中心人物奥蒂莉，我们不但会自然地将她与性格截然相反的夏绿蒂对比，还可以与同龄人露娴妮对比；另一中心人物爱德华，我们不但会将"无条件地在爱"的他与理智冷静的奥托上尉相比，还可以与同样爱慕奥蒂莉的校长助理和建筑师相比。通过如此多角度的对比、烘托，人物的形象、性格就更加丰满，更加光彩照人。特别是奥蒂莉这个少女形象的塑造，更是令人赞叹，值得深入研究和细加玩味。

《亲和力》不但帮助我们更好地认识歌德的整个思想、生平和创作，而且也帮助我们理解西方，特别是现代西方恋爱婚姻的伦理观念和思想基础。东西方在伦理观念上的差异无疑是巨大的。也许正由于这个原因，在四十多年前即已问世的第一个《亲和力》的中译本——为笔者的恩师冯至先生的恩师杨丙辰先生所译，才没有得到我国读者的理解和重视。在实行对外开放和中西思想文化交流不断加强的今天，重新介绍歌德这部"最富有现代精神"的作品似乎更加必要。

近些年，《亲和力》这部小说尽管也有了不止一种新译，但遗憾的是研究、评论仍不多见，在读书界引起的反响更是寥寥。也正因此，笔者在结束本文时，想再次强调一下：无论从哪方面考察，《亲和力》都是一部当之无愧的杰作，值得我们充分重视。

附录

《意大利游记》片段

威尼斯船歌

引言
一部被忽视的杰作——《意大利游记》

以小说《少年维特的烦恼》一举成名的青年歌德，1775年接受卡尔·奥古斯特公爵的盛情邀请到魏玛做客，不想却身不由己，一住十年。在这里，诗人整天忙于政务和宫廷酬酢，终于感觉累了，烦了。1786年9月3日凌晨，事先没有通知他称作"小巢"的魏玛的任何人，便改扮成一名画家（一说商人），化名"缪勒"，离开他正在那儿疗养的卡尔斯巴德温泉，朝着自己从童年时代起就十分向往的南方古国意大利奔去。

意大利不只有温暖的阳光、热情的人民，更是古代文化遗存丰富的文艺复兴发祥地，历来被欧洲的骚人墨客和艺术家视为自己"根"之所在。歌德的父亲就曾为提高修养到意大利游历，并且也留下了一部游记。歌德于出游之前两年写成的长篇小说《威廉·迈斯特的戏剧使命》，里边便有个神秘的意大利女孩名叫迷娘，她唱的那首内涵丰富和感人肺腑的怀乡曲"你知道吗，那柠檬花开的地方……"，实际上抒发的就是诗人自己对意大利的热烈恋慕和向往之情。

在阳光明媚的南国一住一年零九个月，诗人不但遍游威尼斯、佛罗伦萨、罗马、那不勒斯等文化名城，踏访庞贝的古城遗迹，观赏、临摹古希腊古罗马和文艺复兴时期的艺术珍品，而且也了解民情风俗，亲身参加天性乐观的意大利人民的各种节庆活动，如1788年2月的罗马狂欢节，更给他留下了终生难忘的印象。此外，他还广交艺术界的朋友以提高艺术鉴赏力和修养，并亲手作画达一千余幅之多。他还渡海前往西西里岛，悉心考察研究岛上的亚热带植物，在巴勒莫的植物园里为自己提出的植物形变论找到了宝贵的实证，即他所谓的"原植物"。他甚至冒险三次攀登有名的维苏威火山，并且一直走到了火山口的边上，直接观察"那冒着蒸汽的、发出咝咝声的地狱大锅"。总之，到了意大利的广阔天地里，歌德一下子又变得年轻、大胆和充满朝气了，与幽暗湫隘的魏玛宫中那位圆滑老练、"谨小慎微"的枢密顾问相比真叫判若两人。

在文学创作方面，歌德也恢复了活力，完成了反映16世纪尼德兰人民革命的悲剧《埃格蒙特》，把《伊芙根妮在陶里斯岛》的散文初稿修改成了诗剧，《浮士德》和《托夸多·塔索》的写作也有相当进展。

当然还有热烈、实在而幸福的爱情——与诗人一生中那些或者多为柏拉图式的，或者结局往往不幸的恋爱比较而言。在罗马等地，他曾和不止一个活泼爽朗的意大利女子相恋、同居，其中一位更被他耐人寻味地戏称作"浮士蒂娜"。他在回魏玛后不久写成的《罗马哀歌》不乏大胆的性爱描写，充满了他对与浮士蒂娜等爱侣缠绵相处的幸福回忆：

罗马啊，你诚然大如一个世界，可是没有爱情，世界不成世界，罗马不叫罗马。

如此放肆的对爱的呼喊，表明意大利之旅使歌德恢复了他热爱生活、感情奔放、自由不羁的本性，重新找到了他作为诗人的自我。正因此，在不得不准备返回魏玛的前两周，他竟然每一想起要离开意大利，都会像个孩子似的哭泣。

以当时的日记和书信为基础，歌德在晚年完成了自己最重要的自传性作品《意大利游记》。它不仅全面记录了诗人在这个南方古国的经历、感受和思考，内容异常丰富多彩，思想极其精深博大，而且文笔也活泼可喜，是认识和了解歌德的不可多得的杰作。故本文集附录几个片段，以便读者领略一下歌德游记作品的风采……

1786年9月28日晚

傍晚，根据我们的时钟约下午五时，我终于遵从命运的安排，第一次见到了威尼斯。船从布伦塔河口驶入了浅海区，再过一会儿，我就将登上这座奇妙的岛城，访问这个海狸共和国。①如此一来，感谢上帝，威尼斯之于我就不再仅仅是个词儿，不再是个空洞的名字，而我呢，生来就痛恨听空话，因此常常对威尼斯这个名字避之唯恐不及。

当第一艘贡多拉靠近我们船边的一刹那——为的是把某些急不可待的游客早一些接到水城去——，我脑海里立刻浮现出一件儿时的玩具；也许已经二十多年了吧，我再没有想起过它。那是我父亲带回来的一艘贡多拉模型，非常漂亮精致，因此备受父亲的珍视。②要是什么时候允许我拿着玩一玩，我真叫受宠若惊哩。眼下，那用闪亮的白铁皮包裹起来的尖尖船头，那乌黑乌黑的船舱，全都像在欢迎一位老朋友似的迎接着我；我尽情地享受着终于实现青年时代的美梦的喜悦。

下榻在了环境舒适的"英国女王饭店"，它最大的优点是离圣马可广场很近。③我房间的窗户朝着一条夹在幢幢高楼之间的小运河，低头就看见一座单拱木桥，对面则是一条狭窄而热闹的小巷子。我就这么住了下来，而且将继续这么住上一阵子，直到我准备好寄回德国去的包裹，直到我饱览这座水城的美景、风物。

---

① 海狸惯于在自己的巢穴周围垒起土埂，以形成一个浅水塘。威尼斯自公元697年起即为由选举产生的总督进行治理的共和国，并且也修筑称为里多（Lido）的堤埂拦阻亚得里亚海以形成浅水港湾（Lagune），故名。

② 诗人的父亲约翰·卡斯帕尔·歌德年轻时也曾于1740年游历意大利，并且写了一部游记。贡多拉为威尼斯别具风味的小游船，至今犹存。

③ 歌德住过的这家旅社现名"维多利亚饭店"，在威尼斯的主要观光地圣马可广场北边不远处。

而今，我可以尽情享受过去时常渴望获得的孤寂，要知道，在挤过熙熙攘攘的人流时却不为谁认识，你所感到的孤寂将赛过在任何别的地方。在威尼斯也许只有一个人认识我，但我不会马上碰见此人。

9月29日，米迦勒节傍晚

关于威尼斯，书里书外都已经讲得很多了，我不想再细加描写，只说说自己亲身的经历。而在一切一切之中，首先引起我兴趣的，仍然是这座城市的人民，是那数量巨大的、无所不在的、不容你须臾逃避的民众。

当初，他们一伙子人逃到这些小岛上来并非为寻欢作乐，后来的那些与他们会聚在一块儿也不是出于自愿；危难教会了他们在极其不利的处境中寻求安居之地，谁知不利却转化为有利，他们也因此变得聪明起来。与此相反，整个北方世界却仍旧笼罩在黑暗里。对他们来说，人丁兴旺，殷实富足，乃是必然的结果。而今，城里房舍紧挨着房舍，沙滩、沼泽都已被岩岸取代，就像密集生长的树木不能向旁边发展只好往上冲，这儿的房屋也同样拼命耸入天际。每一寸土地都极其金贵，人们一开始便被塞在狭小的居室里，能留给街巷的宽度也仅仅够把一排房子与对面的房子隔开来，并让市民勉强可以通过而已。至于他们的街道、广场和散步的地方，则统统已为水流所取代。威尼斯这座城市实在太独特了，威尼斯人必须成为一种新的造物。它那像蛇一样曲折蜿蜒的大运河不输于世界上任何一条通衢大道，它在圣马可广场前的空旷浩渺更举世无双。我指的是那一大片为威尼斯本身环抱着的平明如镜的半月形海湾。海湾左边的水面上,圣乔治长岛历历可见,长岛的右边是朱代卡岛及其运河,再往右则看得见海关和大运河的入海口;就在那里,正对着我们,有一群大理石的教堂建筑熠熠闪亮。倘使我们置身于圣马可广场那两根圆柱之间,上边所讲就是投进我们眼帘的主要景物的大致轮廓。威尼斯的远景、近景经常表现在铜版画里,朋友们很容易生动地想象出实际的情形。

为了得到一个威尼斯的总体印象,早饭后大概记住了下榻地的方位,也没带向导便独自钻进了城市的迷宫。只见大小运河纵横交错,整个市区被切割得支离破碎,然而又让大大小小的桥梁拉扯在了一起。① 到处都狭窄、拥挤,不是亲眼见着根本想象不出来。通常情况下,伸开双臂就等于,或者几乎就等于一条巷子的整个宽度;在那些最窄的小巷,更是只需双手叉腰,胳膊肘就能碰着两边的墙壁。诚然也有宽一些的街巷,这儿那儿也有一小片开阔地;但比较而言,威尼斯的一切都可被称为袖珍、玲珑。

很容易就找到了大运河和横跨在河上的主要桥梁——用白色大理石砌成的单孔里亚尔托桥。站在桥顶向下望,风光美不胜收:大运河上船只穿梭往返,从大陆运来的所有生活必需品,主要都停靠在附近卸货;货船之间犹见不知多少贡多拉在飘摇荡

---

① 威尼斯由浅水区中的118座小岛组成,其间流淌着大小运河150余条,最长的一条即大运河有3.8公里,连接各个小岛的桥梁约400座。

漾。特别今天又是米迦勒节,整个场面就更加热闹、欢快。为了描述得详细一些,我得稍微扯远一点儿。

威尼斯让大运河分割成两个大区,其间的唯一联系就是里亚尔托桥;然而为了交通方便,也设有不少固定的渡口,供市民乘平底木船渡河。今儿个那渡口的境况实在好看,太太小姐们一个个都梳妆打扮,戴着黑色的面纱,三五成群地来乘渡船,为的是到对岸的米迦勒教堂去赶这位天使长的纪念弥撒。下得桥来,我走到一个渡口跟前,以便大饱眼福。在那些上船下船的女士当中,我发现确有几位的身段和模样儿都异常娇美动人。

看得倦了,才坐进一艘贡多拉,离开狭窄的街巷,准备去海湾的另一面看看。于是穿过大运河的北段,绕着圣克拉拉岛驶入浅海地带,再折进朱代卡岛的运河,一直到了圣马可广场的正对面。置身此地,我也像每一个躺在贡多拉里的威尼斯人一样,突然感到自己成了亚得里亚海的主宰。这时候,不由得缅怀起我那善良的父亲来;他一生中最得意的事,就是讲自己类似的经历感受。我将来是否也会如此呢?这围绕着我的一切,乃是一个由无数人的劳动所完成的丰功伟绩,乃是一座令人肃然起敬的、宏伟高大的纪念碑;但这碑不属于某个统治者,而属于全民族。今天,就算他们的浅海区已渐渐干涸淤塞,沼泽地上已弥漫着恶臭浊气,就算他们的贸易已不再繁荣,他们的权势已衰败弱小,然而,他们共和国的整体结构和性质依然存在,仍无时无刻不令旁观者深深地钦仰、敬佩。威尼斯只是受到时光的侵凌罢了,一如世间所有有形的存在。

9月30日傍晚

今天搞到一张威尼斯地图，对城市的布局有了进一步的了解。在对它做了几分研究之后，我便爬上圣马可广场的高塔，纵目远眺。正午时分阳光灿烂，无须望远镜就能看清远远近近的许多地方。潮水已将海湾中的浅水区淹没，我把目光转向那所谓的地角——一条把浅水区封闭起来的狭长海滨，便第一次见到了大海和漂浮在海上的点点帆影；靠里边的浅水湾里却停着一艘艘大桡帆船和三桅战舰。整个船队原本奉命去增援正在与阿尔及利亚人作战的埃莫骑士，由于风向不对才停在这儿等候。从黄昏至午夜的这段时间，以帕多瓦和维琴察的山峰以及蒂罗尔群山作为背景，整个威尼斯真个美不胜收，风光无限。

10月3日

昨晚去了圣摩西歌剧院——它之所以叫这么个名字，就因为与摩西教堂紧紧相邻——，结果却十分扫兴！内容乏味，音乐差劲儿，歌手们也缺少内心的激情，而最后这点正是使歌剧演出精彩感人的唯一凭借。可也不能讲某个部分演得不好；但是只有两位女主角确实卖了劲儿，认真地在唱、在演，在博取观众的赞赏。这嘛，多少总算有点看头。她俩身段漂亮，歌喉甜美，表演活泼伶俐，整个儿叫人赏心悦目。相反，那帮男演员却一个个没精打采，全然缺少取悦观众的兴趣，也没有一条嗓子称得上高亢明亮。

芭蕾表演更加糟糕，以致观众嘘声不断。虽然也有一些出色的男女舞者，但女的几位似乎觉得自己的职责就在于向观众展示其躯体的一个个美丽动人的部分，以此赚取热烈的喝彩。

10月5日

今天一早去参观了兵工厂①，由于迄今对航海方面的事一无所知，到了这里才接受启蒙教育，所以始终兴味盎然。要知道，工厂仍然像个旧式大家庭似的在运转着，虽然它兴旺发达的黄金时代已成为过去。我还凑到工匠们身边，看见了不少有意思的情况；旁边耸立着一艘已经完工的战舰龙骨，我便爬上了这个装有八十四门火炮的庞然大物。

同样的一艘战船，六个月前在斯拉沃尼亚人的河岸②失火沉没了；幸好船上的弹药舱装得还不太满，爆炸时没有造成巨大的灾难，只是邻近房舍的玻璃窗遭了殃。

亲眼看到了产自伊斯特拉半岛③的漂亮橡木的加工情况，静静地观察了这一珍贵树种的发育生长过程。我要不厌其烦地反复声明，对这些最终都被人类当作材料来使用的自然造物，我曾辛辛苦苦地进行学习和了解，结果获益多多，有关的知识随时能帮助我弄明白艺术家和工匠们的操作原理。同样，对于高山及其所开采出来的矿石的了解，也大大增进了我的艺术。

---

① 始建于1104年的著名造船厂，15世纪时即有工人1600名左右，其建成于1460年的大门为最早的文艺复兴式建筑之一。

② 威尼斯的著名游览胜地。

③ 即位于亚得里亚海边的克罗地亚半岛。

10月6日

  今天晚上,我给自己预定了一场船夫们用自己的调子唱塔索和阿里奥斯特①的著名唱段。真的必须事先预定;通常是没有这样的演唱的,确切地讲,它本属于一个几乎已湮灭无闻的古代传说。我在月光下登上一艘贡多拉;船头站着一个舟子,船尾站着另一个。他俩开始唱起来,轮流唱出一个又一个诗句。曲调的性质介乎赞美诗和宣叙调之间,如我们在卢梭的作品中了解的那种:速度始终如一,没有明显的节奏;调式也老是相同,只有音高和音量随着诗句内容的变化而变化,就像在朗诵时那样。然而如我下面要讲的,这一演唱的精义和生命却不难理解。

  至于曲调产生形成的途径,我不想深究;一句话,对一个略知音律并能背熟一些诗句的闲人来说,用它进行配唱确实倒蛮适合。

  通常,一名歌手坐在一个岛屿的岸边,或者在一条运河的船上,放开喉咙纵情高歌,让嘹亮的歌声尽量传到远方——威尼斯人比什么都重视劲道。在静静的水面上,歌声飘荡开去,另一个歌手远远地听见了它,熟悉它的曲调,理解它的歌词,便唱下面一句进行回应;接着第一个歌手又回答他,如此这般,一个总应和着另一个。他们可以通宵达旦地唱上几夜而不会疲倦。两位歌者相互间隔越远,歌声越加动人,听者最适合的位置则居于他俩

---

① 塔索是16世纪的意大利诗人,代表作为史诗《解放了的耶路撒冷》。在歌德创作的悲剧《塔索》中,他与效力于同一宫廷的权相阿里奥斯特乃势不两立的对手。

之间。

为了让我也一饱耳福,我雇的两位船夫便在朱代卡岛登了岸,各自走向运河的两端;我呢,则在他俩中间往来穿梭,总是谁开始唱立刻远离谁,谁收住歌喉又向谁靠近。直到这时,我才一下子明白了如此唱法的真正含义。那从远方飘来的歌声一如哀而不怨的倾诉,听在耳里感觉奇特极了,活像蕴藏着某种难以置信的魔力,直感动得你下泪。我把这归咎于自己的多愁善感;老向导却讲:"真是奇怪,这么唱唱就能叫人哭天抹泪;他们唱得越好,听的人越控制不住自己的泪水。"[①]他希望我去听听地角那边的妇女们唱歌,特别是听马拉莫科和佩勒斯特里纳这两个地方的渔妇唱;他讲她们也会唱塔索,而且调子一样,或者差不多。

"丈夫出海捕鱼去了,娘儿们总习惯坐在岸边上,在傍晚时分扯开嗓门儿冲着大海一个劲儿唱啊,唱啊,直到听见从远方传来自己男人的歌声。妻子和丈夫就这样对答交谈。"老向导接着讲。

这难道不挺美吗?只不过可以想象,一个第三者在附近听见这样的歌声心里是不怎么好受的,因为它们正在大海上与风浪搏斗啊。然而,它们的内容既真实又富于人情味,它们的曲调又生动又自然;反之,歌词本身却会叫我们想破脑袋,因为只是些僵死的字母而已。歌声把孤独者的问候送往遥远的远方,为了让与自己心心相印的另一个人能够听见,能够回应。

---

① 原文为意大利语。

10月8日

今天早上跟着我的守护神乘船去里多，登上了这条把浅水区与大海隔离开并封闭起来的狭长地角。上岸后横穿过去，耳畔已响起一阵阵的喧啸。这是海在怒吼，我马上就看见了它。它在岸边激起如山的巨浪，随后又跌落下去；已到中午，正是退潮的时候。我终于亲眼见到大海啦！在潮水留下的平整沙滩上，我追逐着海的足迹。要是孩子们能来捡贝壳就好喽。① 我自己也像小孩似的捡了个够，不过却拿来派了点用场：我把这里常常湿漉漉地溜掉的墨鱼装了些在贝壳里面，使其慢慢变干。

在地角离海不远的地方，埋葬着一些英国人以及犹太人；这两种人都不许长眠在神圣的土地上。② 我找到了高贵的史密斯公使和他头几位夫人的墓地。我的那尊雅典娜雕像就是他所馈赠，为此我在他并不神圣的墓畔对他表示了感激。

他这墓葬岂止不神圣，简直快要让沙给淹没了。里多地角经常不过像一道沙梁，海风把沙子刮得飞来飞去，四处堆积，坟丘便遭到了排挤。过不了多少时候，这稍稍隆起一点的纪念地恐怕再没有踪迹可寻了。

大海实在壮观！我真想尝尝驾着渔船出海去的滋味儿；只可惜没有一艘贡多拉敢划我到海上去。

---

① 歌德想到了留在魏玛的施泰因夫人的儿子弗里兹和赫尔德尔家的孩子。
② 因为他们被视为异教徒。

图书在版编目（CIP）数据

亲和力 /（德）约翰·沃尔夫冈·冯·歌德著；杨武能译. —北京：商务印书馆，2022
（杨武能译德语文学经典）
ISBN 978-7-100-20714-0

Ⅰ.①亲…　Ⅱ.①约…②杨…　Ⅲ.①长篇小说—德国—近代　Ⅳ.① I516.44

中国版本图书馆 CIP 数据核字（2022）第 025878 号

权利保留，侵权必究。

杨武能译德语文学经典
亲 和 力
〔德〕歌 德 著
杨武能 译

商 务 印 书 馆 出 版
（北京王府井大街36号　邮政编码100710）
商 务 印 书 馆 发 行
北京艺辉伊航图文有限公司印刷
ISBN 978 - 7 - 100 - 20714 - 0

2022年4月第1版	开本 880×1230　1/32
2022年4月北京第1次印刷	印张 11

定价：65.00 元